내 영혼의 델리카트슨

The Upstairs Delicatessen

내 영혼의 델리카트슨

먹기, 읽기, 먹기에 관해 읽기, 그리고 먹으면서 읽기에 대하여

드와이트 가너 지음

황유원 옮김

오월의봄

페이지까지 핥고 싶어지는

《내 영혼의 델리카트슨》은 2008년부터 지금까지 《뉴욕타임스》의 서평가로 이름을 떨치고 있는 드와이트 가너가 2023년에 출간한 세 번째 책이다. 가너의 개인적 목소리가 거의 드러나지 않았던 두 전작과 달리 《내 영혼의 델리카트슨》은 사실상 자전적인 성격을 띠고 있는데, 서평가인 그의 인생에서 무엇보다 중요한 일 중 하나가 '책 읽기'라는 사실에 놀랄 사람은 아무도 없을 것이다. 하지만 평범한 서평집 정도를 기대했던 사람이라면 이 책의 부제에서 '먹기'가 '읽기'에 선행한다는 사실에 좀 놀랄지도 모르겠다. 그렇다. 이 책에서 '먹기'는, 한 인간의 '육신'이 '영혼'에 대해 그러하듯, '읽기'와 불가분의 관계에 놓여 있다. 그리하여 이 책은 부제가 말해주듯 단순히 '먹기'와 '읽기'에 대한 책일 뿐만 아니라 '먹기에 관해 읽기'와 '먹으면서 읽기'에 대한 책이 되기도 한다. 그의 글에서 먹기와 읽기는 원재료와 소스가 뒤섞여 완성된 음식처럼 좀처럼 구분되지 않는다.

가녀는 중학교 시절부터 읽기와 먹기에 동시에 심취했다. 그 시절 집으로 돌아온 그는 "신문과 잡지와 도서관 책과 페이퍼백 소설을 한 아름 챙겨서 거실 바닥의 카펫 위로 던져놓곤 했"고, 그렇게 읽을거리를 손에 넣은 후에는 "부엌으로 슬슬 걸어 들어갔다. 그리고 십 분 후 마요네즈에 흠뻑 젖은 샌드위치를 들고 돌아왔다. 치즈 슬라이스가 스텔스 폭격기의 날개처럼 여기저기 쑥 튀어나와 있었다. 아찔할 만큼 높이 쌓인 감자칩과 프레첼, 파우더 믹스로 만든 차갑고 붉은 음료도 함께였다". 그렇게 시작된 의례는 그의 "인생에서 가장 중요한 것이 되었다".

결국 서평가를 직업으로 삼게 된 그가 많이 먹는 것만큼이나 많이 읽고, 많이 읽는 것만큼이나 많이 먹는 것은 당연한 일이다. 불행인지 다행인지 아무리 많이 먹고 읽어도 먹거리와 읽을거리는 끊이질 않는다. 탐식과 과식, 그러고도 채워질 줄 모르는 허기! 읽을거리는 끝도 없고 끝나서도 안 되며(그의 직업은 '서평가'니까), 먹을거리 또한 끝이 없다(그는 읽는 동안에도 먹는 사람이니까).

어찌 보면 기묘한 조합이기도 하다. 우리가 흔히 떠올리는 탐독가의 이미지는 어딘지 모르게 앙상한 모습이 아닌가? 어린 시절 "독서하면서 먹는 걸 좋아했기 때문"에 비만에 가까웠고, 나이가 들고도 여전히 그렇게 살고 있는 사람이 그리 흔할 것 같진 않다. 그러나 이 책을 읽다 보면 곧 그것이 우리의 편견일지도 모른다는 사실이 밝혀진다. "식인종들이 자기도 똑똑해지기를 바라며 똑똑한 포로의 뇌를 먹었던 것처럼" 이 탐독가는 닥치는 대로 먹고 또 읽는다. 그리고 그 결과물을 셰프처럼 글로 요리해낸다. 누군가에게 먹힐 '똑똑한 뇌'는 이런 식으로 끝도 없이 식탁 혹은 책상에 차려진다.

《내 영혼의 델리카트슨》은 그런 글로서의 음식, 혹은 음식으로서의 글을 아침, 점심, 저녁 등의 카테고리로 일목요연하게, 아니 어쩌면 "난잡하고 무정부적"으로 차려낸 풍성한 잔칫상이다. 어디를 펼치든 음식과 책이, 무언가를 먹고 싶고 마시고 싶게 만드는 문장들이 넘쳐난다. 가녀가 저널리스트 토미 톰린슨에 대해 한 말을 빌리자면, "그의 글을 읽고 있으면 페이지를 핥고 싶어질 정도다".

《내 영혼의 델리카트슨》이 지닌 가장 훌륭한 미덕은 그 메뉴의 방대함에 있다. 읽기와 먹기에 관해서는 누구에게나 취향이라는 게 있으므로, 이따금 가녀가 내놓는 메뉴가 마음이 들지 않을 수도 있으리라. 하지만 그건 전혀 문제가 되지 않는데, 불평할 새도 없이, 때로는 그것을 제대로 음미할 겨를도 없이 금세 새로운 메뉴가 눈앞에 차려지는 순간이 넘쳐나기 때문이

다. 긴 메뉴를 자랑하는 미슐랭 레스토랑, 아니 통영의 어느 다
찌 맛집도 흉내 낼 수 없을 화려한 솜씨는 페이지마다 우리를
탄복하게 한다.

방대한 메뉴 덕분에 예상치 못했던 발견의 순간과 마주하
기도 한다. 이를테면 나는 음식 중에서도 성대한 저녁 식사와
술을 가장 즐기는 사람이지만,《내 영혼의 델리카트슨》에서 매
혹된 부분은 뜻밖에도 '점심'에서의 패스트푸드와 '막간'에서
의 수영, 그리고 낮잠이었나. 물론 '음주'와 '저녁' 부분이 훌륭
했던 것은 두말할 필요도 없겠지만.

이런 식으로《내 영혼의 델리카트슨》은 우리가 잘 몰랐거
나 경시했던 음식의 새로운 면모를 발견하게 만든다. 그리고
거기서 한 걸음 더 나아가 기어이 실천하게 만든다. '점심' 파트
를 번역하다가, 이제 인스턴트식품은 가급적 먹지 않겠다고 다
짐했던 내가 한밤중에 편의점으로 뛰어가 핫도그를 사 와서 케
첩과 마요네즈와 겨자를 잔뜩 뿌린 다음 또 다른 가공식품인
콜라와 먹을 때가 얼마나 많았던가. 지금 떠올려봐도 후회는
없는, 실로 달콤한 굴복이었다.

이 책의 또 다른 미덕은 바로 '기억의 환기'일 것이다. 책
을 읽다 보면 자연히 독자인 '나만의' 영혼의 델리카트슨이 떠
오른다. 페이지를 넘기는 동안 정말이지 수많은 음식과 문장이
마치 회전초밥 가게에서 돌아가는 초밥처럼 눈앞을 휙휙 지나
갔다. 그것들 앞에서 나 자신의 경험과 추억을 떠올리지 않기

란 어려운 일이다.

이를테면 가녀가 "나는 한동안 뉴올리언스에 살았는데, 매카시는 그 도시의 기억을 내게 되돌려주었다"라고 운을 떼며 뉴올리언스의 음식에 대해 말할 때, 나 또한 그 도시의 기억을 떠올릴 수밖에 없었다. 몇 년 전 '뉴올리언스 포에트리 페스티벌'에 참가해서 일주일 동안 시 낭독 투어를 하며 먹었던 그 음식들이란! 한 지역 시인은 '악어 튀김'이 어떤 맛이냐는 나의 질문에 "맛없는 치킨^{bad chicken}" 맛이라며 얼굴을 한껏 찌푸렸는데, 실제로 먹어본 악어 튀김은 웬만한 프라이드치킨보다 훨씬 맛있었다. 지금도 악어 튀김의 맛이 떠오를 때면 그녀의 찌푸린 얼굴과 낭독 때 들려준 우아한 목소리가 함께 떠올라 혼자서 웃음을 짓곤 한다. 이처럼 《내 영혼의 델리카트슨》을 읽는다는 것은 자신의 음식 편력을 떠올리며 그때 그 추억에 젖어본다는 것과 동일한 의미이기도 하다. 가녀가 말하듯, "그런 시간은 내 삶에서 가장 빛나는 순간들이었고, 지금 떠올려보는 것만으로도 그 맛이 혀끝에 맴도는 듯하다".

이 책의 유일한 부작용이라면, 책을 다 읽을 무렵 장바구니에 산더미처럼 쌓이고 마는 책들일지도 모르겠다. 놀랍게도 여기 등장하는 많은 책이 이미 번역되어 있었다(물론 절판된 책도 많지만). 출간되고 얼마 후 잊혀버렸을 그 모든 '과거의 책'들을 《내 영혼의 델리카트슨》은 다시 미래의 책으로 만들어버린다. 꽉 찬 냉장고를 통째로 선물받아서 당분간 먹을 걱정은 하지 않아도 되는 이 기분. 그나저나 이걸 언제 다 먹는담?

　방대한 지식을 자랑하며 무엇을 다루든 금세 치고 빠지는 드와이트 가너의 재치 있는 문체는 결코 번역하기 쉽지 않았다. 페이지마다 쏟아지는 인명과 인용문에, 마치 손질이 극도로 까다로운 식재료들을 연이어 손질하며 동시에 요리까지 해야 하는 기분이었달까. 하지만 번역하는 내내 음식과 문학을 모두 좋아하는 독자(특히 나의 아내!)가 이 책을 기쁘게 읽을 모습을 상상하며 힘을 낼 수 있었다. 부족한 번역이지만 그런 옮긴이의 마음이 독자에게 전해지길 바란다. 또한 이 자리를 빌려 까다로운 책을 함께 만드느라 여러모로 애써주신 이다연 선생님께도 깊은 감사의 말을 전한다.

　책과 음식을 좋아하는 이라면 《내 영혼의 델리카트슨》을 읽으며 그것들에 대한 자신의 애정을 확인하는 한편 그 애정이 아직 턱없이 부족하다는 사실을 절감하게 될 것이다. 그리하여 애정을 더 과시하기 위해서라도 더 많이 읽고 먹어야겠다는 다짐을 절로 하게 될 것이다. 이 책을 펼쳐든 당신이 지인과도 함께 읽은 후 이야기를 나누며 "와인을 같은 병에서 따라 마시는" 깊은 우정을 주고받길 바라며.

황 유 원

크리, 펜 그리고 해리엇에게

사랑이란 "사랑해"라고 말하는 것이 아니라
전화로 "밥 먹었어?"라고 묻는 것이다.
—말런 제임스

소설과 바나나 빵 사이에는 큰 차이가 없다.
둘 다 어떤 소일거리일 뿐이다.
—제이디 스미스,《암시들 Intimations》

깡통에 든 치즈를 먹느니 크랙 코카인을 피우겠다.
—기네스 팰트로

Q: 정신이 멍해지면 뭘 하시죠?
A: 냉장고로 가서 먹어요.
—비비언 고닉,《파리 리뷰 Paris Review》 인터뷰

나는 원한다, 원한다, 원한다.
—솔 벨로,《비의 왕 헨더슨》

차례

헨리에게 독서는 늘 부드러운 일, 위아래로
구멍을 뚫은 달걀을 입으로 불어서 속을 빼내는 것처럼
섬세한 일이었다. 아주 작은 구멍 두 개를 깨뜨리지 않은 채
의미를 온전히 그릇에 담는 일 말이다.

—알레그라 굿맨,《마코위츠 가족The Family Markowitz》

웨스트버지니아주와 사우스웨스트 플로리다주에서 자라던 어린 시절, 나는 토실토실한 아이였다. 비만에 가까웠고, 백화점 용어로 말하자면 양쪽 허벅지가 쓸리는 '실한 husky' 갈색 눈의 소년이었는데, 독서하면서 먹는 걸 좋아했기 때문이다. 독자로서 나는 손 닿는 곳에 있는 것이라면 무엇이든 읽었다. 조지 오웰은 자신의 어린 시절 모습을 "턱 아래로 살이 축 처지고 커다랗다기보다는 뚱뚱한, 약간 햄스터를 닮은 얼굴"의 소유자로 묘사했다. 내 모습도 그랬는데, 어찌나 닮았던지 친구들이 장난으로 햄스터를 선물했을 정도였다. 유감스럽게도 나는 제롬 데이비드 샐린저의 소설 주인공 이름을 따서 녀석에게 '홀든'이라는 이름을 붙여주었다. 홀든의 먹이는 상추였는데, 아마도 자기 먹이에 절망했는지 어느 날 두 뒷다리로 일어나 과장되게 비틀거리며 뒷걸음치다가 꼴까닥 죽어버렸다. 〈리버티 밸런스를 쏜 사나이The Man Who Shot Liberty Valence〉에 나오는 리 마빈처럼 말이다.

우리 가족이 남쪽으로 이사했을 때 나는 여덟 살이었다. 부모님은 웨스트버지니아주의 길고 고립된 겨울로부터 도망치는 중이었다. 얼음으로 봉해진 자동차 문에 냄비에 끓인 물을 끼얹는 일에 신물이 난 상태였다. 오래 살던 곳을 떠나온 나는 망명 장소인 네이플스에서의 첫 주를 우울하게 보냈다. 친구들을 그리워하며, 간간이, 때로는 보란 듯이 눈물을 흘리며, 그리고 인생 최초로 사달라고 한 레코드를 쉬지 않고 들으며 말이다. 그 레코드는 존 덴버의 새 앨범《시, 기도 그리고 약속Poems, Prayers & Promises》으로, B면에는 〈시골길이여, 나를 집으로 데려가줘Take Me Home, Country Roads〉가 실려 있었다. 어떤 나이에도 드문 일이라고 할 수 있는 나의 역경을 정확히 표현한 곡이었다. 나는 벌써 웨스트버지니아주의 산들과 그 위로 끓어오르는 날씨가 그리웠다. 산봉우리 사이로 빛이 번지는 모습이 그리웠다. 심지어 찰스턴 제지 공장의 지독한 악취와 무더기로 쌓인 녹이 슨 차들, 그리고 한 정치인이 '뒤죽박죽 섞인 폐물의 정글'이라고 부른 골짜기의 냉장고들마저 그리웠다. 반면에 네이플스는 그림엽서처럼 어디선가 툭 튀어나왔다. 나는 그곳을 신뢰하지 않았다. 햇빛이 넘쳐나고 지하에 스프링클러가 매설되어 있으며 골프 코스와 인접한 그 모든 땅에는 무언가 포식 동물

내 영혼의 델리카트슨

같고(웅덩이에서 당신을 빤히 쳐다보는 그 모든 악어) 얄팍한 느낌이 있었다. [미국의 소설가] 신시아 오직이라면 이렇게 썼을 것이다. "플로리다반도 전체가 깊은 유감에 짓눌려 있었다. 다들 진짜 인생을 남겨둔 채 떠나버렸으니까."

나는 가톨릭 성당 부속 중학교인 세인트 앤에 다녔다. 여학생들은 격자무늬 치마에 하얀 반소매 와이셔츠 복장이었다. 남학생들은 짙은 바지에 이상하리만치 캐주얼한 청록색 티셔츠 복장이었다. 친구를 찾기까지는 긴 시간이 걸렸나. 수업이 시작되면 일상적인 의례도 함께 시작되었는데, 그 의례는 내 인생에서 가장 중요한 것이 되었다. 멕시코 연안의 태양 아래서 자전거를 타며 흘린 땀에 분홍빛으로 바삭하게 구워진 채 집으로 돌아온 나는 신문과 잡지와 도서관 책과 페이퍼백 소설을 한 아름 챙겨서 거실 바닥의 카펫 위로 던져놓곤 했다. 우리 가족의 랜치 하우스[1] 같은 집에는 덧문이 달린 창문은 있었지만 에어컨은 없었다. 머리 위로는 천장 선풍기가 마구 돌아갔다. 모기들, 그 광분한 작은 망할 것들이 하강 기류를 타고 내려왔다. 내가 모기들을 때려잡는 곳마다 그것들의 피—나의 피—가 얼룩을 남겼다.

읽을거리를 손에 넣고 나면, 내 의례의 2부가 이어졌다. 나는 부엌으로 슬슬 걸어 들어갔다. 그리고 십 분 후 마요네즈

---

1   미국 교외에 많은 칸막이가 없고 지붕 물매가 뜬 단층집.

에 흠뻑 젖은 샌드위치를 들고 돌아왔다. 치즈 슬라이스가 스텔스 폭격기의 날개처럼 여기저기 쑥 튀어나와 있었다. 아찔할 만큼 높이 쌓인 감자칩과 프레첼, 파우더 믹스로 만든 차갑고 붉은 음료도 함께였다. 지금까지도 나는 어떤 프레첼 봉지 밑바닥에 쌓인 직육면체의 아삭아삭한 소금 조각, 그러니까 기분 좋은 맛에 있어서 거의 불경스러울 정도인 그것을 거울 위에서 자르듯 나누어 코로 흡입하거나 잇몸 윗부분에 문지를[2] 만한 가치가 있는 것으로 여긴다. 나는 오른손으로 턱을 받치고 읽을거리를 앞으로 밀어놓은 채 내 위[•]로 읽곤 했다. 신문이나 책이 끝나버리기 전에 음식이 다 떨어지지 않게끔 하는 게 중요했다. 나는 《마이애미 헤럴드^{Miami Herald}》의 스포츠면을 싹 다 읽을 수 있게 감자칩을 더 가지러 가곤 했다. 그 신문의 스포츠 칼럼니스트인 에드윈 포프는 내게 중요한 인물이 된 첫 비평가였다. 나는 비틀거리며 부엌으로 가서 하이드록스 쿠키[•] 한 줄과 우유를 가져오곤 했다. 보스턴을 주요 무대로 삼았던 로버트 B. 파커가 쓴 범죄소설의 절반을 읽어나가기에 충분한 양이었다. 소설의 주인공인 스펜서는 냉혹하지만 주방에서는 부드러운 남자였는데, 이는 그 시절에는 보기 드문 콤보 플래터였

---

2   마약 복용법을 흉내 낸 표현이다.

•   돈 드릴로는 《언더월드^{Underworld}》에서 이렇게 썼다. "다른 모든 아이는 오레오 쿠키를 먹었다. 에릭은 하이드록스 쿠키를 먹었는데, 그 이름이 로켓 연료 이름처럼 들렸기 때문이다."

 내 영혼의 델리카트슨

다. "스펜서는 이름name이고 요리는 게임game이다"라고 스펜서는 말하곤 했다. 그는 나쁜 놈들과 뒤얽히는 사람이었음에도 생강의 혹과 마늘의 발을 어떻게 처리해야 하는지 알았다. 때로는 방과 후에 길가의 잡초 사이에서 발견한 《클럽Club》이나 《칙Chic》이나 《위Oui》 같은 누드 잡지를 뒤적거리기도 했다. 분명 누군가가 차창 밖으로 던지고 나중에 후회했을 그것들을 나는 방에서 혼자 읽었다. 한 입도 먹지 않은 채. 《펜트하우스 포럼Penthouse Forum》에 실렸던 편지가 기억나는데, 한 여자가 기뻐하는 남자친구와 함께 매시트포테이토와 그레이비로 벌이는 어떤 행위를 묘사한 편지였다. 그것은 사이드 메뉴를 새로운 시각으로 바라보게 해주었다.

영국의 전기 작가인 허마이어니 리는 두 종류의 독서, 즉 '수직적' 독서와 '수평적' 독서를 구별했다. 전자는 "통제되고 관리되고 질서 정연하며, 규범적이고 생산적"이다. 더 친밀한 종류인 후자는 "방종하고 개인적이고 느긋한 데다 평판이 좋지 않으며, 난잡하고 무정부적"이다. 우리가 실제로 하는 독서는 후자의 경향을 띤다. 그 거실 바닥에서 나는 로버트 B. 파커에 대한 진심 어린 애정을 간직한 채로 더 야심 있는 작가들, 즉 가족과 또래 친구들로부터 천천히 어느 정도 거리를 두게 만든 부류의 작가들로 나아갔다. 나는 그 페이지들에 기름투성이 지문을 문신처럼 새겨넣곤 했다. 한바탕 간식을 즐기는 오후는 서너 시간씩 이어지기도 했다. 이는 다른 많은 아버지들처럼 자기 아들이 밖에서 어깨 보호대를 차고 있기를 바랐을 우리 아버지로서는 거슬리는 일이었다. 나는 미식축구에 걸맞을 만큼 덩치가 컸지만 천성적으로 그것과 맞지 않았다. 나는 아버지가 직장에서 돌아오기 전까지 먹는 일과 읽는 일을 끝내겠다고 다짐하곤 했다. 아버지가 들어오는 소리가 들리면 마지막 남은 쿠키를 펠리컨처럼 목구멍 안으로 휙 집어넣어 삼켜버리곤 했다. 나는 온갖 종류의 부적응자에게서 필수적인 교훈을 배웠다. 즉, 비밀을 지키는 방법은 증거를 먹어치우는 것임을. 역사가 개리 윌스의 아버지와 달리 우리 아버지는 내게 책을 덜 읽으면 돈을 주겠다고 제안하지 않았다. 회고록《안을 들여다보는 바깥Outside Looking In》에서 윌스는 책을 덜 사라고 받은 돈으로 더 많은 책을 샀다고 말한다.

읽는 일과 먹는 일은 크레이지와 이그나츠[3]처럼, 질풍과 노도Sturm und Drang처럼, 프로슈토와 멜론처럼, 사이먼과 슈스터[4]처럼, 래디시와 버터처럼 내게는 늘 그야말로 단짝과 같은 것이었다. 당신이 지금 들고 있는 책은 도와달라고 외치는 이 복합적 과식의 산물이다. 읽는 동안 나는 속수무책 상태다. 나는 늘 (1) 읽는 동시에 먹고 있기를 바라고 (2) 음식에 주목한다. 이 책의 다섯 장—아침, 점심, 장보기, 음주, 저녁—에서 나는

---

3   조지 해리먼의 만화 〈크레이지 캣Krazy Kat〉에 등장하는 고양이 크레이지와 생쥐 이그나츠.

4   '사이먼 앤드 슈스터Simon and Schuster'는 출판사 이름이다.

전방위적으로 굶주린 인간(즉, 나)의 하루를 통과하며 우리가 입에 집어넣는 것에 대해 작가들이 어떻게 생각하고 무엇을 말했는지, 그리고 그 이유는 무엇인지에 관심을 기울일 것이다. 나는 나 자신의 지각뿐만 아니라 나의 식욕에 영향을 끼친 식욕을 지닌 지성인들의 지각에도 의존할 것이다. 나에게 자서전이란 곧 참고문헌이나 마찬가지다. 위대한 비평가 시모어 크림은 자신의 기억을 "그 사치스러운 내 영혼의 델리카트슨"이라고 부르길 좋아했다. 나는 그 표현을 늘 사랑했다. 내 영혼의 델리카트슨이라니! 우리는 모두 그런 것을 하나씩 가지고 있다. 이 책의 상당 부분이 내 영혼의 델리카트슨에 관한 것이다.

세월이 흐르는 동안 나는 읽는 일과 먹는 일에 대한 나의 결합된 열정이 나만의 것은 아님을 확인하며 행복을 느껴왔다. [미국의 계관시인이었던] 리타 도브는 〈옛 동네에서In the Old Neighborhood〉라는 시에서 다음과 같이 썼다.

캔디 버튼은 〈브렌다 스타Brenda Starr〉와 잘 어울렸고,
바주카 풍선껌은 〈저스티스 리그
오브 아메리카Justice League of America〉와 잘 어울렸다. 피그 뉴턴은
《리어 왕》과, 또한 비터 레몬은
《오셀로》, 그 적막하고
저명한 영혼과.

[미국의 작가이자 교육자] 프랭크 콘로이는 회고록《정지된 시간Stop-Time》에서 아버지의 요절 이후 "우유 한 잔과 오트밀 쿠키 한 팩을 옆에 둔 채" 침대에 누워 있던 때를 회상한다. 위안을 얻고자 그는 "새벽 두세 시가 될 때까지 페이퍼백을 연이어" 읽었다. [미국의 작가이자 LGBTQ 활동가] 도러시 앨리슨의《캐롤라이나의 사생아》는 한 젊은이의 독서가 내는 톱 소리가 숲 전체를 쓰러뜨릴 수 있는 계절이 바로 여름임을 상기시켜준다. 앨리슨의 화자는 회상한다. "여름방학이 되었을 때 나는 앨머 고모의 숲에서 허쉬 키세스 한 봉지와 책 한 권으로 몇 시간 동안 야영할 수 있는 은신처를 발견했다." 평론가 앨버트 머리는 윌리엄 포크너의《8월의 빛》을 탐독하기 위해 수업을 빼먹던 한 친구가 "셜록 홈스 스타일로 술 단지를" 숨겼다고 묘사했다. 나는 읽는 동안 술 단지를 껴안듯이 들고 있었던 적은 한 번도 없었지만, 고등학생 시절에 두 다리를 쫙 펴고 바닥에 앉아 다리 사이에 놓아둔 여섯 개들이 맥주 팩을 천천히 마셔도 개의치 않던 헌책방 하나•를 발견하긴 했다.

우리는 이런저런 복잡한 이유로 무언가를 읽는다. 때로 나는 내가 무언가를 읽는 주된 이유가, [미국의 언론인이자 편집자] 티나 브라운이《베니티 페어 일기Vanity Fair Diaries》에서 "관찰적 탐

• 플로리다주 네이플스에 있던, 지금은 사라진 '북 트레이더The Book Trader'. 모든 책의 표지 뒷면에 녹색 잉크로 찍혀 있던 그곳의 모토는 다음과 같았다. "다 읽으신 책은 / 북 트레이더에서 / 믿고 교환하세요."

욕"이라고 부른 과잉 감각 때문이라고 생각한다. 나는 소설과 회고록과 전기와 일기와 요리책과 서한집이 살아가는 방법에 대한 조언을 들려줄 거라고 기대했따. 식인종들이 자기도 똑똑해지기를 바라며 똑똑한 포로의 뇌를 먹었던 것처럼 말이다. 보통 나에게 독서란 사람들이 무엇을, 왜 먹는지에 관해 세심한 관심을 기울이는 일을 의미했다. 나는 [미국의 소설가이자 평론가] 메리 매카시의 소설을 "섭취의 드라마"라고 부른 자기 말에 사로잡힌 [미국의 비평가이자 에세이스트] 엘리자베스 하드윅과 같은 심정이다. 나는 [어니스트 헤밍웨이의 소설] 《태양은 다시 떠오른다》에서 세상에 대해 "나는 세상이 무엇인지에 대해 신경 쓰지 않았다. 내가 알고 싶었던 것은 오직 세상에서 살아가는 방법뿐이었다"라고 선언한 제이크 반스와 같은 부류다. [미국의 작가이자 에세이스트] 이브 배비츠가 [프랑스의 소설가] 콜레트의 소설을 사랑했던 것은 그녀가 "어디든 펼치면 무엇을 할지 다시 생각하게 되는" 책을 쓰는 작가에 속했기 때문이다. 내가 배비츠를 좋아하는 것도 똑같은 이유에서다. 문학에 등장하는 음식—"섭취의 드라마"—은 내가 늘 책장을 더 힘차게 넘기도록 만들었다. 요리책과 음식 잡지와 서브스택[5]과 주방 회고록에 똑같이 중독된 나는 도토리에 달려드는 날다람쥐처럼 그것들에 달려든다.

---

[5]   Substack, 유료 구독 뉴스레터 플랫폼.

이 반半자전적인 책은 어떤 면에서 이러한 독서의 역사나 다름없다. 시인 찰스 시믹과 마찬가지로 나는 우리의 영혼이 행복할 때 음식에 대해 말한다고 믿는다. 존 업다이크가 우리에게 알려주듯 다음과 같은 이유에서 음식은 우리의 진짜 절친한 친구다.

그것은 절대 대들지 않는다.
이미 죽었으니까.
그것은 우리가 형편없는 연인이라고 말하거나
우리에게 인터뷰를 요청하는 법이 없다.
그것은 그저 애원한다, *나를 가져*.
그것은 외친다, *난 네 거야*.

내가 관찰적 탐욕 때문에 읽는다고 말하는 게 무슨 의미인지 알려주는 예가 하나 있다. 작고한 영국 작가 제니 디스키는 대표 에세이 모음집 《침대에서 본 풍경A View from the Bed》에서 자신이 '아삼'이라는 인도 홍차의 열성적인 애호가였다고 썼다. 그녀는 그것을 "인생에서 느끼는 작은 실망들에 대한 특별히 믿을 만한 방지책"이라고 불렀다. *제니, 나는 나 자신에 대해 작은 실망들을 느끼고 있어요*, 라고 생각했던 게 기억난다. 나는 아삼에 대해 들어본 적이 없었고, 그래서 한 박스를 구했다. 아삼은 강하고 진하고 정신 집중에 도움이 되며, 내가 아침마다

 내 영혼의 델리카트슨

아삼 홍차 한 잔을 우린 지도 이제 여러 날이 지났다. 그때마다 나는 디스키를 생각하며 그녀의 글을 그리워한다. 그것은 하나의 접촉점이다. [영국의 언론인이자 사상가] 월터 배젓은 작가들이 앞니파와 어금니파로 나뉜다고 말했다. 디스키는 앞니 파였다. 나는 차를 끓일 때 조지 오웰도 떠올린다―하지만 그 이야기는 다른 장을 위해 남겨두도록 하자.

나도 안다, 음식 이야기를 너무 과하게 하면 왠지 잘난 체하는 속물이 된 듯한 기분에 사로잡힌다는 것을. 나는 자신을 사회주의자라고 부르면서도 어떻게 여전히 잘 먹을 수 있느냐고 묻는 질문에 [영국의 대표적 연극 평론가] 케네스 타이넌이 했던 대답을 좋아한다. 그는 이렇게 말했다. "모두가 훌륭한 음식을 먹을 수 있어야 해요. 식도食道의 쾌락을 부정하는 사회주의는 영국 청교도 전통에 훼손된 사회주의입니다." 모두가 자기 입에 들어가는 것에 관심을 가지진 않는다는 사실도 안다. "나는 미각이 없다"라고 [영국 낭만주의를 대표하는 시인] 바이런 경은 말했다. 벤저민 프랭클린은 자기가 먹는 음식에 무관심했다. 내 친구 찰스 '칩' 맥그래스는 《뉴욕타임스 북 리뷰The New York Times Book Review》 에디터였을 때 하루에 세 끼를 먹는 대신 간단히 삼킬 수 있는 알약이 없다고 불평하곤 했다. 건축가 루이스 칸은 식사의 중요성을 완전히 망각한 나머지 그가 설계한 집들에서 주방은 악명 높을 정도로 비좁았고 찾기도 어려웠다. [영국의 소설가] 베릴 베인브리지는 먹는 일을 좋게 여기지 않으며 그냥 그것을 잊어버리곤 한다고 말했다(키 크고 깡마른 내 아들도 마찬가지다). 그녀는 파티에서 넘어질 뻔하곤 했지만 사람들은 술에 취한 줄로만 알았다. [노르웨이의 소설가] 칼 오베 크나우스고르의 소설 《나의 투쟁》의 화자는 "나는 음식에 대해 쥐똥만큼도 신경 쓰지 않았다"라는 선언으로 이 모든 사람을 대변한다. 어쩌면 당신은 이 강건한 영혼들과 조금 닮았을지도 모르겠다. 물론 이 책을 읽고 있는 것으로 봐서 그럴 것 같진 않지만. 아마도 당신은 [영국의 소설가] 새커리의 말, 즉 당신이 먹는 일에 신경 쓰지 않는다고 자랑하는 것은 당신의 성격적 결함을 자랑하는 것이나 마찬가지라는 말에 (내가 그러하듯) 동의할 것이다.

내가 자라나던 1970년대에는 외가와 친가 모두 음식에 별로 신경을 쓰지 않았다. 그 시절에는 그러는 사람이 거의 아무도 없었다. 〈더 베어The Bear〉,[6] 단일 목장 버터, 입소문이 난 골수 쌀국수 레시피 등은 등장하려면 아직 몇십 년 남았을 뿐만 아니라 상상조차 어려웠다. 모두가 교양인은 아니었다. 친가 쪽 사람들은 광부나 총기 제작자였고, 모두가 사냥꾼이었다. 그들의 냉동고는 왁스를 입힌 종이로 싼 사슴고기 조각들로 가득 채워져 있었다. 그 조각은 해동되면 짐승 특유의 악취를 풍기곤 했다. 그것은 식사가 거듭되는 동안 만족스러워하는 콧수염

---

6   셰프가 주인공으로 등장하는 미국 드라마.

차양 아래서 자취를 감춰갔다. 아치 할아버지는 인삼과 나무 심재와 나뭇잎과 나무껍질과 톡 쏘는 냄새를 풍기는 허브와 다른 알 수 없는 약들을 바지 주머니에 넣고 다니는 광부였다. 누군가가 두통이나 치통을 앓을 때면 할아버지는 구겨진 나뭇잎 몇 개를 꺼내서 어리둥절해하는 환자에게 건네고는 "여기 있네, 이걸 씹어봐"라고 말하곤 했다.

아치 할아버지는 삼십 년의 세월을 광산에서 보내다가 오십 대가 되어서야 그곳에서 빠져나왔다. 할아버지는 자기 집에 혼자서 운영하는 부동산 중개소를 차렸는데, 그 일에 소질이 있었다. 웨스트버지니아주 매닝턴에 있는 할아버지의 삐걱거리는 빅토리아 시대풍 집에서 하던 일요일 식사는 전직 교사이자 우리가 '내니'라고 불렀던 메리 할머니가 준비하곤 했다. 만찬의 주메뉴는 사슴고기 혹은 다른 구운 고기였다. 달가닥거리는 압력솥으로 요리한 완두콩과 풍미를 더하기 위한 베이컨 한 조각도 있었다. 우리는 식사 전에 뒤쪽 베란다에서 완두콩 껍질의 위아래를 잘라냈다. 식탁에는 매시트포테이토, 따뜻한 롤빵, 그리고 가끔은 집에서 만들기도 했지만 늘 그렇지는 않았던 사과 소스로 채워진 서빙용 큰 접시가 (언제나) 있었다. 아치 할아버지는 사람들에게 음식을 천천히 꼭꼭 씹어 먹으라고 권장한 별난 영양학자 호러스 플레처, 바로 그 '위대한 인간 분쇄기'의 신봉자였다. 아치 할아버지는 한 입마다 서른두 번씩 씹었고, 때로는 우리도 그렇게 하도록 했다. 아이에게 그런 일을 시키는 건 잔인한 처사였다. 한 입 먹을 때마다 음식이 매번 입안에서 혐오스러운 반죽이 되어버리니 말이다. 디저트는 마요네즈와 젤로[7]로 만든 웰도프 샐러드였다. 저녁 식사가 끝나면 아치 할아버지는 의자에 등을 기대고 앉아 벨트를 끄르고 헐거운 갈색 바지의 위쪽 단추 두 개를 풀곤 했다. 양손으로 배를 두드리며 만면에 만족스러운 웃음을 띠었다. 그것이 할아버지가 넘쳐나는 음식과 요리사를 찬양하는 방식이었다. 내니도 거들을 느슨하게 풀었을 텐데, 아마 아무도 보지 않는 곳에서 아주 은밀히 그랬을 것이다.

아치 할아버지는 대공황 시절을 겪어서 없이 지내는 게 어떤 일인지 알았다. 할아버지는 아무것도, 휴지 한 장도 낭비하지 않았다. 코를 풀고 싶으면 화장실로 가서 세면대 앞에 선 다음 양쪽 수도꼭지를 틀었다. 세면대에 기대어 한 손가락으로 한쪽 콧구멍을 누른 채 다른 쪽 콧구멍의 콧물을 풀었고, 그러고는 다른 쪽도 똑같이 반복했다. 콧물은 흐르는 물에 씻겨 내려갔다. 내게는 완전히 위생적으로 보이던 이 행동을 끝내는 데는 사 초 정도밖에 걸리지 않았다. 그러고서 할아버지는 손을 씻치고(warsh, 할아버지는 'wash'를 이렇게 발음했다) 다시 밖으로 나왔다. [아일랜드의 소설가] 에드나 오브라이언은 《시골 소녀들》에서 혀에 바른 약간의 빅스 베이포럽^{Vicks VapoRub}

---

7   Jell-O, 과일의 맛과 빛깔과 향을 낸 디저트용 젤리.

   내 영혼의 델리카트슨

이 굶주림을 없애준다고 썼다. 그런 게 아치 할아버지가 인정했을 법한 종류의 민간요법이었다. 때로 저녁 식사 후 할아버지는 우리의 구슬림에 못 이겨 〈댄 맥그로의 총질^{The Shooting of Dan Mc-Grew}〉을 낭송하기도 했다. 영국 출신의 캐나다인 시인 로버트 서비스가 쓴 길고 스릴 넘치는 발라드로, 할아버지가 외우던 시였다.

아치 할아버지가 속한 친가 쪽 사람들은 수 세기 전부터 웨스트버지니아주에서 살았다. 반면에 외가 쪽 사람들은 1950년대 후반에 인디애나주 테러호트에서 처음 이주했다. 외할아버지는 머논가힐라 강에 자리한 둔감한 중산층 소도시인 페어몬트에서 병입 공장 관리인으로 취직했다. 그는 고기와 감자를 좋아하는[8] 남자였다. 외할아버지와 외할머니는 너무 시골티가 나거나 저급한 것은 경험하고 싶어 하지 않았다. 두 분은 산동네 얼간이들과 혼동되길 원치 않았다. 외할아버지는 골초였고 틀니를 착용했다. 그것은 내가 난생처음 본 틀니였고, 외할아버지의 나이가 들어감에 따라 가족 식사는 그 틀니에 굴복했다. 고기는 포크가 들어갈 정도로 푹 익혀졌다. 식사는 점점 참마 퓌레 같은 상태를 지향했다.

부모님이 서로를 만난 건 1960년대 초였다. 아버지는 웨

---

[8] '고기와 감자를 좋아하는'으로 옮긴 'meat-and-potatoes'는 원래 '소박한 것을 좋아하는' '가장 기본적인' 등을 뜻한다.

스트버지니아 대학 법과대 마지막 학년이었고, 어머니는 예전 사범대였던 페어몬트 주립대학의 홈커밍 퀸이었다. 둘은 결혼한 후 (주도) 찰스턴으로 이사해서 우리 셋을 낳았다. 나, 여동생 앤, 그러고는 남동생 빌을. 몇 년 후 부모님은 우리와 함께 플로리다주 네이플스로 달아났다. 1973년, 홍수 같은 여름비가 쏟아지던 밤에 우리는 우리의 첫 집으로 들어갔다. 수련의 잎처럼 떠서 대형을 이룬 불개미 떼가 다리에 달라붙어 일제히 찔러댔다. 마치 오래된 불개미 둔덕이 훼손된 것에 대한 복수라도 하듯이 말이다. 햇빛의 주[9]에 온 것을 환영한다고 말하는 듯했다.

나는 어머니의 인심 후한 미국 중산층 요리를 먹고 자랐다. 그 요리의 버터를 바른 따스한 누들 같은 담백함을 사랑했다. [미국의 음식, 여행 르포 작가] 제인 스턴과 마이클 스턴은 그들의 책 《미국 미식가 American Gourmet》에서 내가 아이였을 때인 1960년대와 1970년대 사이의 요리 경계선을, 마치 예전 브래지어 광고에서 말하던 식으로 들어 올리고 분리한다. "한쪽에는 텔레비전 디너,[10] 원더 브레드,[11] 햄버거 헬퍼,[12] 쿨 휩,[13] 그리

---

[9]   플로리다주의 속칭.
[10] '즉석식품'을 뜻하는 표현.
[11] 미국의 빵 브랜드.
[12] 미국의 밀키트 브랜드.
[13] 미국의 휘핑크림 브랜드.

고 백악관에서 이른바 자신의 최애 간식인 코티지 치즈와 케첩을 먹는 리처드 닉슨이 있었다"라고 그들은 썼다. 내가 기억하기로, 다른 한쪽에는 타히니,[14] 타마리,[15] 두부, 강황 차, 캐롤 킹의 앨범들, 캐럽,[16] 바틱 의상, 그리고 《우리 몸 우리 자신》[17]이 있었다. 문화적으로, 그리고 요리 면에서 봤을 때 우리는 이 경계선에서 쿨 휩 쪽에 있었다. 비록 우리로서는 햄버거 헬퍼가 분명 품위를 떨어뜨리는 것이긴 했지만 말이다. 그럼에도 나는 이 시대에 대해 이렇게 말할 수 있다. 우리는 모두 젤로 서브머린에서 살았다고.[18]

아마도 이쯤에서 우리 어머니가 다른 어머니들보다 더 아름다웠다는 사실을 언급하는 게 좋을 듯하다. 이건 아들이면 누구나 다 하는 생각일까? 녹갈색 눈에 작고 둥근 코, 어깨까지 오는 진갈색 머리를 한 어머니는 애팔래치아 지방의 내털리 포트먼이라고 할 만했다. 어머니는 길고 흰 장갑이 잘 어울렸다. 위기에 처했을 때 곁에 두기 좋은 사람이기도 했다. 어머니는 두꺼비집 전선을 갈고, 석고판을 붙이고, 리놀륨을 깔고, 옷을 바느질할 줄 알았다. 집중하느라 이마를 살짝 찡그리고 입

---

14   주로 중동 지역에서 먹는 참깨 소스.
15   일본의 전통 간장.
16   초콜릿 맛이 나는 유럽콩나무 열매.
17   세계 30여 개국에 번역된 여성의 건강과 성에 관한 책.
18   비틀스의 노래 'Yellow Submarine'의 후렴구인 "We all live in a Yellow Submarine(우리는 모두 옐로 서브머린에서 살아간다네)"의 패러디.

에 짧은 못을 문 채 망치를 휘두를 때만큼 어머니가 아름다워 보일 때도 없었다. 말벌에 쏘인 손가락, 대수학 문제, 까진 무릎을 보이면 어머니는 눈 깜박할 사이에 그 고통을 없애주곤 했다. 덤으로 어머니는 찾기도 쉬웠다. 어디를 가든 둥글게 피어오르는 푸른 담배 연기와 긴 유리잔에 담긴 묽은 아이스커피가 따라다녔으니까.

어머니는 요리를 좋아하지 않았다. 요리는 어머니의 취향이 아니었다. 어머니에게는 충실하게 순서를 지키며 번갈아 준비되는 맛있는 표준적 음식 세트들이 있었다. 얇게 썬 프랑크푸르트 소시지를 곁들인 사우어크라우트,[19] 크래프트 파마산 치즈 가루가 든 빛나는 녹색 셰이커와 함께 나오는, 잘게 다져 구운 햄버그스테이크용 고기와 헌츠 통조림 토마토소스를 곁들인 스파게티. 어머니는 다진 소고기와 비닐 포장된 향신료를 넣은 하드 타코[20]와 미국식 에그푸영[21]을 만들었다. 우리는 이 중 몇몇 요리를 두고 어머니를 놀렸지만 그래도 그것들을 좋아했다. 이따금 나는 그 에그푸영이 너무 그리운 나머지 집에서 비슷하게 만들어보려고 애쓴다. 결과는 늘 엉망이다. 아버지가 어머니와 이혼하기 전 여러 해 동안 재방송을 보며 텔레비전 앞에서 잠들던 시트콤 〈신혼여행자들The Honeymooners〉에 등장하

---

19   소금에 절인 양배추.

20   튀겨서 단단해진 토르티야에 싸 먹는 타코.

21   중국 광둥 지역의 달걀 요리.

  내 영혼의 델리카트슨

는 랠프 크램든처럼, 우리는 미트 로프를 정말 많이 먹었다.

때때로 도미나 농어 같은 생선도 먹었다. 외할아버지와 외할머니가 플로리다주에서 은퇴한 후 외할아버지가 잡은 것이었다. 어머니는 목구멍에 걸리면 죽을 수도 있는 생선 뼈의 위험성에 대해 말하며 우리를 공포의 도가니로 몰아넣었다. 실수로 마티니에 든 이쑤시개를 삼켰다가 죽은 [미국의 소설가] 셔우드 앤더슨처럼 목숨을 잃을 수도 있다며 말이다. 그 때문인지 여전히 어시장에 가면 불안감을 느끼는데, 그것만 빼면 어시장은 내가 가장 좋아하는 장소다. [미국의 소설가] 토머스 울프의 《천사여, 고향을 보라》에서 주인공으로 등장하는 탐식가는 목에 생선 뼈가 걸려 캑캑거린다. 그것은 아주 우스운 장면인데, 그럼에도 그가 먹는 일을 거의 멈추지 않기 때문이다. 울프는 이렇게 썼다. "그는 매번 고통과 공포로 울부짖으며 갑자기 고개를 쳐들곤 했고, 대여섯 개의 손이 그의 등을 마구 두드려대는 동안에도 신음하며 크게 외치곤 했다."

어머니는 우리 중 하나가 실망했거나, 비난받았거나, 따돌림받았거나, 운동장에서 욕을 먹었을 때 곧장 알아차리는 능력이 있었다. 그런 날이면 어머니는 우리가 고맙게 여길 따뜻한 격려의 음식을 만들어주곤 했다. [미국의 소설가이자 에세이스트] 메릴린 로빈슨은 《홈》에서 이러한 어머니의 편애적 순간을 포착했다. 로빈슨은 이렇게 썼다. "그 정도를 막론하고 어떤 불행이 끝날 때마다 어머니는 시나몬롤이나 브라우니, 혹은 치킨과 덤플링 냄새로 집 안 공기를 가득 채우곤 했는데, 이는 이 집에는 우리가 무슨 짓을 저지르든 우리 모두를 사랑해주는 영혼이 있다는 사실을 의미했다. 그것은 그들이 싸웠다면 평화를, 말썽을 부렸다면 사면을 의미했다. 그것은 우리가 이제 저녁을 먹으러 내려가도 되며, 손 씻기를 까먹지만 않는다면 우리에게 한마디라도 잔소리하는 사람은 아무도 없으리라는 사실을 의미했다."

어머니와 음식. 이는 웬만한 책장보다 두 배는 넓은 책장을 가득 채울 만한 주제다. 《조이 럭 클럽》에서 [중국계 미국인 소설가] 에이미 탄은 "중국 어머니들은 포옹과 키스가 아니라 근엄한 표정으로 찐만두와 오리 모래주머니와 게 요리를 내줌으로써 자식에 대한 사랑을 보여준다"라고 썼다. [미국의 음식 저널리스트] 어맨다 헤서는 훌륭한 레시피는 어머니가 쓴 편지처럼 읽혀야 한다고 말한다. 헤서의 레시피들은 과연 훌륭한데, 그녀와 독자 사이의 작은 음모처럼 느껴지기 때문이다. [미국의 음식평론가] 조너선 골드는 때로 우리가 원하는 것은 셰프의 까다로운 요리책이 아니라 어머니의 더 진정하고 너그러운, 따라서 심오한 요리책이라고 썼다(그것은 셰프인 폴 프루돔을 겨냥하고 한 말이었다).

우리 부모님에게 축복이 있기를! 부모님의 음악 취향은 음식 취향과 비슷했다. 어느 해인가 부모님은 새 차를 구입했는데, 테이프 덱에는 '스테레오 사운드' 비슷한 제목의 8트랙

내 영혼의 델리카트슨

카세트테이프가 들어 있었다. 부모님은 그 테이프를 한 번도 빼거나 끄지 않았다. 테이프는 삼 년 내내 재생되었다. 그 커버 곡들—레이 코니프 싱어즈의 〈젠틀 온 마이 마인드 Gentle on My Mind〉, 퍼시 페이스 오케스트라의 〈풀 온 더 힐 Fool on the Hill〉—은 벨비타 치즈 소스처럼 내 마음속 한구석에 부어졌다. 나는 본의 아니게 이 노래들을 좋아하게 되었다. 그에 대한 보답 차원에서, 내가 평생 소중히 아껴 들어온 음악은 얼마 되지 않는다. 대부분의 컨트리 가수와 블루스 가수는 "여전히 신발에 똥거름이 조금 묻어 있고 대중을 상대로 연주하는 요령을 아직 익히지 못했을 때"인 초창기가 최고라는 시인 어거스트 클라인잘러의 말에 동의하며 말이다.

부모님에게 식사 예절은 많은 것을 의미했다. 어머니는 집에서 식사 예절을 배웠다. 아버지는 웨스트버지니아 대학 남학생 사교클럽에서 식사 예절을 터득했는데, 1950년대 후반 당시 그곳은 그런 세부 사항에 엄격했다. 우리는 음식을 자를 때는 포크를 왼손에 쥐고 먹을 때는 오른손에 쥐도록 배웠다. 윌리엄 포크너도 이런 식으로 먹었다. "그는 고기를 자르고, 칼을 내려놓고, 포크를 들고, 고기 한 점을 포크로 찍고, 고기를 입에 넣고, 포크를 내려놓고, 다시 나이프를 들고, 고기 한 점을 다시 자르곤 했다"라고 한 목격자는 썼다. 처음으로 누군가가 포크를 아래로 향한 채 계속 왼손에 들고 먹는 유럽식 식사 예절을 목격했을 때, 나는 그 방식이 경제적이고 따라서 우아하다는 사실을 곧장 알아차렸다.

　그런 일들이 중요할 수도 있겠다고 처음 느꼈던 때가 떠오른다. 고등학교 졸업반 때 일이었다. 심야 영화로 오드리 헵번과 캐리 그랜트가 주연한 스탠리 도넌 감독의 1963년작 〈샤레이드〉가 상영되었다. 〈샤레이드〉에 영화 역사상 가장 사랑스러운 식사 장면이 담겨 있다는 사실을 나는 전혀 모르고 있었다. 비록 아주 짧은 장면이긴 하지만 말이다. 헵번과 그랜트가 센강의 배에서 저녁 식사를 하고 있다. 그들이 지나가는 다리의 석조 아치 아래로 그들의 활기찬 재담이 울려 퍼진다. 과부인 그녀는 죽은 남편이 훔쳤을지도 모를 돈을 쫓는 남자들에게 위협을 당하고 있다. 그랜트 또한 그녀의 돈을 노리고 있을지 모를 매력적인 남자다. 헵번이 포크를 아래로 향하도록 우아하게 왼손에 쥐고 스푼은 부드럽게 위로 곡선을 그리도록 오른손에 쥔 채 서빙용 접시에서 샐러드를 덜기 시작할 때, 영화는 거의 기어가는 속도로─어쨌든 내게는 그랬다─느려진다. 그녀는 불가사의할 만큼 능숙하고 편안하게 양상추와 콜드미트를 자기 샐러드 접시로 재빨리 옮긴다. 이것이야말로 식탁용 날붙이의 시적인 사용을 보여주는 장면이라고 생각한다. 그녀의 자세와 식사 예절은 보는 이의 마음을 거의 미어지게 한다. 적어도 그것은 분명 그랜트의 마음을 미어지게 한다. 그녀를 지켜보다가 그는 마침내 마음속에 내내 간직했던 말을 내뱉는다. "내가 당신을 만지지 않으려고 무척 애쓰고 있다는 생각이 들지 않나요?" 그는 말한다. 그녀는 녹아내리고, 잠시 후 그녀의 포크와 스푼이 요란한 소리를 내며 식탁 위로 떨어진다. 하나의 주문에서 벗어나는 동시에 또 다른 주문에 걸려버린 것이다.

미국인의 식사 예절은 격식에 얽매이지 않으려는 충동을 지닌다. 우리 중 너무 야단스럽게 보이고 싶어 하는 사람은 거의 없다. 어느 목격자는 [미국의 초대 대통령] 조지 워싱턴과의 식사 때 "먹거나 마시는 사이사이 그가 포크나 칼로 드럼을 치듯 식탁을 두드렸다"고 말했다. 당연한 말이지만, 좋은 식사 예절보다는 나쁜 식사 예절이 더 재미난 읽을거리다. 톨스토이는 《크로이체르 소나타》에서 이렇게 썼다. "나는 그녀가 후루룩거리면서 액체를 들이마시는 작은 소음을 들으며 그 더없이 가증스러운 행위를 하는 그녀를 증오하곤 했다." 쇠렌 키르케고르의 가족은 그를 '포크'라고 불렀는데, 식탁에서 음식을 탐욕스럽게 퍼먹는다고 비난받은 후 붙여진 별명이었다. 그에 대한 대답으로 그는 다음과 같이 선언했다. "나는 포크니까 당신들을 찔러버릴 거예요." 평론가 R. P. 블랙머는 [미국의 문학평론가이자 에세이스트] 에드먼드 윌슨이 스파게티를 먹는 모습을 보고는 말했다. "그것은 인간 본성에 대한 신념을 잃게 할 만한 장면이었다." 조이스 캐롤 오츠에 따르면, 그것은 블랙머가 남긴 가장 유명한 말이다.

나는 '프루스트의 마들렌' 같은 순간은 경험해본 적이 없

다. 모든 기억을 다시 밀려오게 하는 그런 심오한 한 입은 먹어
본 적이 없고, 때로는 다른 사람이 경험한 그런 순간에 대해 읽
는 게 싫기도 한데, 그들의 경험 자체가 강요된 것으로 보일 때
가 있기 때문이다. 하지만 이런 나로서도 세상에는 더 나은 것
들이 있다는 사실을 넌지시 알려준 세 개의 초창기 경험―일
종의 '쁘띠 마들렌' 같은 경험―을 가끔 떠올려야 할 때가 있
다. 그것들에 대해 굴 껍데기 벗기기 대회라도 참가한 듯 한번
재빨리 말해보겠다. 첫 번째는 여덟 살이던 1973년의 어느 가
을 오후에 했던 경험이다. 아버지와 나는 마이애미 돌핀스 미
식축구 경기가 끝난 후 차를 타고 집으로 돌아가는 중이었다.
우리가 있던 곳은 에버글레이드 습지[22]의 일부, 즉 빛바랜 2차
선 아스팔트 도로 양쪽으로 맹그로브와 참억새가 자라난 거대
하고 뜨거운 미지의 장소였다. 도로 한복판을 게으르게 걸어가
며 양차선 차량을 막는 악어와 마주치는 것은 드문 일이 아니
었다. 사이프러스 통나무로 짓고 억새 지붕을 얹은 오두막 밖
에서 한 무리의 사람들이 곡식을 갈고 있었다. 장작 연기 냄새
를 맡은 우리는 타미아미 트레일을 벗어나 차를 세웠다. 그곳
은 바비큐 식당 피트the Pit, 내가 처음으로 바비큐를 맛본 곳이
었다. 나는 그 후 십 년 동안 피트를 잘 알게 되었지만, 그 피트
야말로 내게 정말로 강렬한 인상을 남긴 첫 번째 장소였다. 피

---

[22]   미국 플로리다주 남부의 넓은 습지대.

    내 영혼의 델리카트슨

트에 온 손님들은 [미국의 소설가이자 에세이스트] 해리 크루스의 소설에서 쏟아져나온 것처럼 보였다. 웃통을 벗은 대마초 흡연자들, 엄청난 덩치의 보안관들, 티롤리언 모자를 쓰고 방울뱀 가죽 머리띠를 한, 시가 포장지 같은 구릿빛 피부의 밀렵꾼들. 아주 많은 바이커들로 혼란스러운 광경이었다. 사내들은 기름 투성이 거시기를 불쑥 꺼내더니 팔메토 야자나무에 오줌을 갈겼다.

우리가 줄 서 있는 동안 요란한 체포 상넌이 펼쳐졌다. 경찰들이 매부리코 남자 한 명을 사로잡았다. 그의 입가에는 미친개처럼 하얀 침이 매달려 있었다. 수년 뒤에 노먼 메일러의 《밤의 군대들》을 읽었을 때, 나는 "그것은 육욕적인 체포였다. 성적인 것이 아니라 육욕적인—고기 같은, 낯선 이들이 서로의 고기를 구매하는 듯한 체포"라는 메일러의 문장이 사실임을 깨달았다. 아버지와 나는 스페어립과 프렌치프라이와 피클 칩이 잔뜩 쌓인 쟁반을 들고 광기의 변두리에 자리를 잡았다. [미국의 소설가] 매디슨 스마트 벨은 그가 쓴 [미국의 소설가]로 버트 스톤 평전에서 [비트 세대의 상징적 인물] 닐 캐서디가 [사이키델릭 반문화를 대표하는 미국의 소설가] 켄 키지의 파티에서 바비큐가 될 운명인 돼지에게 LSD를 주사한 이야기에 관해 썼다. 피트에서도 비슷한 일이 벌어지는 광경이 쉽게 머릿속에 그려진다. 스페어립을 한 입 물자 고양감과 분노가 농시에 엄습했다. 나는 갈빗살이 그동안 나에게 비밀에 부쳐져 있었다는 사실을 믿을 수가 없었다.

　두 번째 순간은 웨스트버지니아주 매닝턴의 아치 할아버지네 주방에서 일어났다. 할아버지는 술을 마시지 않았지만 좋아하는 나이트캡[23]은 있었다. 복숭아가 제철일 때 할아버지는 복숭아 하나를 얇게 썰어서 그릇에 담고 홀밀크를 부어서 자정에 먹었다. 내가 어렸을 적 8월의 어느 날 밤, 우리는 라디오로 파이리츠[24] 경기 방송을 청취한 후 깨어 있던 마지막 두 명이었다. 나는 할아버지를 따라서 부엌으로 갔고, 할아버지는 내게 자신의 취침 시간 의식을 전수해주었다. 그것은 지금도 내가 정말 좋아하는 것 가운데 하나로, 밤에 푹 잘 수 있게 해주는 정신적 지주로 남아 있다. 이제 그 의식은 내 아이들이 좋아하는 것 가운데 하나이기도 하다. 메리 매카시는《가톨릭 소녀 시절의 추억 Memories of a Catholic Girlhood》에서 아버지가 "설탕으로 작고 하얀 산을 쌓은 다음 그 안에 복숭아를 떨어뜨려서" 먹으라고 가르쳐준 방법을 떠올린다. 그녀는 그 방법 자체보다 "모든 걸 특별한 음식으로 바꿔놓으라고 강조한" 아버지의 의도가 더 중요했다는 사실을 직감했다.

　나의 마지막 작은 프루스트적 순간은 블루크랩과 관련된 것이다. 어머니의 동생인 삼촌 빌은 유나이티드 항공의 조종사

23　night-cap, 잠자리에 들기 전에 마시는 술.
24　펜실베이니아주 피츠버그를 연고지로 하는 프로야구단.

였다. 다리는 청동 같았고 재치는 대단했던 전직 스튜어디스인 숙모 로빈과 삼촌은 메릴랜드에 집이 있었다. 멀리 체사피크 만이 보이는 곳이었다. 내가 아홉 살이나 열 살이었을 때 우리 가족은 그곳을 방문했다. 빌 삼촌은 끓는 물로 가득 찬 냄비에 힘겹게 게를 집어넣었고, 머지않아 신문(읽을거리!)과 냅킨과 올드 베이 양념으로 뒤덮인 뒷마당의 피크닉용 테이블 위로 김을 뿜는 붉은 게를 쏟아부었다. 나는 그 혼돈에 매혹되었다. 망치로 껍데기 깨기, 십게와 다리와 껍데기 시이의 작은 틈에서 살 발라내기, 유쾌하게 물이 튀는 셔츠와 반바지와 신발. 집에서는 결코 이런 식으로 먹지 않았지만 그날 이후 나에게 훌륭한 식사의 정의 중 하나는 다 먹고 나서 테이블을 호스로 씻어내야 하는 식사가 되었다. 빌 삼촌은 옥수수를 다루는 법도 잘 알았다. 그는 두 번째 냄비를 가져와서 물을 끓인 후 뜨거운 석탄 위를 걷기라도 하듯 성큼성큼 재빨리 정원으로 걸어갔다. 그러고는 줄기에서 마체테로 옥수수 십여 자루를 베어내고서 다시 성큼성큼 걸어 돌아오는 와중에 껍데기를 벗겨서 천연당이 전분으로 변하는 일을 방지하고는 그것들을 냄비에 던져넣어 재빨리 쪘다. 나는 빌 삼촌이 전해준 무언의 가르침을 흡수했다. 즉, 아즈텍족이 그랬듯이 옥수수를 숭배할 것.

반反프루스트적인 순간도 떠오른다. 나는 열한 살과 열두 살 때 《네이플스 데일리 뉴스Naples Daily News》라는 오후 신문을 배달했는데, 지역 재담꾼들이 《데일리 숭어 포장지Daily Mullet

Wrapper》라고 부르던 신문이었다. 세인트 앤의 한 신부님은 내가 공짜 신문을 가져다줄 때마다 집에서 만든 애플 케이크 한 조각을 주셨다. 늘 남는 신문이 있었기에 이는 괜찮은 거래처럼 보였다. 어느 날 오후 내가 신부님의 아파트에 있을 때 그가 화장실에 다녀와야겠다고 말했다. 거실에서 일어난 신부님은 그 자리에서 바지와 속옷을 내렸다. 신부님의 다리 사이에서 그것이 성수 살포 용기처럼 달랑거리고 있었다. 몇 초 후 신부님은 유유히 화장실로 걸어가며 내 뒤에서 외쳤다. "괜찮다, 우린 다 똑같은 물건을 달고 있으니까!" 나는 물에서 빠져나온 개처럼 그 기억을 떨쳐버렸다. 하지만 다시는 그곳에 가지 않았고, 머지않아 그 일과 완전히 무관하지는 않은 이유로 무신론자가 되었다. 그 뒤로는 애플 케이크를 아주 맛있게 먹은 적이 단 한 번도 없다.

몸무게가 문젯거리로 여겨지기 시작했을 때, 나는 여전히 초등학생이었다. 너무 많은 책과 너무 많은 치즈 샌드위치 탓이었다. 내가 만일 고양이였다면 걷는 동안 몸통 아래가 이리저리 흔들렸을 것이다. 특히 내 토실토실함이 부끄러웠을 때는 셔츠 대 맨살로 붙는 농구 경기에서 '맨살' 편이 되었을 때였다. 이는 끔찍한 비상 상황이었고, 거기서 빠져나갈 방법은 없었다. 내 가슴은 출렁거렸고, 아이들은 영차 하고 들어 올리는 흉내를 냈다. 다른 아이들은 모두 독일 와인 병처럼 마른 몸집에 키가 컸다. 7학년에서 8학년 때는 성당의 번쩍이는 교구 목

사관에서 열리던 주간 체중 조절 모임에 나갔다. 지난 이십 년 동안 내가 가장 어린 회원이었다. 푹신푹신한 몸집의 노부인들이 나를 두고 호들갑을 떨었다. 나의 식단에는 참치 통조림과 튀긴 송아지 간이 많았던 기억이 난다. 나의 입맛은 후자 쪽으로 개발되었다. 튀긴 송아지 간은 점점 더 찾기 어려워지는, 저급하면서도 고급스러운 취향의 음식이다. 대체로 다이너[25] 혹은 반대로 맨해튼의 구식 사교클럽의 퇴행적인 메뉴에서 종종 눈에 띄지만, 그 중산 수준의 식딩에시는 좀처럼 보기 어려운 메뉴다. 나는 인생의 대부분을 삼십에서 육십 파운드 과체중으로 살아왔다. 그리고 이런 경험을 공유하는 가상의 인물들에게 관심이 있다. 나는 셰익스피어의 작품에서 뚱뚱한 남자들이 여성화되는 방식에 익숙하다. [미국의 소설가] 시그리드 누네즈가 소설 《어떻게 지내요》에서 어떤 사람을 "굶주림을 느끼며 하루하루의 대부분을 보내는 게 거의 확실해 보이는 날씬함"의 소유자로 묘사할 때 나는 그게 무슨 말인지 잘 안다. 때로 음식을 조절해서 마른 체형이 되는 데 성공하기도 했는데, 그런 체형을 유지하려고 애쓸 때마다 늘상 공복감을 느꼈다. [영국의 소설가] 마틴 에이미스의 《머니》에서 화자는 "내가 달리 알려주지 않는 한, 나는 늘 또 다른 담배를 피우는 중"이라고 말한다. 내가 이 책에서 달리 알려주지 않는 한, 나는 늘 다이어트

---

25   diner, 미국에서 간이식당을 일컫는 말.

에 돌입하거나 실패하며 폭식과 굶주림의 순환 속에서 생과 사를 오가는 중이다.

나는 동요에 나오는 잭 스프랫처럼 비계를 먹지 않는 경향이 있다. 내 아내는 살코기를 먹지 않는 경향이 있고. 그래서 우리는 그 동요에서 그러하듯 결과적으로 둘 다 접시를 깨끗이 비우고 만다. 나는 고지방 식단을 이해할 수 없다. 그것은 자동차 핸들을 내리막길 쪽으로 돌리는 행위나 마찬가지다. 종종 나는 사막에 있는 호화로운 체중 감량 온천에 가는 생각을 한다. 물론 그럴 형편은 못 되는데, 그래도 아주 많은 편집자에게 그 아이디어를 던져보긴 했다. 성공하진 못했지만. 나는 불굴의 용기를 발휘하지 못할까봐 두렵다. 나는 작가이자 편집자인 내 친구 대니얼 오크렌트처럼 되고 말 것이다. 그는 바하칼리포르니아주의 란초 라 푸에르타—그는 그곳을 '란초 엘 포르코'라고 부른다[26]—에서 고작 며칠을 보내고는 또 다른 변절자 한 명을 이끌고서 치즈 엔칠라다와 맥주를 찾아 시내로 탈출했다. 혹은 스위스 알프스의 건강 관리 클럽에 머물렀던 《대부》의 작가 마리오 푸조처럼 되고 말지도 모른다. 푸조의 친구 브루스 제이 프리드먼에 따르면, 푸조는 한 주가 지나자 더는 버티지 못하고 어느 날 밤 파자마 차림으로 몰래 그곳을 빠져

---

[26] '문'을 뜻하는 '푸에르타'를 '돼지'를 뜻하는 '포르코'로 바꿔 불렀다는 뜻이다.

나갔다. 그는 어찌어찌해서 택시를 부르고는 피자를 먹기 위해 300마일 떨어진 파리로 갔다.

아마도 내가 가장 좋아하는 시인은 2019년에 세상을 뜬 덩치 큰 오스트레일리아 시인 레스 머리일 것이다. 나는 아주 여러 면에서 그를 좋아한다. 그의 위트, 점보 사이즈의 지적 능력, 그가 지닌 통찰력의 근본적 야생성을. 때로 웨스트버지니아주 출신이라는 데서 오는 종속적 태도[27]를 느끼게 되는 사람에게 호소하는 그의 계급 정치학을 좋아한다. 《파리 리뷰》 인터뷰에서 머리는 자신이 "사회적으로 출세하지 않고도 인생과 씨름해 그것을 승복시키는 데 성공했다"라며 자랑했다. 그는 태생적으로 커다랬다. 나는 뚱뚱함에 관한 그의 시들은 더더욱 좋아한다. 〈타오르는 결핍 Burning Want〉에서 그는 다음과 같이 어린 시절을 회상한다.

……새 학교에서의 내 별명은 모두 뚱뚱함과 관련된
  것이었다.
쉬는 시간에 아이들은 에로스를 살해했다: 성적 의욕의 파괴.
요청하지 않은 사랑의 대규모 거부, 그것은 효과가 있다.
  열일곱 살 소녀처럼

---

27 cultural cringe, 타문화와 비교해서 자기 문화가 진부하다고 여기는 태도.

환호하며 내게 온 소년들은 우는 소리로 조롱하며 달아났다.

〈고향의 해변에서On Home Beaches〉에서 그는 해변에서 보낸 뚱뚱한 아이 시절을 회상한다. 그가 "젖은 티셔츠를 가슴에서 뗀 채 들고 있던 시뻘건 소년" 시절을 회상하는 구절은 정말이지 나를 미치게 만든다.

나는 공립학교인 네이플스 고등학교에 다녔다. 학교신문을 편집했고 졸업 앨범에 들어가는 원고를 썼다. 빠르고 날렵하며 적응을 잘하는 아이들이 무엇을 하는지 설명하는 캡션을 쓰는 데 능숙해졌다. 야심만만한 기자라면 누구든 필요로 하는 근본적인 기술이었다. 나는 문예지를 창간했다. 자그마한 말썽꾼이 되었다. 미국시민자유연합은 나를 두 번이나 자진해서 옹호해주었다. 한번은 내가 책상에 새겨진 '씨발'이라는 단어를 문예지에 실으려 했을 때였고, 또 한번은 '삶에 대해 재미없게 군다'는 이유로 신문에서 고등학교 이사회를 비판했을 때였다. 물론 내가 사용한 표현은 좀 달랐지만 말이다. 나를 옹호해준 몇몇 선생님은 그럼으로써 경력에 흠집이 생겼다. 나는 허세를 부리곤 했다. 두 권의 뚱뚱한 소설과 세 권의 시집을 교과서와 함께 들고 복도를 걸어 다녔다. 나를 좀 봐, 문학에 조예가 깊으신 몸이지. 이제 와서 돌이켜보니 움찔할 만큼 민망한 기억이다.

그때쯤 나는 먹고 즐기며 사는 사람들에 대해 쓰는 작가들

　　　　　내 영혼의 델리카트슨

을 부차적으로 읽어나가고 있었다. [미국의 하드보일드 범죄소설가] 로버트 B. 파커에서부터 있는 그대로의 음식 관련 글을 써서 《아메리칸 프라이드 American Fried》와 《앨리스, 먹자 Alice, Let's Eat》 같은 제목의 책으로 묶은 [미국의 저널리스트이자 음식 작가, 소설가] 캘빈 트릴린에 이르기까지. 운 좋게도 어렸을 때 트릴린을 발견하고 그의 작품에 한번 물린 후 아직도 그것에서 놓여나지 못하고 있다. 그는 솔직한 성격이며 허세에 회의적이다. 그는 클램 벨리, 프라이드 덤플링, 스그레플 같은 토착 음식을 용호했다. 종종 기이한 상황에서 포크를 들고 있을 때면 "트릴린이라면 어떻게 할까?" 하고 생각하는 나 자신을 발견한다. 나는 [미국의 저널리스트이자 에세이스트] A. J. 리블링, [영국의 요리 작가] 엘리자베스 데이비드, [미국의 음식 문학 작가] M. F. K. 피셔, 제인 스턴과 마이클 스턴, 그리고 닮고 싶은 주인공들이 등장하는 소설을 쓴 [미국의 소설가이자 음식 에세이스트] 짐 해리슨으로 옮겨갔다. 해리슨의 야단스러운 터프가이들은 수렵한 새와 트러플을 좋아하는 대식가이지만, 캐비닛에서 어린 시절의 기쁨을 떠올려주는 셰프 보야디 라비올리 한 캔을 발견하고는 행복해하기도 한다. 그의 인물들은 돈이 아니라 인생과 경험에 대한 "완전한 탐욕"을 지니고 있다. 해리슨이 누군가에게 던질 수 있는 가장 큰 찬사는 《창조를 망각한 짐승 신 The Beast God Forgot to Invent》에 나오는 말, 즉 "그는 날 그대로 태양과 날과 지구를 베어 먹고 있었다"였다.

미들버리 대학에서도 신문을 편집했다. 나는 오스틴의 텍사스 대학 신문사 입구 위에 "학업 평점 관리를 포기한 자들이 오는 곳"이라고 쓰인 간판이 있다는 말을 들었다. 미들버리 대학 신문사도 그런 간판을 달아놓았어야 했다. 3학년이 되었을 때 나는 《보스턴 글로브 The Boston Globe》와 《뉴욕타임스 The New York Times》로 연줄이 이어지고 있었다. 4학년이 되었을 때는 벌린텅의 대안 주간지에 연극 리뷰를,《빌리지 보이스 The Village Voice》에 북 리뷰를 쓰고 있었다. 수업은 많이 듣지 못했다. 잘 먹지도 못했다. 나는 대학의 특별 소장품 사서인 밥 벅아이와 친구가 되었다. 해적 같은 미소를 지녔으며 나를 [독일 출신의 영국 작가] 에바 피지스의 소설과 [영국의 펑크 록 밴드] 메콘스의 음악으로 이끈 친구였다. 우리는 자주 라켓볼을 치고 놀았다. 어느 날 그가 얼린 홈메이드 페스토로 가득 채운 스티로폼 컵을 선물로 가져다주었다. 나는 페스토가 뭔지 몰랐지만 무슨 이유에서인지 아는 척을 했다. 나중에 그걸 스푼으로 조금 떠먹어보려 했다. 그게 무슨 셔벗이라도 되는 것처럼 말이다. 웩. 그 페스토는 기숙사 냉장고 뒤편에서 썩어갔다. 페스토를 먹을 준비가 되려면 아직 멀었을 때였다.

　나는 적어도 내가 받은 교육의 60퍼센트를 미들버리 대학 도서관의 정기 간행물 코너에 빚지고 있다. 나는 남들이 원하지 않던 (토요일 밤, 일요일 아침의) 고독한 대출대 아르바이트를 했다. 따스한 불빛이 비치고 천장이 높은, 영락했지만 체면을 차리던 그 공간은 그 시간대에 대체로 텅 비어 있었고, 시간은 남아돌았다. 나는 길게 늘어선 정기 간행물 코너 사이를 미끄러지듯 움직이며 온갖 잡지를 한 부씩 움켜쥐었고, 그러다가 매번 커다란 샌드위치 크기로 쌓여버린 잡지들과 함께 독학자처럼 돌아오곤 했다. 그때는 미국 잡지의 황금기, 아마도 마지막 황금기였을 것이다. 《뉴 리퍼블릭The New Republic》! 새 페이지나 새로운 레이아웃도 없이 다음 기사가 바로 시작되는 잡지를 본 것은 그때가 처음이었다. 편집장은 마이클 킨슬리였고, 모든 페이지가 거의 화성인 수준의 지능 아래 빛났다. 《내셔널 리뷰National Review》에는 [미국의 에세이스트이자 소설가] 플로렌스 킹의 으스대는 칼럼이 실려 있었다. 나는 《베니티 페어Vanity Fair》에 실린 [미국의 문화비평가] 제임스 울컷의 작품을 너무나도 열정적으로 살펴본 나머지—버너 네 개를 모두 사용해서 요리하는 작가가 바로 여기 있었다—마이크로필름 방으로 직행해서 《하퍼스 매거진Harper's Magazine》과 《빌리지 보이스》에 실린 그의 초기작을 발굴해내기도 했다. 《타임Time》에는 황소 같은 미술비평가 로버트 휴스의 글이 실려 있었다. 《뉴스위크Newsweek》에는 아직 소설가가 되기 전이었고 [미국의 미니멀리즘 소설가] 앤 비티와 막 이혼한, 서평가로서 신랄한 커브볼을 던지던 데이비드 게이츠의 글이 실려 있었다. 《스파이Spy》는 새로웠으며, 아이러니가 신선한 공기를 대신하는 듯한 별에서 도착한 잡지처럼 느껴졌다. 심지어 《보그》, 《엘르》, 《하퍼스 바자》도 치실질을 잘한 것처럼 깔끔한 논평으로 가득 차 있었다.

[미국의 영화평론가] 폴린 케일은 이미 공인된 영웅이었고, 《뉴요커The New Yorker》에 실린 그녀의 영화 리뷰는 오천 자 내내 고개를 끄덕이게 하곤 했다. 프로 스포츠에 관한 나의 열정은 시들해지고 있었지만, 《스포츠 일러스트레이티드Sports Illustrated》에는 [미국의 유머 작가이자 에세이스트] 로이 블라운트 주니어, [미국의 스포츠 기자이자 소설가] 댄 젠킨스, [미국의 스포츠 기자] 프랭크 디포드의 글이 실렸고, 따라서 그냥 건너뛸 수 없었다. 《에스콰이어Esquire》는 [미국의 소설가] 조이 윌리엄스, 리처드 포드, 톰 맥과인처럼 머리가 살짝 희끗희끗해진 외부자-내부자들의 집합소였다. 다들 송어가 헤엄치는 몬태나주의 개울 같은 영혼을 지닌 성별聖別된 사람들이었다. 《뉴욕New York》 잡지에 실린 기사들은 온통 화려한 동시에 누추했으며, 내가 알길 바라던 도시에 관한 신랄한 소개 글이었다. 나는 《마더 존스Mother Jones》, 《인 디즈 타임스In These Times》, 《우트네 리더Utne Reader》의 모든 호를 헤쳐나가듯 읽었다. 진흙투성이 정치적 견해는 마음에 들었지만 대체로 너무 진지하게 느껴졌다. 나는 《애틀랜틱The Atlantic》, 《월간 텍사스Texas Monthly》, 《인터뷰Interview》, 《뉴욕 리뷰 오브 북스The New York Review of Books》, 《티엘에스The TLS》, 《런던 리뷰 오브 북스London Review of Books》, 90년대에 내가 칼럼을 쓰게 된 《헝그리 마인드 리뷰Hungry Mind Review》, 《이코노미스트The Economist》, 《크로니클 오브 하이어 에듀케이션The Chronicle of Higher Education》, 나중

 내 영혼의 델리카트슨

에 내가 객원 에디터를 맡게 된 《보스턴 피닉스 The Boston Phoenix》,
미들버리 대학 캠퍼스에 매우 혐오스러운 상자 같은 설치물을
설치해 다람쥐들을 기겁하게 한 자위 예술가 비토 아콘치에 관
한 글을 쓰면서 내가 프리랜서로 일하기 시작한 《월간 뉴잉글
랜드 New England Monthly》를 읽었다.

《디센트 Dissent》와 《코멘터리 Commentary》는 내가 호기심을 가
지게 된 오랜 싸움을 재탕하고 있었다. 이 잡지들을 읽을 때
마다, 그 둘을 합치면 '디센터리 Dysentery'가 된다는 우디 앨런
의 농담[28]을 떠올리지 않을 수 없었다. 캐나다 잡지 《매클린스
Maclean's》는 어떤 내용이었더라? 《포린 어페어스 Foreign Affairs》도
성공적이진 않았다. 하지만 런던 잡지인 《뉴 스테이츠먼 The New
Statesman》과 《스펙테이터 The Spectator》는 마음에 쏙 들었는데, 작가
들이 새로운 유행에 속박되지 않았기 때문이다. 그들은 무엇이
든 내키는 것에 관해 썼다. 설령 그게 치질에 관한 것이라 해도
말이다. 《롤링스톤 Rolling Stone》의 음반 리뷰는 여전히 리스너들
의 지침이 되어주고 있다. 《뉴욕타임스》에서 모린 다우드가 아
버지 부시 행정부에 관해 쓴 80년대 후반의 글은 너무나도 활
달해서 매일 아침 기사의 첫머리 행에서 그녀의 이름부터 찾곤
했다. 그녀의 글은 전혀 '그레이 레이디'[29] 같지 않았다.

28　'dissent(반대 의견)'와 'commentary(논평)'를 합치면 'dysentery
(이질, 설사)'가 된다는 의미다.

29　Gray Lady, 진지하고 객관적이며 어느 정도 전통적인 저널리즘을 표방

도서관 책상에서는 어떤 음식도 허용되지 않았다. 만일 허용되었더라면 그들은 나를 냉장고처럼 손수레에 실어서 끌고 나갔어야 했을지도 모른다. 트루먼 커포티의 《티파니에서 아침을》에서 홀리 골라이틀리는 닥 골라이트와 함께 작은 시골 마을에 갇히게 되었을 때 이처럼 많은 양의 잡지를 나만큼이나 맹렬히 읽는다. 가십 칼럼을 뒤적거리며 자기 본명이 룰라메 반스라는 사실을 잊으려 애쓴다(나중에 홀리는 '모던 라이브러리' 총서를 모두 소유하게 된다). 내가 캠퍼스에 머물던 어느 여름, 학생들의 잡지를 발송하길 꺼리던 우편물실은 대신 그것들을 아침마다 긴 테이블 위에 꺼내놓았다. 테이블 전체가 공짜로 집어 갈 수 있는 잡지 가판대였다. 그것들을 덥석 집어 들던 내 모습은 인스타그램 릴스에 나오는, 머리 위로 테니스공 백 개가 떨어진 강아지 같았다. 제대로 된 음식을 곁들여 그것들을 모두 읽는 동안 몸무게는 석 달 만에 8파운드나 불었다.

대학 카페테리아는 나를 겁에 질리게 했다. 나는 트레이를 가득 채운 후 돌아서서 돌처럼 무뚝뚝한 얼굴들을 보는 게 두려웠다. 그것은 놀이터의 회전하는 뺑뺑이에 올라타지 못한 채, 올라타다가 무언가에 세게 부딪힐까봐 두려워하며 그 옆에 서 있는 아이가 느낄 법한 공포였다. 지금도 북적이는 공간에

한다는 의미에서 붙여진 《뉴욕타임스》의 별칭으로, 문자 그대로는 '보수적인 할머니' 정도를 의미한다.

  내 영혼의 델리카트슨

혼자서 들어서는 것에 공포증이 있다. 나는 7번 도로에 있는 식당인 로지스에서 테이크아웃을 많이 했다. 스플릿 피 수프와 잘 구운 햄치즈 샌드위치를 주문하곤 했다. 이런 음식을 사 먹을 여유가 있었던 건 그 모든 도서관 아르바이트, 그리고 신문 편집자로서 대학에서 받은 봉급 덕분이었다. 골격이 우람한 로지스의 웨이트리스들은 내가 그곳에 쪼그리고 앉아 있게 허락해주었다. 나는 한 무더기의 책과 잡지에 사로잡힌 채 두세 시산 동안 머물곤 했다. 칸막이 좌석을 비워줘야 하거나 조명이 깜박거리기 시작할 때까지.

[미국의 소설가] 프레더릭 엑슬리의 《어느 팬의 노트^{A Fan's Notes}》는 이미 내가 가장 좋아하는 소설이었다. 어쩌면 그의 화자처럼 나도 내가 어떤 면에서는 삶의 관중—팬—이 될 것임을 직감했기 때문이었으리라. 로지스의 칸막이 좌석에 편히 자리를 잡으며 나는 엑슬리의 화자가 신문을 한 무더기 구입한 후 자신이 가장 좋아하는 다이너, 즉 "칸막이 좌석으로 미끄러지듯 들어가서 토마토 주스와 블랙커피를 주문하고 나의 주간 의례를 치르기 시작한 곳"으로 들어가는 장면을 떠올리곤 했다. 그 의례는 다음과 같았다. 그는 생선의 뼈를 발라내기라도 하듯 자신이 가장 좋아하는 부분—스포츠면, 연예면, 북 리뷰, 그리고 잡지 섹션—을 조심스레 분리했다. 그러고는 뉴스 섹션을 "나로서는 영원히 읽히지 않은 채 거기 남겨져도 상관없는 맞은편 자리에" 내던졌다. 이는 본질적으로 내가 신문을 읽

는 방법이기도 했다.

　나는 이미 북 리뷰를 쓰고 있었고 엑슬리의 화자가 북 리뷰에 대해 하는 말이 마음에 와닿았다. "북 리뷰로 먹고살던 시기가 있었다. 그것이 지닌 지성의 빛으로, 그것이 베푸는 매력으로 여겨지는 것을 자양분으로 삼고 누리던 시기가." 그는 말한다. "하지만 무언가가 변질되어버렸다. 여러 해 동안 나는 너무 많이 읽었다. 침침한 기차역에서, 낯선 이들의 집 대형 소파에 누워서, 정신병원의 황량하고 음울한 병동에서. 그런 독서는 그것이 지닌 매력을 강제로 몰아내버렸다. 이제 나는 북 리뷰가 재미없을 뿐 아니라 완전히는 아니더라도 거의 무의미하게 느껴졌다. 그리고 상상력이 뛰어난 작품이든 매문賣文 행위를 하는 작가의 뻔해빠진 엉터리 작품이든 모든 책에 대해 리뷰어가 똑같이 치명적인 냉철함으로 접근하고 있다고 느껴졌다. 나는 리뷰어가 공정하고 친절하고 재미있기를 바랐다. 내가 웃음을 터뜨리게 되길 바랐다. 그날 일요일에도 나는 다른 날이나 다름없이 운이 없었다." 엑슬리의 화자와 마찬가지로 나는 아침 신문에서 훌륭한 북 리뷰를 찾길 좋아한다. 그것이 내가 북 리뷰를 계속 쓰는 이유의 일부이기도 하다.

　미들버리 대학을 졸업하기까지는 긴 시간이 걸렸다. 나는 일 년을 휴학하고 유럽에서 빈둥거렸다. 일이 잘 풀리진 않았다. 돈이 다 떨어졌고, 패배한 채 집으로 살금살금 기어들어 가기 싫었던 나는 런던 외곽의 펍에서 석 달 동안 일했다. 그곳에서 스카치 에그 만드는 법을 배웠고, 플라우맨즈 런치[30] 옆에 끼워 넣은 미지근한 맥주 한 잔을 좋아하게 되었다. 장난기 심한 레스토랑 매니저들이 벌이는 짓에 대해 [미국의 셰프이자 음식 작가] 앤서니 보데인이 한 말은 옳았다. 우리는 매니저의 명령으로 와인 병의 삼분의 일이 비었을 때 물을 가득 채워 넣었다. 몇 년 후 여전히 대학생이던 나는 소설을 쓰려고 한 학기를 휴학했다. 그 일도 재앙으로 막을 내렸다. 네이플스로 돌아가서 친구네 집의 빈방에서 지냈나. 낮에는 (형편없는) 글을 썼고, 밤에는 에버글레이드 변두리에 있는, 마지막으로 기름을 넣을 수 있는 곳인 엑손 주유소에서 철야 근무를 했다. 자정 이후로는 거의 아무도 찾아오지 않았고, 그래서 드레익스 링 딩스, 치즈볼 몇 통, 1인용 봉지에 담긴 페이머스 아모스 쿠키를 뱃속에 채워 넣으며 소설을 읽었다. 인정하기 미안한 말이지만, 금전 등록기에 이 과자들의 가격을 입력한 적은 드물었다. 그 엑손 주유소에서 데이비드 리비트의 문고판 단편집을 읽던 기억이 난다. 그는 윌리엄 숀이 편집자로 있던 《뉴요커》에 동성애 단편소설을 발표하기 시작했는데, 동성애 작품이 잡지에 공개적으로 등장한 것은 그때가 처음이었다. 나는 게이는 아니다. 아아, 가끔 게이가 아닐지 생각하기도 하는데, 왜냐하면 나는 베

30　ploughman's lunch, 보통 펍에서 내는 메뉴로 빵, 치즈, 피클, 샐러드로 이루어진 식사.

어[31]로 아주 제격이었을 테니 말이다. 리비트가 묘사하는 삶에 호기심이 생기고 그게 어떻게 돌아가는 건지 궁금했던 나는 소설가 에드먼드 화이트가 찰스 실버스타인이라는 의사와 함께 쓴 《게이 섹스의 즐거움 The Joy of Gay Sex》을 한 부 구입해서 카운터에서 읽었다. 손님이 들어오면 재빨리 숨겼는데, 1980년대 중반에는 사람들이 있는 데서 그런 걸 읽다가 주먹질을 당할 수도 있었기 때문이다.

나는 1989년에 대학을 졸업했다. 어디로 가야 할지, 무엇을 해야 할지 알 수 없었다. 어떻게 하면 읽는 일을 직업으로 삼을 수 있을까? 여름에는 상업 농장에서 딸기를 땄고, 유개 적재함이 달린 커다란 트럭을 몰며 유기농 새싹을 배달하는 일을 했다. 나는 급진적인 저널리스트인 레이먼드 먼고가 쓴 재치 있는 회고록의 팬이었는데, 특히 버몬트주에서 공동체를 성공시키려 애쓰는 것에 관한 이야기인 《완전히 손해 보는 농장 Total Loss Farm》을 좋아했다. 나는 전원생활을 성공시킬 생각을 해보았다. 하지만 현실에서는 대도시인 벌링턴으로 이사해서 기고 작가가 되었고, 나중에는 그곳의 대안 주간지 편집자가 되었다. 나는 벌링턴의 독립 서점인 '채스먼 앤 벰'에서 일했다. 직원들은 그곳을 '채스타이즈 앤 블레임'[32]이라고 불렀는데, 주

---

31 bear, 게이 문화에서 덩치가 크고 털이 많은 남자를 가리키는 은어.

32 '채스타이즈chastise'는 '꾸짖다'를, '블레임blame'은 '비난하다'를 뜻한다.

  내 영혼의 델리카트슨

인 중 한 명이 잔소리꾼이었기 때문이다. 나는 협동조합에서 음식을 구입했고, 그곳은 사랑스러운 히피 소녀들이 모이는 곳이었다. 나는 베이글과 체더치즈와 시리얼과 베이크드 빈스를 먹고 살며 방세를 내려 애쓰고 있었다.

그러다가 크리를 만났다.

그녀는 지역사회 활동단체에서 일하며 돈에 쪼들려 난방 문제로 어려움을 겪는 사람들을 돕고 있었다. 스니커즈에서 서빙을 하기도 했는데, 그 레스토랑은 아낌없이 주는 에그 베네딕트로 유명한 곳이었다. 그 당시 에그 베네딕트 담당 요리사는 댄 키어슨으로, 나중에 《뉴요커》의 시적인 비평가가 된 사람이다. 스니커즈는 전국적으로 유명해지기 직전의 밴드인 피시Phish의 멤버들이 자주 가는 곳이었다. 나는 피시의 음악을 이해하지 못했고, 발표한 글에서도 그렇게 말했다. 이 말은 1961년에 디트로이트에서 어리사 프랭클린을 비난하는 것이나 마찬가지였다. 나는 몇 주 동안 독자 의견란에서 참패했다. 그 무렵에는 뉴욕으로 떠나고 싶어 못 견딜 지경이었지만 용기를 낼수가 없었다. 나는 "모스크바로 이사해야만 해"라고 계속 중얼거리는 안톤 체호프의 실패한 시골 인물 같았다.

나는 크리가 대안적 음식을 먹는 진지한 집안에서 자랐다고 여기고 있었다. 물론 그녀 자신은 그걸 대단치 않게 여겼지만 말이다. 그녀의 아버지 브루스는 독학 요리사로 아스펜, 아이다호주 시골, 나파 밸리에서 식당을 운영했는데, 모두 진짜를 만나면 알아보는 사람들의 사랑을 받는 곳이었다. 브루스는 프랑스에서 방첩 부대 장교로 일하는 동안 음식에 관심을 가지게 되었다. 그가 셰프가 되었던 때는 그 일이 다트머스 대학 졸업생이 할 법한 일이 아니라 블루칼라 노동이던 시절이었다(물론 한 학기만 더 다녔더라면 다트머스 대학 졸업생이 되긴 했겠지만). 브루스는 포수의 글러브만 한 손과, 끓는 육수에서 고기 너깃을 휙 건져낼 수 있는 석면 같은 손가락을 지니고 있었다. 그의 음식은 근본적으로 '농장에서 식탁까지' 가져온 프랑스 시골 요리였다. 아직은 그 표현이 상투적인 문구가 되기 이전의 일이다. 그가 일하던 대부분의 레스토랑에서 손님들은 밤새 식탁에 앉아 있었다. 원하면 새벽 1시까지 머무를 수 있었고 많은 이가 그렇게 했다.

브루스는 소설을 쓰려 애쓰며 일 년을 헛되이 보낸 후 1965년 아스펜에 자신의 첫 레스토랑인 패러건을 열었다. 우디 크리크에서 살던 크리네 가족의 옆집 사람은 곤조 저널리스트인 헌터 S. 톰슨으로, 이제 막 자신의 첫 책 《헬스 엔젤스^{Hell's Angels}》를 출간한 참이었다. 톰슨은 크리네 집에 정기적으로 찾아오는 저녁 식사 손님이었다. 여름에 야외에서 식사하는 동안 톰슨은 호스를 찾아서 사람들에게 물을 뿌리곤 했다. 정기적으로 찾아오던 또 다른 손님은 치카노[33] 작가, 변호사, 활동가이

---

[33] 멕시코계 미국인을 가리키는 말.

  내 영혼의 델리카트슨

자 톰슨의 '닥터 곤조'[34]의 모델이었던 오스카 제타 아코스타였다. 아코스타는 엄청난 식욕을 지닌 덩치 큰 남자였다. 성대한 저녁 식사 후 그는 브루스에게 '샌드위치'를 감사히 잘 먹었다고 말하곤 했다.《뉴욕타임스》의 음식 전문 기고가인 크레이그 클레이번은 1969년에 아스펜을 방문하고 패러건을 소개했다. 그는 "누구라도 미국에서 가장 창의적으로 느낄 메뉴들을 덴버에서 200마일 떨어진 이 작은 마을에서 발견할 수 있다"라고 썼다.

크리가 여덟 살 때 그녀의 가족은 아이다호주로 이사했다. 브루스는 1870년대부터 내려오는 건물들이 있는 관광 목장인 로빈슨 바에 레스토랑을 열었다. 그곳은 폭설로 길이 막히지 않은 날이면 케첨에서 차로 구십 분 걸리는 곳인 고립된 마을에 있었다. 크리네 가족은 레스토랑에서 음식으로 내놓는 거의 모든 것을 손수 길렀다. 그들은 농작물을 재배했고 버터를 만들었다. 암소와 머스코비종 오리도 길렀다. 그들이 요리한 달걀은 암탉의 온기를 품고 있었다. 그러다가 크리의 부모님이 이혼했다. 브루스는 1981년에 캘리포니아주 세인트헬레나에서 마지막 레스토랑을 열었다. 그곳에서 그는 사업용 식량 징발자들로 구성된 작은 무리를 관리했다. 그중 한 명인, '허브 부인'으로만 알려진 퇴직한 시카고 탐정은 그를 위해 달팽이를

---

34   헌터 S. 톰슨의 소설 《라스베이거스의 공포와 혐오》의 등장인물.

길렀다. 내가 장가가려던 집안은 햄치즈샌드위치, 감자칩, 파우더로 만든 음료와는 거리가 아주 멀었다. 크리는 남은 개구리 다리를 점심 도시락으로 학교에 싸가며 자랐으니 말이다. 나와 만났을 때 그녀는 과거의 식도락가 생활로부터 도망치는 중이었다. 그녀는 채식주의자가 되어 내가 먹던 것과 같은 종류의 협동조합 음식을 먹고 있었다. 우리는 서로의 옷깃을 붙들고 미친 듯이 흔들어댔다. 잠들어 있던 우리의 식욕이 깨어났다.

나는 앨라배마주 탤러시에서 프라이드치킨으로 유명한 어느 식당에서 그녀에게 청혼했다. 1993년에 크리가 뉴욕대학교 대학원에 입학했을 때 우리는 함께 도시로 달아났다. 우리는 빈털터리였다. 나는 《보스턴 피닉스》와 《빌리지 보이스》, 때로는 《네이션The Nation》에 많은 에세이와 비평문을 기고했지만 그 일로는 결코 생계를 꾸려나갈 수 없었다. 지구의 대기에서 튕겨나간 인공위성처럼 뉴욕에서 쫓겨나 다시 버몬트주로 돌려보내질까봐 두려웠던 나는 리즈 틸버리스가 편집장으로 있던 《하퍼스 바자》에 낮은 지위의 피처 에디터로 취직했다. 《하퍼스 바자》의 여자들은 검은 옷차림에 넓은 이마를 지녔으며 키가 3미터에 이르렀다. 나는 코듀로이 바지 차림에 보풀로 덮인 신발을 신었으며 얼굴에 난 털은 헝클어져 있었다. 이 신성한 사무실에 발을 들인 사람들 가운데 옷을 제일 못 입는 인간은 바로 나일 거라는 확신이 들었다. 《하퍼스 바자》를 떠나서는 1995년에 생겨난 최초의 진짜 온라인 잡지 《살롱Salon》의 첫 북 에디터가 되었다. 온라인 잡지라고? 나에게는 아직 이메일 주소도 없었다. 나는 내 글을 읽는 사람이 아무도 없을까봐, 내 글을 구덩이 속으로 던지는 것이나 다름없는 신세가 될까봐 두려웠다. 하지만 《살롱》은 번창했다. 부업으로 다운타운 잡지인 《페이퍼Paper》에 식당 리뷰를 쓰면서 레스토랑 재떨이를 훔치는 모으는 습관을 갖게 되었다. 1998년에는 《뉴욕타임스 북 리뷰》의 에디터가 되었고—에디터기 신비로웠을 때, 우리가 그들의 인스타그램을 휙휙 넘겨보기 전인 그때는 에디터가 어찌나 신적인 존재로 보였던지—2008년에는 에디터 일을 그만두고 《뉴욕타임스》의 일간 서평가가 되었다.

당신은 이 책에서 내가 이리저리 돌아다닌다고 느끼게 될 것이다. 파리에서 스물세 번이나 주소지를 옮겼던 보들레르는 "정착하는 것에 대한 공포감"에 대해 썼다. 그는 그것을 질병이라고 불렀다. 크리와 나도 그 공포를 공유했다. 우리는 일부러 많은 시간을 이동하며 보냈다. 우리의 아이들인 펜과 해리엇은 뉴욕시에서 태어나 제인 스트리트의 작은 아파트에서 살았다. 당시 웨스트빌리지 집세는 간신히 감당할 수 있는 수준이었다. 우리 집 월세는 1200달러였다. 아래층 이웃은 자신을 스스로 악마 숭배자로 규정한 사람으로, 면도날이 숨겨진 우산 컬렉션을 자랑하길 좋아했다. 그는 하루 종일 소의 뼈를 끓이고 구웠다(나로서는 그것이 소뼈였기를 바랄 뿐이다). 계단을 타고 불경스러운 악취가 올라왔다.

제인 스트리트의 침실 하나짜리 아파트는 몸부림치는 두 아이를 감당하기에는 너무 비좁았고, 그래서 우리는 뉴욕주 준교외 지역의 개리슨으로 이사해서 행복한 십 년을 보냈다. 그러고는 친구들을 따라 뉴저지주 프렌치타운으로 떠나서 펜과 해티[35]가 고등학교를 졸업할 때까지 그곳에서 살았다. 그 이후로 크리와 나는 할렘에서, 내 고향인 웨스트버지니아주 페어몬트에서, 뉴올리언스에서, 매사추세츠주의 프로빈스타운에서 살았다. 현재 우리는 뉴욕시로 돌아와 살고 있다. 아마도 이번에는 영원히. 우리는 "우리의 시간을 나누는"* 부자가 아니다. 우리는 심지어 집 한 채도 없는데, 그것은 자발적인 재정적 실수다. 우리는 그저 우리가 살짝 방랑하길, 이곳저곳을 슬며시 들락거리며 비스듬한 각도에서 미국을 바라보길 좋아한다는 사실을 발견했을 뿐이다. 이 또한 관찰적 탐욕이다. 하지만 그것은 몇 년 동안 우리의 400권 정도 되는 요리책이 보관함에 처박혀 있었다는 사실을 의미하기도 했다. 이는 가슴 아픈 일인데, 왜냐하면 업무에서 벗어났을 때 내가 긴장을 푸는 방법은 요리책을 읽는 것이기 때문이다. 나는 침대에서 요리책

---

[35] 해리엇의 별칭.

* 내가 가장 좋아하는 기고자 노트는 2018년에 발간된 문예지 《래리턴 Raritan》에 등장한다. 그것에 따르면 "고든 리시 Gordon Lish는 자신의 시간을 질투하는 시간과 분노하는 시간으로 나눠서 보낸다."

을 읽다가 잠이 든다. 본인은 훌륭한 요리사가 아니었으나 [영국에서 활동한 프랑스 요리사] 마르셀 불레스틴의 프랑스 요리책을 들고 침대로 들어간다고 인터뷰어들에게 말했던 진 리스처럼 말이다. 나는 아침에 무엇을 먹을지 생각하며 잠자리에 들고, 아침에는 저녁에 무엇을 먹을지 말하고 싶어 한다. 나의 동거인은 이런 경향에 어리둥절해한다.

주방에서 크리와 나는 정반대다. 그녀는 레시피를 기피하는 본능적인 요리사다. 비록 그녀의 수많은 요리책 중 하나인 《생선Fish》이 제임스 비어드 어워드[36] 최종 후보작이긴 했지만 말이다. 나는 레시피를 글자 그대로 따르기 때문에 파슬리라도 하나 빠뜨리면 겁에 질리고 만다. 우리는 종종 먹을 때도 상반된다. 그녀는 제철 과일을 곁들인 요거트를 먹을 것이고, 나는 세 종류의 치즈를 넣은 오믈렛과 홈프라이[37]를 먹을 것이다. 내가 아는 한 그녀는 푸드코트나 비행기에서 음식을 먹은 적이 한 번도 없는데, 먹고 싶은 생각이 들지 않기 때문이다. 더 나은 음식을 기다리는 게 낫지 않나? 나는 일등석에서 풍기는 따뜻한 쿠키 냄새를 맡으며 내가 먹을 정체불명의 단백질 한 통—그건 배꼽 때로 만든 커틀릿일까?—이 어서 23D 좌석에 도착하길 바라는 사람이다. 그녀는 오래된 핸드 타월을 사용하

---

[36] 음식 관련 명저에 주어지는 상.
[37] 살짝 삶은 감자를 튀긴 요리.

고, 나는 페이퍼 타월을 사용한다. 그녀는 개코가 따로 없을 만큼 인공 향기를 잘 알아차리고, 나는 향기 나는 쓰레기 봉지를 구입해서 사용하면서도 그 사실을 알아차리지 못한다. 그녀는 무언가를 맛보고서 즉각적으로 그 맛의 요소들을 분간해낼 수 있다. 때때로 나는 무언가 퀴퀴한 냄새를 풍기는 것을 먹으면서도 거의 다 먹고 치울 때까지 그 사실을 알아차리지 못한다. 자기 아버지처럼 그녀는 언제나 간단히 준비된 신선한 음식을 원한다. 나도 그렇긴 하지만, 특이한 재료나 대단히 인상적인 요리―그녀의 표현으로는 "눈속임 음식"―에 사족을 못 쓴다. 나는 니콜라이 고골의 《죽은 혼》에 등장하는 대화에서 나 자신을 본다. "내가 식사로 돼지고기를 먹을 때면 돼지 한 마리를 통째로 줘. 양고기를 먹을 때는 양 한 마리를 통째로 주고, 오리고기를 먹을 때는 오리 한 마리를 통째로 줘."

우리는 대체로 음식 때문에 다툰다. 비록 진짜 문제들은 캐서롤*만큼이나 깊은 층을 이루고 있긴 하지만 말이다. 나는 크리의 어린 시절을 질투한다. 집에서 책과 함께 자라난 사람들을 질투하듯이. 크리네 집에도 책이 아주 많았다. 우리 집에 있던 책이라고는 성경, 리더스 다이제스트 요약본, 그리고 [미국 소설가] 레이철 쿠슈너가 "누구보다도 책이 없는 사람을 위한 성경"이라고 부른 《기네스북 The Guinness Book of the World Records》뿐

---

* 그녀가 가장 싫어하는 음식이다. [역주: 찜 냄비 요리.]

이었다. 다른 의미에서 나는 더 나은 상황에 있긴 했다. 너무 많은 좋은 취향에 둘러싸여 자라난 사람들은 늘 뭔가를 놓치고 만다. 그들은 스스로 발견하지 못한다. 그들은 그것을 위해 열심히 애쓸 필요가 없다.

그 거실 마루에서 오후를 보낸 날들 이후 사십 년이 지난 지금, 나는 여전히 소설에서 음식과 소박한 인간성을 발견하려 하고 있다. 마치 "인간이라는 동물은 언제까지나 신체 부위와 영혼이라는 센서의 혼란스러운 복합물, 성사聖歌를 드림하는 사람, 방귀를 뀌는 천사다"라는 [미국의 음식사 연구자이자 에세이스트] 베티 퍼셀의 말을 스스로 상기시키기라도 하듯 말이다. 음식에 대해 말할 때, 우리는 결코 음식에 대해서만 말하지 않는다. 이는 상투적인 표현이지만 여전히 유효한 말이다. 음식은 사회 계급과 이념적 경향을 들여다볼 수 있는 작은 구멍이다. 그것은 미학으로 들어가는 관문이다. 그것은 본능적, 학술적, 신화적, 유대적, 영적, 그리고 경제적 차원에서 우리를 건드린다. 시와 마찬가지로 그것은 삶의 아름다움에 대한 단서를 제공한다. 그것은 섹스처럼 무언가를 드러내고, 우리가 나이를 먹어감에 따라 성적인 보완물이 되어준다. 먹고 먹이는 존재로서 우리는 음식을 우리 입안에 넣음으로써 세상을 이해한다. 필립 로스의 주인공 주커먼은 말한다. "당신의 입이 곧 당신 자신이다." 문학비평가들은 음식과 그 의미가 교차하는 지점들을 오랫동안 추적해왔다. "후기 구조주의 비평가의 텍스트와 마찬가지로 음식은 선물, 위협, 독, 보상, 물물교환, 유혹, 연대, 질식 등으로 끝없이 해석될 수 있다"라고 테리 이글턴은 썼다. [미국에서 태어나 영국에서 활동한 문학비평가] 모드 엘먼은 음식을 "모든 기분과 모든 감각의 유의어 사전"이라고 부른다. 롤랑 바르트에게 음식은 "소통의 체계, 이미지 덩어리, 언어 용법과 상황과 행위의 통신 규약"이다. 그보다 덜 고상한 차원에서 짐 해리슨은 "만일 당신이 형편없이 먹고 있다면, 아마도 아주 형편없이 살고 있을 확률이 높다"라고 썼다.

사랑, 죽음, 전쟁, 명예, 배신과 달리 음식은 문학의 위대한 주제에 속하지 못했다. 여러 중요한 소설들은 음식을 거의 언급조차 하지 않는다. 그런 가정적 소사小事는 남성 작가들의 관심 밖이었다. 버지니아 울프는《자기만의 방》에서 이런 경향을 개탄하며 "수프와 연어와 새끼 오리 고기에 대해 언급하지 않는 것은 소설가가 지켜야 하는 관습의 일부이다. 마치 수프와 연어와 새끼 오리 고기는 전혀 중요하지 않다는 듯이 말이다"라고 썼다. 퍼트리샤 하이스미스는 일기에서 음식을 묘사하는 것에 대해 미래의 독자에게 사과한다. "음식에 대한 디테일한 설명을 용서해주길. 하지만 그것들은 어쩌면 인생의 디테일이 되었는지도 모른다." 한때 식욕은 존중되는 일이 거의 없었기에 [미국의 시인이자 비평가] 루이스 운터마이어는 가슴이 아픈 나머지 이렇게 물었다.

   내 영혼의 델리카트슨

왜 우리의 시는 피해왔는가

음식의 황홀과 감응을?

　　조지 오웰도 이에 동의하며 "음식의 큰 중요성이 그토록 자주 무시된 것은 흥미로운 일이다"라고 썼다. 그는 정치인이나 주교 대신 요리사를 기념하는 동상이 있어야 한다고 생각했다. 이 책을 음식에 대한 통찰력과 감각을 지니고 글을 쓴 작가들에게 바치는 헌사―내가 스스로 세운 조각상들―로 여겨주시길. 《내 영혼의 델리카트슨》은 내가 평생 읽고 먹은 것에서 얻은, 생물적인 동시에 철학적인 교훈들에 관한 얇은 책이다.

　　문학의 맥락에서 음식에 접근한 다른 책들도 있다. 심지어 이런 책들 가운데 가장 훌륭한 작품에서도 나는 똑같은 장면들이 분석되는 것을 본다. 프루스트의 마들렌, 《등대로》의 뵈프앙도브,[38] 《율리시스》에서 레오폴트 블룸의 미각에 "훌륭하게 톡 쏘는 듯한 엷은 오줌 냄새"를 느끼게 해주는 구운 양의 콩팥, 《안나 카레니나》에서 거의 세 장(章)에 걸쳐 등장하는 점심 식사. 이 장면들이 유명한 데는 다 이유가 있다. 하지만 아직 우리의 손길이 닿지 않은 미지의 영역도 있다. 독자로서 나는 [미국의 구술역사 작가] 스터즈 터클의 《일》에 등장하는 굶주린 여자 같은 기분이 살짝 들 때가 있다. 수프를 떠주는 사람에

38　　boeuf en daube, 프로방스 스타일의 소고기 스튜.

게 국자를 더 깊이 넣으라고, 주전자 밑바닥에서 고기와 감자를 좀 퍼내라고 부탁하는 그 여자 말이다.

이 책에는 약간의 엘리트적 경험도 서술되어 있지만, 구운 볼로냐 샌드위치에 대한 나의 헌신도 함께 서술되어 있다. 웨스트버지니아주 출신이라는 사실과 맨해튼 주민이라는 사실은 내 안에서 우로보로스[39]처럼 맞물린 채 영원한 싸움을 벌일 것이다. 아마 당신도 그렇겠지만, 나는 수많은 부분에서 속물적인 인간인 한편 다른 수많은 부분에서는 속물이 아니다. 만일 정 이 책을 내려놓아야겠다면, 비평가 시릴 코널리가 한때 그랬듯이 비계와 살코기가 층층이 섞인 베이컨 한 줄로 읽던 곳을 표시해두길 권한다.

---

[39] 자기 꼬리를 물어서 원형을 만드는 뱀 또는 용.

　내 영혼의 델리카트슨

완벽한 사랑이란 우유와 꿀, 캡틴 크런치,[1]
그리고 아침에 보는 당신.

—엘모어 레너드,《스웨그Swag》
(에디 래빗의 노랫말[2]을 약간 변형해서)

____

1   시리얼 브랜드명.
2   〈순수한 사랑Pure Love〉의 가사를 뜻한다.

이른 아침이고 이 책도 이제 시작이다. 우선 커피부터 한잔 마시자. 나는 열한 살 때부터 자발적으로 매일 커피를 마시기 시작했다. 설탕을 너무 많이 넣어 거의 뻑뻑한, 입을 델 만큼 뜨거운 폴저스 크리스털 인스턴트커피였다. 내가 소설에서 동경하던 남자와 여자들—반체제 인사와 부적응자들—은 블랙커피를 마셨다. 보통 담배 한 대와 함께. 찰스 부코스키는 블랙커피와 어울리는 전형적인 남자였다. 레이먼드 챈들러도 마찬가지였다. 그는 《기나긴 이별》에서 "나는 부엌으로 가서 커피를, 아주 많은 양의 커피를 끓였다. 진하고, 강하고, 쓰고, 끓는 듯이 뜨거운, 무자비하고 타락한. 지친 남자에게 필요한 혈액을"이라고 썼다. 발자크는 하루에 커피를 쉰 잔 마셨다고 전해진다. 그의 방광은 박물관에 전시되어야 마땅하다. 뉴욕시에는

'키르케고르'라는 스페셜티 커피를 파는 커피숍이 필요하다. 쇠렌 키르케고르가 커피를 끓이는 방식은 우선 설탕을 커피잔 테두리 위로 산더미처럼 솟아오를 때까지 가득 채워 넣는 것이었다. 그러고서 진한 블랙커피를 부으며 그 피라미드를 천천히 녹인 다음 악마가 만들어준 듯한 그 음료를 마셨다. 한번은 나도 그런 커피를 끓여본 적이 있다. 늑대인간이 된 듯한 기분이 드는 맛이었다. M. F. K. 피셔는 커피야말로 우리가 아끼지 말아야 할 단 한 가지라고 말했다. 어쩌면 그녀의 말이 맞을지도 모르지만, 음식을 좋아하는 사람들은 무엇을 말하든—달걀이든, 생선이든, 오일이든, 바닐라든, 요거트든—그것을 아끼지 말아야 할 단 한 가지라고 말하는 법이고, 그리하여 우리의 영수증은 속도위반 범칙금 수준에 가까워지는 것이다.

정말 많은 사람들이 카페인 섭취에 지나치게 진지한 태도를 보인다. 내 사랑 크리도 그중 한 명이다. 그녀는 맛있는 플랫 화이트를 위해서라면 3마일도 걸을 텐데, 이는 과장이 아니다. 나는 그보다는 차분한 성격이다. 어떤 면에서 나는 로리 무어의 나쁜 단편소설을 읽어본 적이 없는 것과 마찬가지로 나쁜 커피도 마셔본 적이 없다. 물론 다른 커피보다 더 나은 커피가 있긴 하지만 말이다. 랠프 엘리슨은 카페인 섭취를 제대로 하는 것에 신경을 썼다. 1960년대 초에 바드 대학에서 가르치던 시절, 그는 솔 벨로의 룸메이트가 되었다. 당시 대학 근처의 다 쓰러져가는 아파트를 구입했던 솔 벨로는 그곳에서 종종 외

 내 영혼의 델리카트슨

로워하고 있었다. 엘리슨은 벨로에게 훌륭한 커피의 매력을 깨우쳐주었다. 벨로는 일기에 이렇게 썼다. "그는 어떤 화학자로부터 평범한 실험실용 종이 필터와 상온의 물로 커피를 끓이는 법을 배웠다. 커피는 중탕 냄비—냄비 안의 냄비—속에서 가열되었다. 절대 끓는 법이 없었다."

크리는 제 역할을 다하지 못하는 복잡한 커피머신 때문에 종종 괴로워한다. 그녀는 늘 밀크프로더를 미세하게 조정한다. 크리스토퍼 소렌티노가 소설 《도망자들The Fugitives》에 썼듯이, 사람들이 연인보다 에스프레소머신을 더 주의 깊게 고른다는 말은 아마도 사실일 것이다. 만일 당신이 사용하는 커피머신이 내가 선호하는 종류처럼 단순한 것이라면, 존 스타인벡이 논픽션 작품 《찰리와 함께한 여행》에서 언급한 팁을 시도해보면 좋겠다. 커피를 "빛나게" 만들기 위해서는 끓는 커피포트에 달걀 흰자와 껍데기를 떨어뜨려야 한다고 그는 썼다. 스타인벡의 방식은 옛 스웨덴식이었다. 달걀 흰자와 껍데기는 쓴맛을 제거하고 카페인을 증폭시킴으로써 커피를 투명하게 해준다고 한다. 하지만 나는 어쩐지 이렇게 커피를 마실 바에야 차라리 죽는 편을 택하고 말겠다. 마찬가지로 로리 콜윈이 했던 방식대로 커피를 마실 바에야 차라리 죽는 편을 택하고 말겠다. 콜윈은 통찰력 있는 두 권의 요리책 《홈 쿠킹Home Cooking》과 《더 많은 홈 쿠킹More Home Cooking》을 쓴 소설가다. 나는 그 책들을 모든 면에서 좋아하고 늘 그 찌든 책들을 보고 요리를 한다. 하지만 콜윈이 커피를 마시는 방식에는 몸서리를 쳤다. "나와 내 여동생이 거기 있었는지 없었는지는 늘 쉽게 알 수 있는데, 왜냐하면 우리는 다른 이들이 아침에 마시고 남은 커피를 모두 모아서 얼음에 부어 마시기 때문이다"라고 그녀는 썼다. 오, 제발, 로리. 하긴 뭐, 다들 자신만의 기벽이 있는 거니까. 리처드 브라우티건의 기벽은 전 여자친구들의 사진을 소설의 표지로 삼는 것이었다. 그 표지들을 훑어보면 "그녀가 크고 탱탱한 가슴을 지녔으며 민주당원이었다는 사실은 그녀를 나의 완벽한 여자로 만들어주었다"라는 그의 말이 떠오른다. 브라우티건은 《잔디밭의 복수 Revenge of the Lawn》에서 "때로 인생이란 그저 커피의 문제이자 커피 한 잔이 제공하는 어떤 친밀감의 문제일 뿐이다"라고 쓰기도 했다.

한 잔의 커피는 하루에 삽입 어구를 새겨 넣는다. 만일 아침에 마시는 마지막 커피와 저녁에 마시는 첫 커피 사이의 시간을 줄이는 법을 배울 수 있다면, 당신은 깨달음을 향해 작은 첫발을 내디딘 셈이다. [미국의 뉴욕파 시인] 프랭크 오하라는 《점심 시집》에서 어느 비 오는 날 아침에 커피를 끓이며 자신의 전열기를 "지구상의 유일한 열기"로 묘사했다. 오하라는 별 볼 일 없는 사람으로 전락하는 것을 두려워했다. 그가 마시는 커피는 그에게 순간적으로 가치를 부여해주었다. 마치 그가 작은 9볼트 건전지로 동력을 공급받은 라디오라도 되는 것처럼 말이다. 저평가된 소설가 찰스 라이트는 소설 《가발 The Wig》

   내 영혼의 델리카트슨

에서 그와 비슷한 비 오는 아침에 관해 썼다. 그는 "월요일 아침에 찾아오는 '그 백인'과 마주할 수 있게 해주는 효능을 곁들인" 커피를 만드는 모습을 묘사했다.

말하기 부끄러운 사실이지만 내게는 행운의 커피 머그잔이 있다. 그것은 런던의 신문인 《가디언》에서 받은 것이다. 그것이 어쩌다 행운의 머그잔이 되었는지는 나도 잘 모르겠지만, 중요한 마감이 있을 때마다 그 잔으로 커피를 홀짝이며 그것이 부처님이라도 되는 것처럼 잔의 배를 문지른다. 그 머그잔은 식기 세척기를 몇천 번이나 여행하며 괴롭힘을 당했다. 아이들이 그 잔을 사용하는 것을 목격하면 고함을 지른다. 그들은 내 업보로 장난을 치고 있는 셈이니까. 내가 문학에서 우연히 마주친 최고의 커피 머그잔은 남왈리 세르펠의 강력한 소설 《오래된 표류The Old Drift》에 등장하는 한 여성이 휘두르는 것이다. 그 머그잔에는 이렇게 쓰여 있다. **당신의 음부를 해방하라.**

나는 불규칙적으로 맨해튼에 살면서 테슬라 몇 대 크기의 아파트에서 지내기도 했다. 때로는 밖에서 커피를 사 마시는 게 더 간편하다. 나는 오테사 모시페그가 소설 《내 휴식과 이완의 해》에서 왜 식료 잡화점 커피가 스타벅스 커피보다 나은지 설명하며 펼치는 이론을 좋아한다. 그녀의 말에 따르면, 식료 잡화점에서 우리는 "브리오슈 번이나 거품이 없는 라테를 주문하는 누군가와 마주칠" 필요가 없다. "코 흘리는 아이들이나 스웨덴인 오페어[3]도 없다. 무미건조한 전문직 종사자도 데이트하는 사람도 없다." 그녀는 이렇게 덧붙인다. "식료 잡화점 커피는 노동자 계급의 커피, 그러니까 문지기와 배달원과 잡역부와 식당 웨이터의 조수와 가정부를 위한 커피였다." 식료 잡화점 남자는 당신의 이름이 무엇인지, 당신이 커피에 우유를 넣는지 안 넣는지를 기억할 것이다.

스타벅스를 비판의 표적으로 삼기란 쉬운 일이다. 인조 나무 패널로 뒤덮인, 그 산업화된 고급 블렌드 문화의 식료품 조달 업체 말이다. 찰리 코프먼의 소설 《개미들 _Antkind_》에서 화자는 칼을 제대로 꽂는다. "스타벅스는 멍청한 사람들을 위한 똑똑한 커피다"라고 그는 말한다. "그것은 커피계의 크리스토퍼 놀란이다." 스타벅스를 변호하자면, 우리 가족은 장거리 자동차 여행을 하는 동안 며칠 내내 화물 자동차 휴게소의 염분 섞인 커피를 마시다가 스타벅스를 발견하고 다 같이 차 안에서 방방 뛴 적이 있다. 스타벅스가 엘리트적인가? 불명예스러운 전 폭스 뉴스 진행자 빌 오라일리는 자신이 "경찰관들과 소방관들이 시간을 보내는" 지역의 롱 아일랜드 커피숍을 선호하는 까닭에 스타벅스에는 한 번도 가지 않았다고 자랑하곤 했다. [미국의 정치 저널리스트] 마이클 킨슬리는 《슬레이트 _Slate_》에서 오라일리의 전도된 속물근성을 날카롭게 비판했다. "이

---

3   au pair, 가정에 입주해서 집안일을 거들며 언어를 배우는 젊은 외국인 여성 유학생을 일컫는 말.

봐, 빌!" 그는 썼다. "경찰관들과 소방관들도 맛있는 커피를 좋아한다고! 그리고 그들은 그럴 형편이 되지. 스타벅스는 우리 시대의 가장 민주적 시설 중 하나야. 너도 가끔 거기 갔다면 알 거 아니야. 이 속물 놈아."

세상에서 가장 속물적인 커피—어쨌든 가장 비싼 커피—는 주로 인도네시아에서 생산되는 코피 루왁이다. 그것은 사향 고양이의 장에서 발효된 커피 열매에서 얻어진다. 나는 랠프 엘리슨의 실험실용 종이 필터로 그것을 기르는 모습을 봤으면 좋겠다. 코피 루왁의 가격은 파운드당 600달러다. 비엣 타인 응우옌의 소설 《헌신자》에서 커피 중개인들은, 마이어 랜스키 일당이 마피아 킹핀이 가장 좋아하는 음식인 치즈 블린츠를 다루었을 때 그랬을 것처럼 이 물건을 조심스럽게 다룬다. 코피 루왁을 홀짝이는 사람들은 제니퍼 이건의 패기만만한 소설 《깡패단의 방문》에 등장하는, 프로듀서로 전향한 뮤지션 베니 살라사르에 비하면 아무것도 아니다. 베니는 커피에 금가루를 뿌리는데, 그것이 정력제라는 말을 들었기 때문이다(하지만 그것은 정력제가 아니다).

나는 거의 매일 한두 시간씩 커피숍에서 글을 읽고 쓴다(서평가들은 대학원생처럼 산다). 경험상 커피숍에서는 마법 같은 일들이 일어난다. 이를테면 이런 일이 있었다. 개리슨에 살던 시절 나는 차로 십오 분 거리에 있는 피크스킬 커피 하우스에서 많은 시간을 보냈다. 크고 텁수룩한 거실처럼 느껴지는 그곳이 좋았다. 거기에는 모두를 위한 공간이 있었다. 2000년 대 후반의 어느 오후, 나는 당시 이삼 학년이던 해티를 그곳에 데려갔다. 우리가 주문하려고 줄 서 있을 때, 한 나이 많은 남자가 내 뒤에서 해티를 빛나는 눈으로 강렬히 응시하는 모습이 보였다. 그 응시는 약간 지나칠 만큼 오래 지속되었다. 저 괴짜는 누구지? 나는 눈썹을 치켜올리고 '뭐야?'라고 말하는 듯한 표정으로 그를 쳐다봤다. 그는 말을 더듬거리며 자신을 소개했다. 그는 동화책 일러스트레이터인 롭 셰퍼슨이었다. 그는 자신이 일 년 전에 피크스킬 커피 하우스에 있었다고 설명했다. 테이블에 앉아 일러스트를 맡은 책의 여주인공 얼굴을 찾느라 애쓰면서 말이다. 그리고 그날 우리도 거기 있었다. 한참을 좌절해 있던 그는 해티를 보았고, 몰래 해티를 스케치했다. 해티의 얼굴은 희망의 얼굴, 캐럴린 코만이 글을 쓴 《기억 장치 The Memory Bank》의 주인공 얼굴이 되었다. 내가 롭을 변태로 착각한 그날 함께 줄을 서 있지 않았다면 우리는 그 사실을 결코 알지 못했을 것이다. 그 책은 나의 활기차고 지적인 딸을 모델로 한 스케치로 가득한 활기차고 지적인 작품이다. 사랑스러운 남자인 롭은 관대하게도 자신이 처음 그린 몇몇 스케치를 서명과 함께 우리에게 우편으로 보내주었다.

**

　　내 영혼의 델리카트슨

커피보다 차를 마실 때가 점점 더 많아지고 있는데, 그것이 신경과 위에 더 편하기 때문이다. 차를 마실 때면 두 번 읽은 유일한 자기계발서에서 들은 충고를 떠올린다. 그 책은 바로 톰 호지킨슨의 《언제나 일요일처럼》이다. 호지킨슨은 커피를 혐오한다. 그는 커피가 "죄의식에 사로잡힌 노력형 인간들, 돈에 사로잡힌 자들, 지위 지향적이며 영적으로 텅 빈 미치광이들"을 위한 음료라고 생각한다. 반면에 차는 그가 생각하기에 "시인과 철학자와 명상가의 오래된 음료"다.

차에 관해 가장 본질적인 목소리를 내는 인물은 조지 오웰이고, 가장 결정적인 작품은 그의 에세이 〈맛있는 차 한 잔^{A Nice Cup of Tea}〉이다. 그것은 이 무척 지적이고 소박한 남자가 쓴 최고의 작품 중 하나다. 오웰은 요리책의 색인에서 '차'를 찾으면 찾지 못할 때가 대부분이라는 사실을 알아차리는 것으로 글을 시작했다. 이것은 그야말로 미칠 만한 노릇인데, 왜냐하면 그는 "차는 문명의 대들보 중 하나다"라고 썼기 때문이다. 이는 두 배로 미칠 만한 노릇인데, 왜냐하면 "차를 끓이는 최고의 방법은 격렬한 논쟁거리"이기 때문이다. 오웰이 이 에세이를 썼을 때는 훌륭하게 끓인 한 잔의 루스 리프 잎차 의식을 티백이 대체하기 전이지만,• 그 원칙의 대부분은 여전히 유효하다.

• 오웰의 사전 편찬사는 이제 명사 '티백tea bag'과 동사 '티백'의 의미가 얼마나 달라졌는지 알면 무척 기뻐했을 것이다. [동사 '티백'은 속어로 성적인 농담이자 장난을 뜻한다.]

오웰은 훌륭한 차를 끓이기 위해 열한 가지 규칙을 따른다. 정말로 중요한 것은 그중 세 가지다. 첫 번째 규칙은, 차를 진하게 끓여라("나는 진한 차 한 잔이 연한 차 스무 잔보다 낫다고 주장한다"). 두 번째 규칙은, 머그잔을 찻주전자로 가져가라, 그 반대가 아니라("물은 채워지는 순간 실제로 끓고 있어야 한다. 즉, 따라지는 동안 계속 불 위에 있어야 한다"). 세 번째 규칙은, 무설탕("설탕을 부어서 차의 맛을 해친다면 어떻게 당신 자신을 진정한 차 애호가라고 부를 수 있겠는가?"). 그는 조언한다. "이를테면 두 주 동안 설탕 없이 차를 마시려 애써보라. 그러면 다시 차를 달게 만들어서 맛을 망치고 싶은 마음이 들 가능성은 매우 낮아질 것이다." 오웰과는 반대로 나는 때로 차에 꿀을 넣길 좋아한다. 글쓰기가 힘든 까닭은 생각하는 일이 힘들기 때문이고, 글을 쓸 때 약간의 달콤함은 우리가 IQ 지수에서 약간 부족하다고 느끼는 숫자를 더해줄 수도 있을 듯하니까.

[영국계 미국인 저널리스트] 크리스토퍼 히친스는 한 세기가 훨씬 지난 후 오웰의 주장을 다시 이어갔다. "다음번에 당신이 스타벅스나 그와 비슷한 곳에서 차를 마시고 싶을 때, 급히 티백을 담근 그 뜨거운 물 한 잔을 거부하길 두려워 말라"라고 그는 《슬레이트》에 썼다. "그것은 당신이 바랐던 게 아니다. 차를 먼저 넣는 것을 보겠다고, 물이 끓는 것을 확인하겠다고 주장하라. 뒤에서 중얼거림이나 한숨이 들려오면 그 기회를 이용해서 말을 전하라. 그리고 당신이 인내심 있는 사람이라면 잎

     내 영혼의 델리카트슨

차와 스트레이너로 집에서 그렇게 한번 시도해보라. 나에게 고마워할 것 없다. 새해 복 많이 받으시길.”

누군가는 오로지 차 무역의 음울한 역사를 다룬 책들만 파는 작은 서점을 열 수도 있을 것이다. [미국의 극작가] 리디아 R. 다이아몬드는 희곡 《스틱 플라이Stick Fly》에서 그에 관한 몇몇 이유를 암시하고 있다. 《스틱 플라이》에서 부유한 아프리카계 미국인 르베이 가족은 마서즈 빈야드 섬의 집에 모여 여름 주말을 보낸다. 심지어 아침 식사 자리에서도 내화는 살벌히다.

킴버: 차이Chai에 대해 어떻게 생각해?
테일러: 상당히 과대평가되었다고 봐. 나는 기본적인 차들이 좋아…… 얼그레이, 잉글리시 브랙퍼스트, 다르질링…….
킴버: 너는 식민주의자들의 팬이로구나…….

[미국의 소설가이자 와인 칼럼니스트] 제이 맥이너니의 《브라이트 라이트, 빅시티Bright Lights, Big City》에서 화자는 《뉴요커》와 비슷한 잡지사에서 근무한다. “보통 이곳 사람들은 자신들이 트와이닝 잉글리시 브랙퍼스트 티에 익숙한 것처럼 말한다”라고 그는 쓴다. 나는 1980년대 후반에 《뉴요커》 수습기자직에 지원한 적이 있다. 거의 붙었지만 결국 떨어지고 말았는데, 부분적으로는 내가 자판을 안 보면 타이핑을 못하는 사람이기 때문이었다(그건 지금도 그렇다). 또한 내가 트와이닝 잉글리시 브

랙퍼스트 티 따위는 안중에도 없는 사람처럼 보였기 때문이라
는 생각도 든다.

영국 시인 에드먼드 블런든은 회고록 《전쟁의 저류^{Undertones}
^{of War}》에서 특별히 고향을 떠올리게 하는 오후의 차 의식이 1차
세계대전 동안 참호의 군인들에게 얼마나 큰 의미를 지녔었는
지 회상했다. 시체가 즐비한 전장에서 마시는 차 한 잔이라는
부조화는 그의 책에서 끔찍한 순간들을 두드러지게 한다. 블
런든은 이렇게 썼다. "어느 따뜻한 오후에 내가 지나갈 때 우리
중 어느 젊고 쾌활한 일병이 차를 끓이고 있었다. 그가 맛있는
차를 끓이길 기원하며 나는 사격용 참호 세 개를 지나갔다. 그
때 포탄 하나가 예고도 없이 내 뒤로 떨어졌다. 나는 포탄의 연
기가 희미해져가는 것을 바라보며 운이 정말 좋았다고 생각했
다. 곧 그곳에서 들려오는 외침이 나를 다시 그 자리로 불러왔
다. 포탄은 완전히 엉뚱하게 터지고 말았다. 포탄의 충돌은 참
호 후면의 방호벽에 검은 흔적을 남긴 채 고약한 냄새를 풍기
고 있었는데, 그곳은 삼 분 전에 그 일병의 반합이 작은 불 위
에서 끓던 곳이었다. 검게 변해가는 작은 피부 조각들, 피와 살
에 물든 흙벽, 참호 깔개 아래의 눈알, 걸쭉해진 뼈가 어떻게
그에게 유일한 해답이 될 수 있었겠는가?" 그 순간은 더욱더
끔찍해진다. "바로 이 순간, 우리가 그 단 한 명의 참상을 끔찍
한 눈빛으로 응시하는 동안, 그 일병의 형제가 방호물을 돌아
서 나타났다." 1974년에 사망한 블런든은 자신을 "눈에 띄지

　　　　내 영혼의 델리카트슨

않는 목표물"로 만들어준 작은 키 덕분에 자신이 생존했다고 여겼다. 영국 소설에서 어디에나 보이는 차의 특성은 그것을 장면 설정의 본질적 요소로 만들어준다. 집주인이 차를 준비하러 갈 때, 화자는 혼자 앉아서 주변을 살피며 통찰력을 날카롭게 가다듬을 시간을 가진다.

나는 아삼 티백을 사용하지 않을 때면 피지 팁스^{PG Tips}를 사용한다. 그것은 유서 깊고 비싸지 않은 영국 브랜드로, 케냐와 실론과 아삼 티를 블렌딩한 것이다. 피지 팁스는 있는 그대로다. 고급 탐폰 스트링이나 종이 LSD 같은 것은 달려 있지 않다. 각각의 사면체 티백은 특대형 스냅 앤 팝^{Snap 'n' pop}을 닮았다. 땅에 던지면 탁탁 소리를 내는 그 신기한 불꽃놀이 말이다. 피지 팁스는 밴 모리슨의 노래 〈T.B.[4] 시트^{T.B. Sheets}〉를 떠올리게 한다. 그것은 폐결핵에 관한 노래인데, 차를 끓이는 동안 생각하고 싶은 주제는 아니지만 어쨌든 그렇게 되고 말았다. 스티븐슨 라이트는 소설 《메신저^{The Messenger}》에서 너무 가난해서 음식을 살 형편이 못 되는 사람을 묘사한다. 굶주림에 대항해 버티고자 그는 뜨거운 찻잔에 시나몬을 잔뜩 넣고 향을 들이마신 후 그 차를 단호히 꿀꺽꿀꺽 삼킨다.

**

---

4   'tuberculosis(폐결핵)'의 약자.

그나저나 우리는 아침 식사를 얼마나 심각하게 받아들여야 하는 것일까? 아마 정말로 심각하게 받아들여야 할지도 모른다. 리지 보든[5]은 어느 날 아침 나쁜 식사를 한 후 도끼를 집어 들었다고 한다. 아침 식사가 가장 덜 자세히 다루어지는 식사인 것은 틀림없다. 코로나바이러스가 발생해서 격리가 시작되자 아침 식사는 새로운 의미를 지니게 되었다. 우리 중 몇몇은 더 이상 미니 마트에서 커피와 콘 머핀을 챙겨 들고 빈스 롬바르디[6]의 야단을 듣기라도 하듯 급히 직장으로 뛰어가지 않아도 되었다. 우리는 시간을 들여서 아침을 먹었다. 아침 식사 시간이 늘어나서 하루의 더 많은 부분을 채우게 되었다.

홀륭한 아침 식사 요리책을 쓴 매리언 커닝햄과 흥미롭지 않은 것은 아닌 464쪽 분량의 어마어마한 책 《훌륭한 달걀The Good Egg》을 쓴 마리 시먼스에게는 미안한 말이지만, 아침 식사 요리책은 보통 쓸모없는 것들이다. 나는 거의 펼쳐보지도 않는 아침 식사 요리책을 너무 많이 샀다. 심지어 대단한 아침 식사를 해야 할 때 필요한 레시피도 어차피 갖고 있어야 할 책에 모두 포함되어 있다. 《요리의 즐거움The Joy of Cooking》, 에드나 루이스의 《시골 요리의 맛The Taste of Country Cooking》, 그리고 어맨다 헤서의 《필수 뉴욕타임스 요리책The Essential New York Times Cookbook》 같은

---

5   Lizzie Borden, 아버지와 계모를 도끼로 살해한 미국 여성.

6   Vince Lombardi, 미국 프로 미식축구 역사상 가장 위대한 감독 중 한 명.

     내 영혼의 델리카트슨

책 말이다. 이것보다 더 많은 레시피가 필요하다면, 당신은 (1) 작은 카페의 주인이거나 (2) 아침 식사 생각에 너무 많은 시간을 들이는 사람일 가능성이 크다.

우리는 아침에 무방비 상태다. 우리 대부분이 그렇다. 모욕은 다른 때보다 더 큰 상처를 준다. 아침 식사 때 나는 곁에 가족이 있는 것을, 적어도 세 종류의 신문과 훌륭한 토스트용 빵이 있는 것을 좋아한다. 대화는 천천히 시작되어야만 한다. 《해리 포터》 시리즈의 독자들은 머글인 더즐리 가족이 해리 포터를 아침 식사 자리에서 쫓아내고 나중에 그의 방 고양이 출입구로 통조림 수프가 담긴 그릇을 밀어 넣는 모습에 매번 충격을 받는다. 우리는 거인 같은 해그리드가 해리를 초대해서 "두툼하고 육즙이 흐르며 살짝 탄 소시지 여섯 개"를 불에 구워 줄 때 해리가 친구를 만났음을 알게 된다. 그 소시지는 그냥 맛있기만 한 음식이 아니다. 그것은 아마도 너그러움과 동료의식으로 해리에게 베풀어진 첫 음식이었을 것이다.

아침 식사를 혼자서 하는 경우도 있다. 윈스턴 처칠은 계속해서 그러길 고집했고, 그 덕분에 결혼 생활을 유지했다고 믿었다. 아침 식사와 관련해서 헌터 S. 톰슨보다 더 뒤죽박죽된 우아함이 섞인 주장을 한 사람은 아무도 없는데, 그는 《백상아리 사냥The Great Shark Hunt》에 다음과 같은 내용을 삽입했다.

나는 혼자서 아침 식사하길 좋아하고, 정오 전에 아침 식사를 할 때는 거의 없다. 정기적으로 소란스러운 생활 방식을 지닌 사람은 누구든 24시간마다 적어도 한 번의 정신적 의지처가 필요한데, 내 경우 그것은 아침 식사다. 홍콩, 댈러스 혹은 집에서—내가 잠을 잤든 안 잤든 상관없이—아침 식사는 혼자서만, 그리고 진실하게 과도한 정신으로만 적절하게 치러질 수 있는 개인적 의식이다. 음식의 양은 늘 엄청나게 많아야 한다. 블러디 메리 네 잔, 그레이프프루트 두 개, 커피 한 포트, 양곤 크레페, 소시지나 베이컨, 혹은 다진 고추를 곁들인 콘 비프 해시 반 파운드, 스패니시 오믈렛 혹은 에그 베네딕트, 우유 1리터, 여기저기 양념으로 사용할 토막 낸 레몬, 그리고 키라임 파이 한 조각 같은 것, 마르가리타 두 잔과 디저트로 흡입할 최고의 코카인 여섯 줄…… 그래, 그리고 두세 종류의 신문, 모든 우편물과 전보, 전화기 한 대, 다음 24시간을 계획하기 위한 공책 한 권, 적어도 한 장의 훌륭한 음반…… 이 모든 것은 뜨거운 태양이 내리쬐는 바깥에서, 가능하면 완전히 발가벗은 상태에서 이루어져야만 한다.

톰슨은 자기 스스로를 신화화하는 사람이었다. 불꽃처럼 날름거리는 그의 말은 에누리해서 받아들이는 편이 현명할 것이다. 톰슨은 또 다른 압도적인 미국식 아침 식사의 주인공인 마크 트웨인이 걸어온 길을 따르고 있었다. 트웨인은 그럴 수 있을 때면 "번철로 구워 뜨겁게 지글지글 소리를 내는 1.5인치

　내 영혼의 델리카트슨

두께의 거대한 포터하우스 스테이크"를 주문했고, 그 전에 버섯과 커피와 비스킷과 메밀 케이크를 먹었다. 나는 처칠과 톰슨과 트웨인이 천국에서 마침내 나이프와 포크를 내려놓고 아침나절의 낮잠에 빠져드는 모습을 상상하길 좋아한다.

우리가 아침 식사를 좋아하는 이유는 그것이 세상으로부터 가장 크게 인정받던 걸음마 시절에 느낀 맛과 감각을 우리에게 되돌려주기 때문이다. "'나를 먹여줘'와 '나를 사랑해줘'는 사실상 동일한 요구이다"라고 제니 디스키는 썼다. 우리가 어릴 때 우리의 입은 우리의 마음이 모르는 것을 안다. 어른이라면 누가 저녁으로 아침 식사를 하고 싶어 하지 않겠는가? 나는 1920년대 옥스퍼드의 다이닝 클럽 회원이 되는 것을 즐겼을 것이다. 그곳에서 회원들은 규칙적으로 하루를 거꾸로 살았다. 아침에 그들은 야회복 재킷 차림으로 브랜디를 마시고 시가를 피웠다. 저녁은 달빛이 차려주는 아침 식사였다.•

**

• 음식을 먹으며 만나는 모임이 더 많아야 한다. 뉴욕시에서 나는 내장육 협회에 소속되어 있다. 우리는 보통 한 달에 한 번 정도 외곽 지역에서 만나 양 곱창과 콩팥과 블러드 소시지와 송아지 췌장 같은 진미를 맛본다. 나는 런던의 개릭 클럽에서 일 년에 두 번 만나 저녁을 먹으며 딘 한 편의 라틴어 시에 대해 토론하는 고전학자 클럽이 부럽다. 그들은 용감하게도 자신들을 플락키다이 Flaccidae, 즉 '허약한 자들Flaccids'이라고 부른다.

나는 더 이상 아파트에 시리얼을 두지 않는데, 그것이 내게 모종의 힘을 행사하기 때문이다. 나는 자정마다 시리얼을 몰래 그릇에 담아 홀밀크를 붓고 어쩌면 라즈베리 잼 한 덩이까지 얹어서 먹으며 한 주 내로 한 박스를 다 비우게 될 것이다. 파자마 차림으로 그릇 위로 몸을 구부린 채 《뉴욕》 잡지 과월호를 뒤적거리게 될 것이다. 뒤에서 보면 나는 쓰레기통을 때려눕힌 한 마리 곰처럼 보이리라. 나 자신에게 시리얼 한 그릇을 허락할 때, 나는 《벌새의 영광The Glory of the Hummingbird》에서 생각하는 사람의 시리얼은 '조이스 캐럴 오츠'[7]라는 브랜드명을 지녀야 할지도 모른다고 한 피터 드 브리스의 제안을 떠올린다. 도널드 바셀미의 마녀적인 소설 《백설공주Snow White》에서 등장인물들이 '두려움', '겁쟁이', '쥐새끼'라고 적힌 마분지 박스로 가득한 아침 식사 자리에서 서로를 바라보는 순간을 떠올린다. [러시아 출신의 미국 소설가] 게리 슈타인가르트는 회고록 《작은 실패Little Failure》에서 이렇게 썼다. "시리얼도 음식이다, 어떤 의미에서는. 그것은 곡물처럼 거칠고, 간편하고 가벼우며, 살짝 가짜 과일 맛이 난다. 시리얼은 미국의 느낌 같은 맛이 난다." [미국의 소설가이자 에세이스트] 엘리프 바투먼이 소설 《이것이냐 저것이냐Either/Or》에서 '크래클린 오트 브랜'을 "거의 사악한 의미에서 가장 포만감을 주는 시리얼"이라고 묘사했을

---

7   '오츠oates'의 '오트oat'(귀리)는 시리얼을 연상시킨다.

때, 그녀는 아주 정확히 말한 셈이다. 윌리엄 포크너는 자기 성에 'u'를 더했다. 만일 훌륭하신 바투먼께서 'u'를 빼버린다면 그녀의 독자는 하룻밤 사이에 세 배로 늘어날 것이다.[8]

시리얼 한 그릇을 먹고 싶은 마음이 간절한데 집에 시리얼이 하나도 없을 때, 나의 대비책은 퀘이커 오츠 한 그릇을 홀밀크와 브라운 슈거와 함께 날로 먹는 것이다. 이는 엄밀히 말해서 축복이다. 이 조합은 크리가 알려준 것이다. 한번은 그렇게 먹고 있는 내 모습을 보고서 크리가 무정하게 말했다. "딩신도 알겠지만, 사람들이 돼지를 살찌울 때 먹이는 게 바로 그거야."

[미국의 소설가] 윌리엄 스타이런은 켈로그의 스페셜 K 박스에 적힌 커다랗고 붉은 'K' 자를 무척 좋아했는데, 그것이 카프카의 《심판》과 《성》에서 바로 그 이니셜로 불리는 주인공을 떠올리게 했기 때문이다. 팝아트 화가 제임스 로젠퀴스트도 켈로그에 어떤 강한 감정을 지니고 있었다. 회고록 《영하의 페인팅Painting Below Zero》에서 그는 왜 자신이 작업한 광고판 크기의 캔버스 중 하나에 추상화된 켈로그 콘플레이크 박스에 충돌하는 붉은 유성 이미지가 포함되어 있는지를 설명했다. "나에게는 농부가 직업인 사촌들이 있다. 시리얼 상자 안에는 6센트어치의 곡물이 들어 있는데, 가게에서 파는 상자의 가격은 4달러나 5달러다"라고 그는 썼다.

---

8   '바투먼Batuman'에서 'u'를 빼면 '배트맨Batman'이 된다.

나는 지금도 시리얼 박스 뒷면 읽기를 좋아한다. 비록 박스 뒷면에는 사람을 멍하게 만드는 몇몇 삽화 말고는 아무것도 없어지고 있긴 하지만 말이다. 음식 포장 용기에 들어가는 산문은 잘 쓰여야만 한다. 1970년대에 '앱솔루틀리 넛츠'[9]라는 그래놀라 회사는 포장 용기 뒤에 리처드 윌버의 시 〈숲 A Wood〉("공기, 물, 땅과 불이 뒤섞여야만 한다, / 하지만, 내가 생각하기에, 단 하나의 방식만 권장되는 것은 아니다")을 실었다. 등산가 에릭 시프턴은 예전에 높은 고도에서 등산가들이 읽을 수 있는 것은 음식 라벨뿐이었다고 언급했다. 루이스 캐럴의 앨리스는 토끼 굴로 굴러떨어지면서 마멀레이드 병에 적힌 라벨을 읽는다. 어쩐지 이 장면은 죽음의 가장 나쁜 점이 책을 들고 갈 수 없는 것이라는 사실을 상기시켜주는 듯하다.

**

나는 거의 매일 달걀 두 개를 요리한다. 그 결과물은 종종 '명예의 전당'에 들어갈 만큼 수준급이다. 달걀을 너무 오래 익혀버린 음울한 날에도 결과물은 여전히 '아주 훌륭함의 전당'에 들어갈 수준은 된다. 나는 《뉴욕타임스》에 매일 달걀을 먹는다는 습관을 고백한 후 심근경색을 경고하는 몇 통의 이메일

---

9 '넛nut'은 '견과' 외에 '미치광이' '멍청이'를 뜻하기도 한다.

  내 영혼의 델리카트슨

을 받았다. 그래도 달걀을 자제하기가 힘들다. 헨리 제임스도 마찬가지였다. 그는 《짧은 프랑스 여행A Little Tour in France》에서 "하루에 달걀을 몇 개나 먹었는지 말하기 부끄럽다"고 썼다. 이언 플레밍의 소설에서 제임스 본드는 스크램블드에그를 미친 듯이 먹는다. 달걀에 대한 본드의 애정은 너무나도 유명해서, 플레밍의 소설 《죽느냐 사느냐》의 교정자는 "본드를 쫓는 사람은 누구든 레스토랑으로 들어가서 '여기 와서 스크램블드에그를 먹은 남자가 있지 않았소?' 하고 묻기만 하면 되었다고 쓰면서, 그로 인해 본드에게 생겨난 보안 위험"을 언급했다.

우리는 그럴 수 있을 때면 양계업자로부터 직접 달걀을 구입한다. 가브리엘 가르시아 마르케스가 1960년대에 쿠바에서 경험했다고 전해지는 이야기가 떠오른다. 그에 따르면 쿠바의 주부들은 "약 맛이 나는" 대량생산된 달걀을 경멸했고, 요령 있는 식료품 장수들은 "더 높은 가격에 팔기 위해 달걀에 닭똥을 발랐다"고 한다. 시장에 내놓을 달걀에 배설물 얼룩을 남기는 것은 좋은 품질과 진지한 의도의 징표이다. 양모 스웨터에 약간의 짚이나 양 배설물을 섞어 넣는 것이나 멕시칸 레스토랑에서 양곱창 요리를 메뉴에 넣는 것이 그러하듯 말이다. 십여 년에 걸쳐 개리슨의 흙길에 있는 집에서 아이들을 키우는 동안, 우리는 맨해튼에서 북쪽으로 한 시간 거리에 있는 오지의 닭장에서 닭을 길렀다. 우리는 부엌에서 남은 훌륭한 음식을 닭에게 먹였고, 그것들이 낳은 달걀의 노른자는 환각을 불러일으킬

만큼 노을빛을 닮은 오렌지색이었다. 모든 작가는 적어도 한 번쯤은 닭을 길러봐야 한다. 상투적인 문구를 피하려 애쓰다보면 대부분의 상투적인 영어 표현이 어디서 유래했는지 제대로 이해할 수 있다. '지배권을 쥐다ruling the roost', '서열pecking order', '꼬드김egging on', '바가지를 긁히다henpecked', '배신자fox in the henhouse'[10]를 포함한 다른 진부한 말들은 더 이상 추상적인 표현이 아니게 된다. 당신이 프리랜서라면 '땅을 파서 근근이 먹고살다scratching out a living'라는 상투적인 문구도 유독 가슴에 와닿으리라.

**

암울한 코로나 시기 동안 우리 삶에서 삶을 가치 있게 만들어주는 아주 많은 것들—락 콘서트, 극장, 영화, 저녁 파티, 캔들핀 볼링, 그리고 특히 레스토랑—이 부재하게 되는 바람에 우리는 가능한 곳에서 기쁨을 얻는 법을 배우게 되었다. 우리 집의 영웅 중 한 명은 프랑스 태생 셰프이자 요리책 작가인 자크 페펭이었다. 락다운이 시작되고 얼마 지나지 않아 팔십 대 중반인 페펭은 페이스북에 짧은 비디오를 올리기 시작하면서 가장 소박한 재료로 훌륭한 요리를 만드는 법을 설명했다. 식료품점에 가기가 두려웠던 바로 그 순간에 그가 나타나서 신

---

10   모두 닭과 관련된 영어 관용구이다.

    내 영혼의 델리카트슨

선식품 보관실에 있는 잡다한 것들로 야채수프를 만든 것이다. 오래된 채소의 거무스름한 부분을 태연히 잘라내면서. 슈쿠르트 가르니[11]를 만들며 그는 잘게 썬 핫도그를 던져 넣었다. 그는 르 돔 카페에서 헤밍웨이와 피츠제럴드에게 제공되었을 법한 앙트레를 닮은 간단한 닭가슴살 요리를 만들었다. 토르티야 피자의 프랑스 왕? 그는 정말 그랬다.

사람들이 실직하고 그렇지 않은 사람들은 직장을 얻길 두려워하는, 또 다른 사람들은 어쩔 줄 몰라 하며 본능적으로 절약을 실천하던 상황에서 페펭의 레시피는 호소력을 발휘했다. 어느 잠 못 이루는 밤이면 그가 올린 많은 비디오들은 내게 이상하고도 거의 견딜 수 없을 만큼 감동적으로 다가왔다. 그의 나이, 수척해진 잘생긴 외모, 억양, 목소리에서 들려오는 약간의 치찰음, 요리에 대한 살짝 낡은 박식함, 날카롭게 간 나이프로 선보이는 기술, 그리고 목판을 댄 주방에서 풍기는 1970년대 분위기. 그것은 사람의 넋을 빼놓는 패키지였다. 나는 특히 그가 달걀 요리를 하는 모습을 좋아했다. 그래서 그의 방법을 연구했다. 나는 달걀을 깰 때 껍데기가 그릇에 들어가는 일이 너무 잦았다. 빠진 껍데기 조각은 어이없을 만큼 건지기 어렵다. 이를 방지하기 위해, 페펭은 평평한 표면 위에서 달걀을 재

---

11   알자스 전통요리로, 양배추 절임인 사우어크라우트에 각종 돼지고기와 소시지, 감자 등을 곁들인 요리.

빨리 두 번 쳐서 깨뜨리라고 가르친다. 이는 바보라도 해낼 수 있을 만큼 간단한 일은 아니고, 그래서 나는 다른 사람의 조언을 구하기 시작했다. 빌 버퍼드가 엘리트 프렌치 레스토랑에서 요리하며 보낸 시절에 관한 책인 《흙먼지Dirt》에서 한 셰프는 그에게 다음과 같이 경고했다. "달걀은 절대 가장자리가 아닌, 오직 평평한 표면에서만 깨뜨릴 것. 비위생적인 껍데기에 오염되지 않도록 재빨리 한 번만." 요약하자면, 페펭은 평평한 표면에 두 번 깨뜨리라고, 버퍼드는 한 번만 깨뜨리라고 말한다.

그러고서 훌루[12]에서 스탠리 투치의 영화 〈빅 나이트〉를 보게 되었다. 뉴저지에서 꿈에 그리던 레스토랑을 연 이탈리아 이민자 형제—셰프 프리모(토니 샬호브)와 사업가 세콘도(투치)—에 관한 영화였다. 프리모의 음식은 정통적이다. 너무나도 정통적인 나머지 지역 손님들에게 낯설게 다가와 폐업할 위기에 처했을 만큼. 밴드 리더인 루이스 프리마가 식사하러 온다는 소식을 들은 형제는 전력을 다한다. 나는 완벽한 영화인 〈빅 나이트〉를 여섯 번이나 일곱 번쯤 보았다. 그 영화는 미국 영화사에서 가장 숭고한 장면들 중 하나로 막을 내린다. 실망스러운 밤이 지나고 다음 날 아침, 투치가 연기하는 인물은 레스토랑의 주방에서 형제와 또 다른 기진맥진한 종업원을 위해 말없이 오믈렛을 만든다. 그것은 삶이 계속되리라는, 이 오믈

---

12   Hulu, 미국의 OTT 서비스.

    내 영혼의 델리카트슨

렛에 의미가 있다는 증거이다.• 투치의 방식은 흠잡을 데가 없다. 그의 얼굴은 찰리 채플린 영화 속 부랑자의 얼굴만큼이나 감성적이다. 당신은 이 아름다운 남자가 만드는 거라면 뭐든 원할 것이다. 버퍼드와 페펭의 지혜에 반대하며, 그는 달걀을 그릇 가장자리에 쳐서 깨뜨린다.

실비아 플라스는 대학 시절에 쓴 1950년 일기에서 아내가 되는 것이 주로 "남자를 위해 스크램블드에그를 요리하는 일"을 의미할까봐 걱정했다. 그녀는 한낱 살림살이 담당자가 되길 원치 않았다. 존 업다이크의 소설 《토끼는 부자다》는 여자가 자신이 먹을 달걀을 스스로 요리하길 선호할지도 모른다는 사실에 대한 이유를 제시한다. 업다이크는 이렇게 썼다. "그들의 신혼여행 아침 식사를 위해 그는 스크램블드에그에 대고 자위를 했고, 그들은 그의 구운 정액을 스크램블드에그와 함께 먹었다." 다른 곳에서는 한 번도 들어보지 못한 수법이지만, 어쩌면 그것은 대단할지도 모른다. 나는 가끔 '살 빼Lose It!'라는 칼로리 계산 앱을 사용하는데, 트위터에서 한 여자가 그 앱에 '정액'을 기록하면 한 번에 10킬로칼로리로 계산된다고 한 것을 보았다. 도저히 확인해보지 않을 수 없었다. 맙소사, 정말로 정액이 있었다.

• 내 친구인 작가 맥스 와트먼은 세상에 두 종류의 사람이 있다고 주장한다. 〈빅 나이트〉를 보고 나서 셰프 프리모가 만드는 노동 집약적인 팀파노에 대해 생각하는 사람과, 달걀에 대해 생각하는 사람.

　토니 모리슨만큼 아침과 아침의 약속에 세심한 정성을 쏟은 작가도 없을 것이다. 모리슨의 인물들에게 아침 식사란 때로 견딜 수 없는 하루에서 유일하게 견딜 만한 것이다. 《솔로몬의 노래》에는 루스 포스터 데드가 두 소년에게 반숙 달걀을 먹겠느냐고 질문하는 순간이 있다. "하나 먹어보렴." 그녀는 말한다. "내가 제대로 만들 줄 알거든. 있잖아, 나는 흰자가 움직이는 것을 좋아하지 않아. 노른자는 부드러워야 하지만 흘러서는 안 되지. 축축한 벨벳 같아야 해." 루스는 냄비로 사용하는 세숫대야에 펌프로 물을 쏟아붓는다. 그녀는 자신의 방식에 대해 천천히 이야기한다.

　자, 물과 달걀은 어느 정도 같은 높이에서 만나야만 해. 한쪽이 다른 한쪽보다 우위를 점하면 안 되지. 마찬가지로 온도도 둘 다 같아야 해. 나는 먼저 물에서 냉기가 가시게 해줘. 그저 냉기만. 따뜻하게 하진 않는데, 왜냐하면 달걀의 온도는 상온이거든. 자, 그런데 진짜 비밀은 바로 끓는 물에 있어. 작은 물거품이 표면으로 올라올 때, 구슬처럼 커지기 직전에 딱 완두콩만큼 클 때. 자, 바로 그때 냄비를 불에서 내리는 거야. 그냥 불을 끄는 게 아니라 냄비를 불에서 내려야 해. 그러고는 접은 신문지를 냄비 위에 올린 후 작은 할 일 하나를 하는 거야. 손님을 맞으러 나가거나 앞 현관으로 나가서 양동이를 비우고 다시 들고 오는 일 같은 거 말이지. 나는 보통 화장실에

　　　　내 영혼의 델리카트슨

가. 분명히 말해두지만, 큰 볼일은 안 돼. 그냥 작은 볼일만. 그러고 나면 완벽한 반숙 달걀이 완성되는 거지.

모리슨이 무엇에 관해 쓰든, 우리는 그녀가 그것을 쇠꼬챙이에 꽂은 채 상상력의 화롯불 사이에서 돌리고 있음을 느낀다. 루스는 화장실에 가는 것으로 달걀의 시간을 잰다. 이런 종류의 생물학적 타이밍 메커니즘은 전례 없는 것이다. 음식 전문 작가 마이클 룰먼이 말하는 로스트 치킨 레시피는 기본적으로 다음과 같다. 치킨을 오븐에 넣어라. 가서 섹스를 해라. 끝나고 나면 치킨 요리도 완성되었을 것이다. 나는 언젠가 공개 토론회 무대에서 이 레시피를 언급한 적이 있다(어떤 맥락에서 한 말이었을지는 나도 알 길이 없다). 비평가 대니얼 멘델슨이 객석에서 일어나더니 은근슬쩍 말했다. "제가 그 방법을 시도할 때마다 치킨이 새까맣게 타버리더군요." 마지막으로, 짐 해리슨이 전하는 지혜의 말 한 토막. 만일 배우자와 다툼이 일어났다면 고기 망치를 들고 키친 아일랜드 식탁을 돌며 서로를 쫓지 말라. 그냥 함께 밖으로 나가서 수십 개의 날달걀을 벽에 세게 던지면 문제 해결에 도움이 된다.

**

몇 년 전 나는 우연히 브로드웨이에서 샘 셰퍼드의 연극

〈트루 웨스트 ^{True West}〉 재공연을 보았다. 에단 호크와 폴 다노가
출연한 연극이었다. 나는 《트루 웨스트》 공연을 좋아하는데,
그 이유 중 하나는 무대에서 많은 토스트가 던져지기 때문이
다. 〈록키 호러 픽처 쇼〉 심야 상영에서 그러곤 했듯이 말이다.
셰퍼드의 연극을 모르는 사람을 위해 설명하자면, 어느 순간
한 인물이 한밤중에 소란을 피우며 동네 집들에 있는 토스터를
전부 훔친다. "오늘 아침에는 동네 어딜 가든 토스트를 찾아보
기 힘들겠군"이라고 그는 말한다. 옛날에 나는 술을 마실 때면
동네에 있는 토스터를 모두 훔치는 짓 같은 걸 할까봐 두려워
하곤 했다. 이제 나는 내가 셰퍼드의 다른 연극인 〈사랑의 바보
짓 ^{Fool for Love}〉에 나오는, 자신이 [미국의 컨트리 가수이자 엔터테이
너] 바버라 맨드렐과 결혼했다고 확신하는 남자처럼 되어가는
것 같아 두렵다.

　　만일 〈트루 웨스트〉가 위대한 미국 토스트 연극이라면, 니
컬슨 베이커의 첫 소설인 《구두끈은, 왜?》는 위대한 미국 토스
트 소설일 것이다. 베이커가 쓰는 거의 모든 글은 우리를 행복
과 포옹하고 싶게 만든다. 그의 정신은 땅에 매인 헬륨 풍선 같
다. 베이커의 화자는 독자들에게 토스트를 평행으로 자르지 말
고 대각선으로 자르라고 알려주는데, 왜냐하면 "삼각형으로
자른 조각의 모서리가 이상적인 첫맛을 선사하기" 때문이다.
만일 토스트를 직사각형으로 자르는 실수를 저지른다면, "현
관 출입구로 너무 큰 화장대를 통과시킬 때처럼 입속에 들어가

　　　　　　내 영혼의 델리카트슨

는 토스트의 각도를 틀어야만 한다”.

나는 어맨다 헤서의 《필수 뉴욕타임스 요리책》을 읽다가 그녀에게 토스터가 없다는 사실을 알고 깜짝 놀랐다. 어쩌면 그것이야말로 그녀가 그렇게 부럽도록 날씬한 몸매를 유지하는 비결인지도 모른다. 내게는 설득력 없게 들리는 말이지만, 헤서는 토스터가 조리대에서 너무 많은 공간을 차지하므로 오븐이 더 낫다고 주장한다. 나는 토스터를 하루에 적어도 세 번 사용하며 그것과 헤어질 생각이 없다. 하지만 헤서는 혼자가 아니다. 사뮈엘 베케트와 [미국의 가수이자 배우] 펄 베일리도 토스터를 비웃었으니 말이다. 베케트는 《발길질보다 따끔함》에서 다음과 같이 썼다. “빵을 속속들이 제대로 구우려면 약한 불로 오래 구워야만 한다. 그렇지 않으면 바깥쪽만 새까맣게 타고 안쪽은 전과 다름없이 눅눅하게 남을 뿐이다.” 베일리는 《펄의 주방Pearl's Kitchen》에서 다음과 같이 썼다. “나는 여전히 빵에 버터를 발라서 오븐의 브로일러 아래에 넣는다. …… 아무래도 내 마음 한구석에는 빵을 옛 장작 난로 위에서 정말 멋지게 구웠던 사람들에 대한 추억이 깃들어 있는 듯하다.” 문제는, 그녀 자신도 인정하듯 빵을 태울 때가 많다는 것이다. 내가 자라던 시절에 어머니는 어떤 음식이든 탄 부분을 먹으며 그걸 제일 좋아한다고 우리를 안심시키셨다. [미국의 소설가이자 에세이스트] 에이미 블룸은 회고록 《사랑을 담아》에서 우리에게 아침 식사 후 어질러진 자리를 깨끗이 치울 것을 상기시킨다.

"나는 토스터 오븐에 탄 토스트를 그대로 내버려둔다. …… 내 생각에는 이것이야말로 그레이 가든[13]으로 가는 지름길 같다."

대학 시절 한 친구는 자신의 로맨틱한 삶을 위해 토스트의 본질적 순수함을 이용해먹었다. 그의 수법은 늦을 때까지 기다렸다가 파티가 끝날 무렵이 되면 좋아하는 여자애한테 가서 사과처럼 불그레한 얼굴로 갑자기 그윽한 열정을 담아 "내가 정말 먹고 싶은 게 뭔지 알아? 시나몬 토스트야"라고 말하는 것이었다. 그 말은 친밀하게 들렸다. 여자애들은 그의 머리를 헝클어뜨리며 토스터가 있는 그의 방으로 따라 들어가곤 했다.

*****
*** ***

집에서 우리는 때로 고급 버터에 돈을 펑펑 쓰기도 하지만, 보통 한 주에 버터를 1파운드씩 소비하다보니 주로 랜드 오레이크Land O'Lakes를 사용하곤 한다. 2020년에 랜드 오레이크는 로고에서 미국 원주민 여성의 이미지를 없애버렸다. 나도 그 결정에 동의하지만, 로리 무어가 소설 《누가 개구리 병원을 운영할 것인가?Who Will Run the Frog Hospital?》에서 묘사한 그 장난을 미래 세대의 지루한 아이들이 결코 알아내지 못할 거라는 사실에

---

13 Grey Garden, 한때 잘나가던 사교계 인사였다가 이후 딸과 함께 은둔한 이디스 빌이 살았던 집. 고양이나 너구리, 벼룩 등이 들끓었던 것으로 유명하다.

는 안타까움을 느낀다. 무어의 등장인물들은 "랜드 오레이크 패키지에서 인디언 소녀를 오려내고 소녀의 가슴에 구멍을 뚫은 후 거기에 구부린 무릎을 집어넣어서 가슴처럼 보이게 만드는 놀이"에 심혈을 기울인다. 인터넷 시대 이전에 우리가 재미로 하던 놀이. 우리는 버터 접시butter dish를 '디터부시ditterbush'라고 부르는데, 왜냐하면 펜이 여섯이나 일곱 살쯤 되었을 때 그 두 단어의 첫음절을 잘못 발음하면서 그렇게 말해버렸기 때문이다.

소설 《살아가기, 사랑하기Living, Loving》와 《계속되는 파티Party Going》의 저자인 영국 작가 헨리 그린은 1958년 《파리 리뷰》 인터뷰에서 (다른 누군가의 말을 변주하며) 인생의 특별한 기쁨 중 하나는 "여름날 아침에 창문을 열어둔 채 침대에 누워 교회 종소리를 들으며 음탕한cunty 손가락으로 버터를 바른 토스트를 먹는 것이다"라고 말했다. 남자 작가들은 이 구절을 정말 좋아한다. 그들은 c로 시작되는 금기어[14]를 싣지 않으려 하는 출판물에 이 인용문을 슬쩍 집어넣으려 애쓴다. 그 단어를 우회적으로 쓰려는 그들의 모습을 지켜보는 것은 저널리즘 세계에서 가장 오래된 놀이 중 하나가 되었다.

**

---

[14] '여자 성기' 혹은 '나쁜 년' 등을 뜻하는 비속어 'cunt'를 가리킨다.

선행을 베푼다는 기분을 쉽고 저렴하게 느끼는 한 방법은 다른 사람들이 잠에서 깨어나기 전에 베이컨 한 팩을 요리하는 것이다(나는 오븐에 굽는 방식을 택한다). 시그리드 누네즈는 회고록 《우리가 사는 방식》에서 수전 손택이 때로 베이컨 한 팩을 요리해서 그걸 그냥 저녁이라고 부르곤 했다고 썼다. 베이컨은 천사들의 음식, 혹은 적어도 천사들의 현세적 대리인들의 음식이다. [미국의 언론인이자 비평가] 헨리 루이스 멩켄은 딱지가 연한 게 요리에 자신이 "베이컨 국부 보호대"라고 부른 것을 둘러 먹길 좋아했다. 내 딸 해리엇은 때로 아무 예고도 없이 몇 달씩 채식주의자가 되곤 한다. 가끔은 남자친구까지 설득해서, 사전 편찬자 제시 셰이드로워가 "성적 접촉으로 일어난 식이 장애"라고 명명한 병을 전염시키기도 한다. 때로 윤리적 갈등에 빠지는 해리엇을 구슬려서 원래대로 되돌리는 것은 바로 베이컨이다.

[영국의 법률가 및 문필가이자 셸리의 절친] 토머스 제퍼슨 호그는 《퍼시 비시 셸리의 생애 Life of Percy Bysshe Shelley》에서 셸리의 교양 있는 채식주의에 대해 상세히 서술했다. 그는 자신이 셸리 앞에서 베이컨을 먹었을 때 셸리가 혐오감을 드러냈다고 썼다. 하지만 호기심을 보이며 가볍게 한 입 먹어본 셸리는 "베이컨을 더 가져오게!"라고 외쳤다. 호그는 이 장면에서 이야기를 계속 이어나간다.

 내 영혼의 델리카트슨

"한 접시 더 갖다주시오."

"정말 죄송합니다, 신사 여러분." 노파가 말했다. "그런데 집에 베이컨이 다 떨어졌어요."

셸리는 실망감에 화를 내며 그녀를 비난했다.

"손님을 위한 베이컨도 충분히 준비해두지 않은 여자가 무슨 여관을 운영한단 말이지? 저 여자는 죽어 마땅해."

나는 아침 식사로 베이컨만큼이나 햄도 좋아하는데, 특히 컨트리 햄을 좋아한다. 포장된 슬라이스를 온라인으로 주문하는데, 북쪽에서는 구하기가 어렵기 때문이다. 소금과 진공포장 덕분에 컨트리 햄 슬라이스는 좀비로 세상이 멸망하고서 한참이 지난 후에도 냉장고에서 거뜬히 버틸 것이다. 에드나 루이스는 고전이 된 요리책《시골 요리의 맛》에서 이렇게 썼다. "햄은 기본 검정 드레스와 같은 가치를 지닌다. 훈제실에 햄 한 덩이가 있다면 어떤 상황에도 맞설 수 있다." 이는 코로나 시대뿐만 아니라 그 어떤 시대에도 통하는 진리이리라.

**

웨스트버지니아주 사람들은 비스킷을 사랑한다. 헌팅턴에 본사를 둔 '튜더스 비스킷 월드 Tudor's Biscuit World' 체인은 광신적인 추종자들을 거느리고 있다. 나는 오직 평범한 열정만을 지닌 채 비스킷을 먹는다. 비스킷은 너무 큰 포만감을 주는지라 내가 먹고 싶은 다른 음식을 못 먹게 만든다. 갑자기 날아든 투고처럼, 커다란 비스킷 하나는 정말로 우리의 아침에 커다란 구멍을 뚫을 수 있다. 나는 1956년에 친구에게 보낸 편지에서 "비스킷 한 판에 입힌 어마어마한 피해로" 사람들을 경악하게 만들었다고 쓴 랠프 엘리슨처럼 되고 싶다. [미국의 소설가이자 에세이스트] 해리 크루스는 회고록 《어린 시절^{A Childhood}》에서 비스킷에 구멍을 뚫은 후 거기에 시럽을 부어 넣고는 더는 스며들지 않을 때까지 계속 부어 넣길 좋아했다고 썼다. 그는 튀긴 돼지고기 두 조각을 비스킷에 얹고서 그것을 개와 나눠 먹었다. 크루스는 남부 사람들이 그 어떤 이들보다도 비스킷을 진지하게 여긴다는 사실의 산증인이다. 증인이 따로 필요한 사실 같진 않지만 말이다. 비스킷은 유도라 웰티의 소설 곳곳에 넘쳐난다. 웰티의 단편소설 〈내가 우체국에 사는 이유^{Why I Live at the P.O.}〉에서 화자는 삼촌 론도가 원피스 잠옷 차림으로 케첩을 바른 차가운 비스킷을 먹는 모습을 목격한다. 미국 문학사에서 가장 위대한 음식 중심적 대화가 파편적으로 이어지는 가운데 화자는 묻는다. "삼촌은 스텔라론도[15]의 살색 기모노를 입고 케첩으로 장난치는 게 현명한 일이라고 생각하나요?"

대공황 시기에 비스킷은 구두를 닦는 데 사용되기도 했다.

---

15   작중 화자의 여동생.

    내 영혼의 델리카트슨

비스킷의 라드 성분은 구두에 광택을 내고 가죽을 부드럽게 하는 데 도움이 되었다. 앨리스 워커는 어린 시절에 "비스킷으로 광을 낸 에나멜가죽 구두를 자랑하길" 즐겼다고 쓴 적이 있다. 오션 브엉의 소설 《지상에서 우리는 잠시 매혹적이다》에 등장하는 화자는 하트퍼드에 있는 보스턴 마켓에서 일하는데, 그가 질색하는 상사는 "코의 모공이 너무 커서 점심때 먹은 비스킷 부스러기가 거기에 낀다"라고 묘사된다. 나는 코의 모공이 큰 사람들에게 늘 연민을 느껴왔고―당신도 나이가 들면 그렇게 될 것이다―그래서인지 [영국 출신의 미국 언론인] 티나 브라운이 나이 든 남성을 "하얀 딸기 같은 코를 가진 사람"으로 묘사한 것을 절대 잊지 못한다.

시카고 태생의 시인 퍼트리샤 스미스가 아침에 옥수수빵을 만드는 법에 대해 자신의 시 〈타기 시작할 때^{When the Burning Begins}〉에서 해주는 조언을 들어보자. 우선 옥수수 가루와 뜨거운 물을 넣고 약간 뻑뻑해질 때까지 섞으라고 그녀는 쓴다.

그러고는 지글지글하는 달궈진 팬에 한 덩이씩 떨어뜨려라.
타는 냄새가 나기 시작하면, 그때 뒤집어라.

스미스의 조리법("타는 냄새가 나기 시작하면, 그때 뒤집어라")은 한 친구가 내게 들려준 노먼 메일러의 스테이크 레시피를 떠올리게 한다. 그것은 대략 다음과 같다. "1. 버터로 굽는

다, 연기 탐지기가 울릴 때까지. 2. 뒤집는다.”

*
**

아침에 보고 싶지 않은 음식들이 있다. 토머스 하디의 전기 작가인 클레어 토멀린은 자신이 가장 좋아하는 아침 식사가 “케틀 브로스^{kettle-broth}”,[16] 즉 “다진 파슬리와 양파, 뜨거운 물에 끓인 빵”이라고 썼다. [웨일스 출신의 할리우드 배우] 리처드 버턴은 1983년 일기에서 엘리자베스 테일러에 대해 이렇게 썼다. “그녀에게서는 마늘 냄새가 난다. 대체 누가 아침부터 마늘을 먹는단 말인가?” 블라디미르 나보코프는 과거의 순간들 중 영상으로 남아 있었으면 하는 게 무엇이냐는 질문을 받았을 때 이렇게 대답했다. “허먼 멜빌이 아침 시간에 고양이에게 정어리를 먹이는 모습.”

*
**

지금 플로리다주에는 양귀비 씨방 하나에 든 씨앗보다 많은 쇼핑몰이 있지만, 내가 고등학생이던 1980년대 초반까지만 해도 네이플스에는 쇼핑몰이 딱 하나밖에, 그러니까 ‘코스

---

16   문자 그대로 ‘주전자 수프’를 뜻한다.

트랜드^{Coastland}'밖에 없었다. 나는 그곳의 음반 가게에서 아르바이트를 했는데, 매일 똑같은 앨범 다섯 장만 강제로 들어야 했다. 고고스의 《뷰티 앤드 더 비트^{Beauty and the Beat}》, 휴먼 리그의 《데어^{Dare}》, 러시의 《무빙 픽처스^{Moving Pictures}》, 퀸시 존스의 《더 듀드^{The Dude}》, 빌리 스콰이어의 《돈 세이 노^{Don't Say No}》. 너무 자주 들은 나머지 나중에 내 아이들의 아기 시절 뒤통수에 난 머리카락의 소용돌이무늬만큼이나 잘 알게 될 정도였다. 우리는 가능할 때마다 가게에서 허락하지 않는 보다 자유로운 음악을 틀었다. 매니저의 치장용 벽토를 바른 아주 작은 아파트에서 파티가 열릴 때면 우리는 넥타이를 맨 채 거실을 가득 메우고 〈프라이빗 아이다호^{Private Idaho}〉의 쿵쿵거리는 리듬에 맞춰 뛰어오르며 춤추곤 했다. 나는 쇼핑몰에 있던 두 서점, 그러니까 '월든 북스'와 'B. 돌턴'에서 모두 일했다. 두 곳 모두 갖춰진 책은 형편없었고, 그곳을 운영하는 매니저들은 앨리스 워커와 [미국의 소설가이자 에세이스트] 워커 퍼시도 전혀 구분하지 못할 사람들이었다. 그래도 어쨌건 서점이긴 했고, 나는 직원 할인을 최대한으로 이용했다.

이 서점들에도 몇몇 진지한 손님들이 있긴 했다. 그들 덕분에 나는 서점에 없는 종류의 책들, 즉 1950년 이전에 출간된 거의 모든 책을 '특별 주문'하는 법을 배웠다. 나는 책을 파는 일에는 유령 같은 감정의 무게가 따라붙는다는 사실을 알게 되었다. 사람들은 자기 마음을 손에 들고 계산대로 온다. 우울증이나 암, 외로움이나 이혼, 성적이 낮은 아이나 폭력적인 배우자에 관한 책, 혹은 슬프면서도 웃긴 《게실염 환자용 요리책^{The Diverticulitis Cookbook}》 같은 책을 들고 와서 계산대에 내려놓는 것이다. '런던스 리버 카페^{London's River Cafe}'의 소유자이자 운영자인 루스 로저스는 식당도 비슷한 공간이라고 말했다. 우리는 식당을 보통 축하하러 가는 곳으로 여기지만, 프리제 라돈 샐러드^{frisee aux lardons}를 먹는 도중에 이혼이나 해고 통보를 받는 손님도 적지 않다. 로저의 말에 따르면 식당은 눈물이 많은 곳이다. 어떤 날 밤에는 서점이 내 마음에 큰 타격을 입히기도 했다. 그럴 때면 코르크 따개의 나선형을 따라 미끄러져 내려가는 기분이 들었다.

차를 몰고 집으로 돌아가는 길에는 U.S. 41번 국도에 있는 던킨을 지나곤 했다. 여동생이 저녁 근무를 서던 곳이었다('던킨^{Dunkin'}'의 첫 글자 'D'를 맨 뒤로 옮기면 '불친절한 도넛^{Unkind Donuts}'이 된다는 사실을 우리는 알고 있었다). 그 건물은 불을 환히 밝힌 유리 상자, 물 없는 수족관처럼 보였다. 달리는 차에서 바라본 창가의 동생은 에드워드 호퍼의 그림 속 인물 같았다. 술에 취한 이들과 버림받은 이들에게 설탕과 커피를 나눠주는 일종의 약사처럼 말이다. 나는 동생이 투명한 뚜껑 상자에 담아 집으로 가져온, 약간 오래된 재고 도넛을 너무 많이 먹은 나머지 지금까지도 도넛을 마주할 엄두를 거의 내지 못한다.

"도넛을 제대로 맛보면 꽤나 역겹다는 사실을 알게 됩니다.” 전 《뉴욕타임스》 레스토랑 평론가인 루스 라이클은 언젠가 이렇게 말했다. “도넛은 기름 맛이 나거든요.” 혹평으로 유명했던 영국의 음식 전문 작가 고故 A. A. 길은 크리스피 크림을 끔찍해하면서도 찬미했다. “한 입 베어 무는 순간, 당신은 깨닫게 된다. 이것이 당신의 치아보다 더 오래갈 중독의 시작임을”이라고 그는 썼다. “미국인들은 도넛을 한두 개씩 사지 않는다. 열두 개씩 담긴 커다란 종이 상자를 사서 어둠 속에서 홀로 먹는다.”

나도 내 몫의 하루 지난 도넛을 어둠 속에서 홀로 먹으며 하루하루를 근근이 버틴 적이 있다. 고등학교 시절에 따돌림을 당했다는 말은 아니다. 회고록 작가들이 흔히 그러듯 나 자신이 아웃사이더였다고 과장하고 싶진 않다. 하지만 내향적인 성격이었고, 턱에는 여드름이 은하수를 이루고 있었으며, 척 베리가 《자서전Autobiography》에서 한 말을 빌리자면, 내가 “지저분한 도넛을 먹는 끔찍하게 보기 흉한” 존재라고 확신하고 있었다. 던킨과 크리스피 크림이 등장하기 훨씬 전부터, 도넛은 위안을 주는 음식으로 잘 알려져 있었다. 이디스 워튼의 《이선 프롬》에는 고아 매티와 사랑에 빠진 외로운 이선이 매티와 “갓 만든 도넛”과 “블루베리 콩포트”를 나눠 먹는 완벽한 순간이 등장한다. 앤서니 비스나 소의 단편소설 〈척스 도넛 가게의 세 여자Three Women of Chuck's Donuts〉에는 캘리포니아주 센트럴 밸리에서 24시간 도넛 가게를 운영하는 캄보디아계 미국인 어머니와 그녀의 두 딸이 주인공으로 등장한다. 그때 그 던킨에서 일했던 내 여동생처럼, 그들 또한 세상에서 가장 외로운 사람들처럼 보인다.

*
**

《뉴요커》에 실린 〈심슨 가족〉 작가 존 스워츠웰더의 프로필을 읽다가, 그가 자기 주방에 설치한 다이너 칸막이 좌석에서 작업한다는 말에 부러움을 느꼈다. 코로나 시기 동안 나는 다른 어떤 레스토랑보다도 다이너가 그리웠다. 특히 다이너에서의 아침 식사가. 다이너에 들어서면 마치 《길 위에서》에 등장하는 샐 파라다이스 혹은 딘 모리아티가 된 듯한 기분이 든다. 자바 커피 한 잔과 애플파이 한 조각으로 깨달음을 얻으려는 그들 말이다. 최근에 《길 위에서》를 읽어본 적이 있는가? 소설 초반에 샐과 에디라는 히치하이커는 네브래스카주에서 어느 카우보이의 트럭을 얻어 타게 된다. 운전사가 타이어를 손보러 간 후의 장면을 잭 케루악은 다음과 같이 쓰는데, 이는 내가 미국 문학사에서 정말 좋아하는 문장들 중 하나이다. "에디와 나는 일종의 가정식 다이너에 앉아 있었다. 그때 갑자기 커다란 웃음소리, 세상에서 가장 커다란 웃음소리가 들리더니, 고참으로 보이는 나이 많은 네브래스카 농부가 한 무리의 젊은이들과 함께 다이너로 들어왔다. 그날 그의 거친 외침은 평

     내 영혼의 델리카트슨

원 너머로, 평원의 잿빛 세계 전체 너머로 똑똑히 울려 퍼졌으리라. 다들 그를 따라 웃었다. 그는 도대체 근심이라고는 없는 사람이었고 다른 모두를 더없이 존중하고 있었다. 나는 속으로 중얼거렸다. '와, 저 사람 웃음소리 좀 들어봐. 저게 바로 서부야, 나는 지금 서부에 와 있는 거라고.'"

나는 저 문장들을 외우는데, 그것이 적힌 예일대학교 출판부 제작 포스터를 액자에 넣어 주방 벽에 걸어두었기 때문이다. [미국의 회고록 작가] 조이스 존슨은 《사소한 인물들^{Minor Characters}》이라는 눈부신 회고록을 썼는데, 그것은 부분적으로 케루악과 교제한 이 년간의 세월에 관한 책이기도 하다. 그들은 소개팅으로 처음 만났다. 존슨은 맨해튼 8번가에 있는 일종의 다이너인 하워드 존슨 식당에서 그를 기다리던 때를 떠올린다. 때는 1957년, 얼어붙을 만큼 추운 1월의 어느 밤. 잭 케루악은 서른네 살이었고 힘겹게 나아가고 있었다. 《길 위에서》가 출간되려면 아직 아홉 달이 남아 있었다. 조이스 존슨은 스물한 살로, 대학을 갓 졸업한 상태였다. 그는 빈털터리였고, 그래서 그녀는 그에게 밥을 사주었다.

"남자에게 저녁을 산 건 그때가 처음이었다"라고 존슨은 썼다. "그러자 내가 아주 유능하고 여자다운 존재로 느껴졌다. 그는 프랑크푸르트 소시지와 홈프라이, 베이크드 빈스 위에 하인즈 케첩을 뿌려서 먹었다. 나는 계속 그를 슬쩍 쳐다봤는데, 그가 아름다웠기 때문이다. 남자를 두고 아름답다고 하면 안 될 것 같지만, 그는 정말 그랬다. 그는 내가 훔쳐보는 걸 알아차리고 싱긋 웃은 후 삐딱하게 쳐다보더니, 얼빠진 표정을 연달아 지어 보였다. 고전 영화 속 코미디언들이 지을 법한 표정이 내 눈앞에서 잇따라 휙휙 지나갔고, 마침내 앨런 긴즈버그가 주선한 이 어처구니없는 소개팅에 나도 웃음을 터뜨리고 말았다(몇 년 뒤, 대체 케루악을 어떻게 만나게 되었느냐고 사람들이 물었을 때 긴즈버그가 주선한 소개팅에서 만났다고 대답하면 그들은 배꼽을 잡고 웃었다)."

만일 당신이 나처럼 다이너에서 자주 시간을 보내는 사람이라면, 프렌치프라이와 3단 샌드위치, 만든 지 오래된 케이크• 때문에 날씬한 몸매를 유지하기 어려울 것이다. 나는 《펄의 주방》에 등장하는 펄 베일리의 어머니에게 공감한다. 펄이 자라나던 시절, 펄은 어머니가 별로 먹지도 않는 것 같은데 과체중임을 알아차렸다. 아이들은 이 문제로 어리둥절해했다. 어느 날 아침, 어머니가 무언가를 깜박한 채 장을 보러 나갔을 때 펄은 그것을 전해주려고 쏜살같이 달려 나갔다. 다이너의 창문 앞을 지나던 순간, 펄은 걸음을 멈추고 안을 들여다봤다. "그곳에 멋진 우리 엄마가 앉아 있었다. 머리 높이까지 쌓인 팬케이크, 그 옆에는 접시에 담긴 소시지, 홈프라이드 포테이토와 커피까지 있었다. 엄마는 머리를 파묻은 채 정신없이 먹고 있었

• 나는 만든 지 오래된 케이크를 아주 좋아한다.

 내 영혼의 델리카트슨

다." 그녀의 어머니는 처칠이나 톰슨이 그러했듯 자신의 은밀한 기쁨 중 하나를 즐기다 들켰다는 사실에 부끄러워하며 화를 냈다.

베일리는 자신의 책에서 이 점을 언급하지 않지만, 백인이 운영하는 다이너에서 흑인 남성과 여성은 대체로 환영받지 못했다. [카리브해 세인트루시아 출신의 시인이자 극작가] 데릭 월컷은 시 〈아칸소주 성경 The Arkansas Testament〉에서 백인과 흑인 자리가 분리된 다이너에 들어가는 일에 관해 쓴다. 그는 자신이 "나만의 장소"라고 부르는 곳을 발견한다. 그가 안으로 들어가자

접시 위로 포크 하나가 달그락
소리를 낸다, 총성 같은 기침 소리에
샹들리에 달린 공간이 떨린다.
밝게 빛나는 팔 하나가 수갑을 흔든다.

[아프리카계 미국 문학 및 역사 연구자] 헨리 루이스 게이츠 주니어는 회고록 《유색인종 Colored People》에서 이렇게 쓴다. "백인들은 요리를 잘 못했다. 모두가 아는 사실이었다. 그렇기에 시민권 운동에서 그토록 중요한 부분이 레스토랑과 간이식당의 통합과 관련되어 있었다는 사실은 수수께끼 같은 일이었다." 1961년에 [영국 출신의 미국 저널리스트] 제시카 미트퍼드는 '하워드 존슨 식당은 사람이 사람을 대접하는 곳입니다'라는

제목의 번드르르한 그림 팸플릿을 보게 되었다. 그녀는 남편에게 보내는 편지에 이렇게 썼다. "수많은 사진을 힐끗 보기만 해도 알 수 있는 사실은, 그곳이 백인 기독교도가 백인 기독교도를 대접하는 곳이라는 거지." 언젠가 남부의 어느 간이식당에서 한 웨이트리스가 코미디언 딕 그레고리에게 자신들은 유색인종을 상대하지serve[17] 않는다고 말했다. 그레고리는 대답했다. "나도 유색인종은 안 먹어요. 그냥 프라이드치킨이나 한 마리 갖다주시죠."

다이너―때로는 간이식당, 혹은 카페테리아, 혹은 드러그스토어라고 불리는 곳―는 코맥 매카시의 소설 곳곳에 등장한다. 소설 《서트리Suttree》의 주인공 코닐리어스 서트리에게 다이너는 제2의 집이나 마찬가지다. 서트리는 부모의 많은 재산을 거부하고 주거용 보트에서 혼자 살면서 낚시로 잡은 메기를 팔아 생계를 꾸린다. 세네테리 런치Sanitary Lunch라는 다이너에서 그는 지미라는 그리스인 요리사가 솥에서 끓는 고기를 찔러보는 모습을 지켜보고, 그러는 동안 "엠보싱 금속 천장에 매달린 팬은 연기와 김이 뒤섞인 공기를 밀어내느라 애쓰고 있었다". 그는 아들의 죽음을 슬퍼하던 중 어느 버스 정류장의 카페로 들어가서 "햄을 곁들인 스크램블드에그 두 개와 커피를" 먹고 마신다. 그것은 "회색 도자기로 된 타원형 접시"에 담겨 나오고,

---

17 'serve'는 '~을 음식으로 내놓다'를 뜻하기도 한다.

한편 요리사는 "얇은 뇌 조각을 그릴 위에서" 뒤집고 있다. 저 '그릴 위의 뇌'라는 표현은 요즘 미식가들에게는 무척 생소한 말일 것이다.

이쯤에서 잠시 멈추고 매카시의 소설에 등장하는 음식에 관해 이야기해보는 것도 가치 있는 일일 것이다. 현실 속의 매카시는 오래전부터 자신을 소박한 식욕의 소유자로 드러내왔다. 1992년에 [미국의 저널리스트이자 비평가] 리처드 B. 우드워드가 《뉴욕타임스 매거진 The New York Times Magazine》에 실릴 보기 드문 인물 기사를 위해 그를 만났을 때, 매카시는 엘패소의 쇼핑센터 뒤편 오두막에서 금욕적인 삶을 살면서 핫플레이트 음식이나 다이너 음식으로 끼니를 때우고 있었다. 그 모습은 그의 소설 속 분위기와 잘 맞아떨어지는데, 간이식당이야말로 시간을 초월한 중간 기착지이니 말이다. 그곳에서의 식사는, 작가의 손으로 기록된 바에 따르면, 공적인 공간에서 이루어지는 개인적인 행위이다.

변경을 배경으로 한 매카시의 '국경 3부작'에 등장하는 실존주의적 카우보이들은 많은 끼니를 모닥불가에서 해결한다. 하지만 3부작의 첫 작품인 《모두 다 예쁜 말들》에서 레이시 롤린스는 카페에서 달걀이 새카매질 때까지 후추를 뿌린다. 이를 본 카페 주인이 말한다. "달걀에 후추를 뿌려 먹는 사람이 꼭 있다니까." 《서트리》가 도전장을 내밀기 전까지 최고의 녹스빌 소설로 여겨지던 제임스 에이지의 소설 《가족의 죽음》에는 가슴이 뭉클한 장면이 등장한다. 어느 끔찍한 아침에 한 여자가 자기 남편이 달걀에 후추를 잔뜩 뿌려 먹는 걸 좋아했다는 사실을 떠올리는 장면이다. 나는 종종 매카시가 에이지에게 경의를 표하려는 의도로 후추 이야기를 쓴 건 아닐까 하는 생각이 든다.

매카시는 자신의 인물들에게 음식을 먹이길 좋아하고, 그의 소설 속 음식은 여느 소설가들의 작품에서보다 큰 울림을 지닌다. 그것의 이유 중 하나는 매카시의 세계에서 거의 모든 삶이 노골적으로, 종종 고립 속에서 그려지며, 복잡하게 얽힌 고통 속에서 음식은 드물게 허락되는 휴식이기 때문이다. 그것이 울림을 지니는 까닭은 그의 소설 속에 자주 등장하는 폭력적이고 소름 끼치는 장면 때문이기도 하다. 근친상간으로 태어나 숲속에 죽도록 버려진 《바깥의 어둠Outer Dark》의 아기, 《신의 아이》에 등장하는 여자의 시간屍姦 장면, 《핏빛 자오선》에 등장하는 머리 가죽 벗기기처럼 선혈이 낭자한 장면, 《노인을 위한 나라는 없다》에 등장하는 공기 압축식 캐틀건[18] 살인. 음식이 위안이라는 말은 진부하게 들릴 수도 있겠지만, 매카시의 작품에서 때로 음식은 우리가 모두 생명의 육륜肉輪[19]에 묶인 존재라는 사실을 생생히 상기시켜준다.

---

18   도살장에서 가축을 죽이거나 기절시킬 때 사용하는 도구.
19   원래 '윤회'를 뜻하는 '생명의 바퀴wheel of life'에 '고기meat'를 덧붙인 언어유희.

    내 영혼의 델리카트슨

하지만 그러한 상기가 늘 반가운 것만은 아니다. 포스트 아포칼립스 소설 《로드》에 등장하는 섬뜩한 장면, 즉 인간을 식량으로 삼고자 지하실에 가둬놓고 사지를 하나씩 잘라내는 장면을 예로 들어보자. 그들은 비명을 지르며 도움을 요청한다. 이 광경은 내가 읽은 것 중 가장 웃기고 저돌적인 음식평론한 편에 영감을 주었다. 헬렌 크레이그가 쓴 그 에세이의 제목은 〈육가공 전문가의 관점에서 본 코맥 매카시의 《로드》A Meat Processing Professional Reviews Cormac McCarthy's The Road〉였으며, 2014년에 《토스트The Toast》라는 웹진에 발표되었다. 크레이그는 그러한 "살아 있는 생명의 고기 저장소"는 비경제적이라고 지적한다. 매일 살아 있으므로 "이 사람들의 열량 가치는 떨어질 것이다"라고 그녀는 썼다. 크레이그는 여느 훌륭한 정육점 주인 못지않은 전문 지식으로 다음과 같이 제안한다. "갈빗살은 신선할 때 먹는 게 좋을 것이고, 넓적다리와 궁둥이 부위는 식초나 소금물에 절이면 햄과 비슷한 가공품을 얻을 수 있을 것이다."

하지만 매카시의 전작 중 그 어떤 작품도 최신작 《패신저》보다 독자들에게 더 큰 미각의 향연과 관찰을 제공해주진 못한다. 《패신저》는 2022년 가을에 출간된 두 편의 신작 중 하나로, 매카시가 썼던 그 어떤 작품보다 육체적 쾌락과 긴밀히 연결되어 있다. 마치 감각적 경험 자체를 칭송하기라도 하듯이 말이다. 《패신저》는 여러 주제를 다룬다. 인양 잠수, 근친상간, 핵폭탄, 사라진 고양이들, 편집증, 그리고 수학이라는 고차원적 세계. 그것은 또한 1980년대 초 뉴올리언스를 부유하며 그 곳의 기쁨을 맛보는, 매카시의 대리인과도 같은 삼십 대 후반의 멋진 남자에 관한 이야기이기도 하다. [영국의 유머 소설가] 펠럼 그렌빌 우드하우스가 《나의 집사 지브스My Man Jeeves》에서 말했다시피, 만일 사람들이 때로 유혹에 굴복하지 않는다면 대도시가 지닌 유혹이 무슨 쓸모가 있겠는가?

나는 한동안 뉴올리언스에 살았는데, 매카시는 그 도시의 기억을 내게 되돌려주었다. 주인공 보비 웨스턴은 뉴올리언스의 바에서 많은 시간을 보낸다. 올드 압생트 하우스Old Absinthe House나 지금은 문을 닫은 세븐 시즈Seven Seas 같은 바에서 말이다. 그는 카페 뒤 몽드Café Du Monde에서 신문을 읽고, 아마도 치커리를 넣었을 커피를 마신다. 그는 갈라투아스Galatoire's나 아르노스Arnaud's 같은 구식 고급 식당에서 식사하기도 하지만, 다른 사람이 비용을 대신 내주는 경우가 아니라면 보통 햄버거, 레드빈 라이스, 파이와 커피로 하루하루 끼니를 때운다. 그는 더러운 주방의 중요성을 강조한다. "깨끗한 레스토랑에서는 제대로 된 치즈버거를 먹을 수 없어"라고 그는 말한다. "일단 바닥을 쓸고 접시를 비누로 설거지하기 시작하면 사실상 끝난 거라고 봐야지." 바비가 녹스빌에서 먹은 최고의 버거는 어느 당구장에서 먹은 것이었다. 그는 손가락에 묻은 기름을 휘발유로도 지워낼 수 없었다.

어느 날 밤, 뉴올리언스 외곽에 있는 복고풍 이탈리아 레

 내 영혼의 델리카트슨

스토랑인 모스카스^{Mosca's}에서 보비와 사립 탐정은 사제락 두서너 잔을 마신 후 그곳의 대표 요리, 즉 프라이팬에 굽고 마늘과 오일, 허브를 잔뜩 끼얹은 치킨 알라그란데 한 접시를 먹는다. 매카시가 그것을 묘사하는 장면을 읽는 순간, 프루스트적인 화살이 날아와 프라이팬에 구워진 나의 마음을 꿰뚫는 듯한 기분이었다. 치킨 알라그란데는 어떤 손님들을 감동시켜서 고마움의 눈물을 흘리게 만들 정도다. 또 다른 날 저녁에 보비와 탐정은 조개를 넣은 페투치네를 먹는다. 남성은 이토록 강렬한 음식을 집에서 만들 수 없는 이유는 육수의 수준이 다르기 때문이라고 설명한다. "끔찍한 것들—썩은 순무, 죽은 고양이, 혹은 뭐가 됐든—을 그냥 모두 던져 넣고 한 달 정도 은근히 끓일 수 있는 오래되고 고약한 냄새가 나는 육수 냄비가 없는 한 당신은 정말 불리한 거요."

이 장면은 매혹적이면서도 당황스러웠다. 《뉴욕타임스》의 음식 전문 기자이자 뉴올리언스에 살며 그 지역 요리에 정통한 브렛 앤더슨은 내게 말하길, 모스카스에서는 조개를 넣은 페투치네를 판 적이 없고 앞으로도 그럴 텐데, 뉴올리언스 근해에는 조개가 흔하지 않기 때문이라고 했다. 모스카스의 공동 소유주인 리사 모스카에게 이에 대해 묻자 이런 대답이 돌아왔다. "메리 고모가 특별한 손님을 위해 만들어준 적이 있을지도 모르지만, 어쨌든 메뉴에 올린 적은 한 번도 없어요." 매카시의 세계에서는 때로 그런 일이 벌어진다. 그는 정확한 디테일을 위해 무진장 애를 쓰다가, 갑자기 독자에게 커브볼을 던진다. 결국 그것은 소설인 것이다. 매카시의 출판사를 통해 페투치네에 대해 물어봤을 때(내가 어떻게 그러지 않을 수 있었겠나?) 매카시의 답변은 보비 웨스턴 스타일 그 자체였다. "빌어먹을 조개가 없다니! 페이지 맨 아래쪽에 각주 달아놔!"

보비는 낭비를 싫어한다. 한 장면에서 그는 들불이 휩쓸고 간 시골 고속도로를 달리다가 죽은 암사슴을 지나치고는 차를 멈춘다. 그때의 어조는 짐 해리슨을 경유한 헤밍웨이처럼 들린다. 그가 만드는 요리는 거의 노마[Noma] 같은 레스토랑이 시도할 법한 '실험' 요리처럼 느껴진다.

그는 트럭에서 내려 칼을 들고 왔던 길을 되짚어간 후 동물을 굽어보며 서서 불에 그슬린 등가죽을 잘라내고는 안심 부위를 절개했다. 백스트랩,[20] 옛 사냥꾼들은 그 부위를 그렇게 불렀다. 그는 트럭 뒷문 쪽에 앉아서 드라이브인 식당에서 가져온 작은 종이 봉지에 든 소금과 후추를 고기에 뿌려 먹었다. 고기는 아직 따뜻했다. 가운데는 부드럽고 붉었으며 살짝 훈제되어 있었다. 그는 종이 접시에 올린 고기를 칼로 얇게 썰어 먹으며 재에 덮인 주변 전원지대를 살펴보았다.

---

[20]　backstrap, 말이 마차 등을 끌 때 사용하는 용구로, 등의 중앙부를 지나는 혁대.

　　내 영혼의 델리카트슨

보비는 삶의 어느 분야에서든 무언가를 제대로 아는 사람과 어울리길 즐긴다. 《패신저》에 등장하는 와인 관련 대화는 익살스러우면서도 노련하다. 아르노스에서 점심으로 도미 요리를 먹는 동안 녹스빌의 옛 친구가 저먼 리슬링 한 병을 주문하는데, 그것이 "창문 세정제로도 쓸 수 있을" 프랑스 화이트 와인보다 좀 더 달기 때문이다. 와인이 나오자 그 친구가 웨이터를 손짓으로 물리치고 직접 잔에 따르는 장면에서 나는 속으로 박수를 보냈다. "처음부터 원칙을 정해두는 게 중요하지." 그는 말한다. "실례지만, 우리의 빌어먹을 와인 잔에 와인을 따를 생각은 하지도 마시오." 《패신저》가 들려주는 소리는 곧 나이 든 대가가 장난을 치는 소리다. 매카시의 인물들은 확실히 저녁을 어떻게 마무리해야 할지 안다. 보비가 한 남자에게 잔에 든 게 뭐냐고 묻자, 그는 페르네트 브랑카^{Fernet-Branca}라고 답한다. 어떤 이들은 어딘가 늪 같은 느낌을 주는 그 술이 밤에 마시는 마지막 술이 되어야 한다고 생각하는데, 위를 달래준다고 말해지기 때문이다. 그 남자는 우리 모두를 대신해서 이렇게 말한다. "그게 뭐가 됐든 이런 맛이 나는 건 분명 몸에 좋을 거야."

이제 아침 식사 이야기로 돌아가도록 하자. 어떤 날 아침에 나는 달걀이든, 팬케이크든, 비스킷이든 너무 많이 먹고 나서 그냥 침대로 다시 기어늘곤 한다. 내 휴대폰의 백개넌[21] 앱이 "가벼운 실수"라고 부르는 실수를 저지른 것이다. 이불 속에서 나는 제임스 조이스의 《피네건의 경야^{Finnegans Wake}》 속 화자가 했던 "나는 번철 하나를 먹어치웠다"라는 말에 깊이 공감한다.

---

21 backgammon. 열다섯 개의 말을 주사위로 진행시켜서 자기 쪽에 먼저 모두 모으는 사람이 이기는 게임.

자신이 국가를 위해 무엇을 할 수 있을지 묻지 말라.
점심으로 뭐가 나오는지를 물어라.[1]

―오슨 웰스

1　　"국가가 자신을 위해 무엇을 해줄 수 있을지 묻지 말고, 자신이 국가를 위해 무엇을 할 수 있는지를 물어라"라는 미국의 존 F. 케네디 전 대통령의 말을 이용한 언어유희.

와인과 수다와 함께 여러 코스로 이어지는 길고 푸짐한 점심 식사는 청교도적 유산을 지닌 미국인의 정신에 작은 균열을 낸다. 한낮에 한 시간이나 두 시간, 심지어 세 시간 동안이나 느긋하게 식사를 즐긴다는 생각을 누가 싫어하겠는가? 하지만 우리는 그런 기쁨을 스스로에게 좀처럼 허락하지 않는다. 우리는 대부분 분투하는 사람들이다. 지칠 줄 모른 채, 정말로 달리는 중이 아니라면 책상 앞이나 운전석에서 무언가—친환경 그릇에 아무렇게나 담긴 샐러드, 종이컵에 담긴 수프—를 급히 먹고는 다시 업무에 복귀하도록 되어 있는 사람들. 노먼 메일러는 1955년 일기에서 대부분의 미국인을 대변하며 다음과 같이 썼다. "점심 먹는 데 쓰는 시간이 어찌나 싫었던지. 음식을 급히 먹는 동안 떠오른 그토록 많은 생각들은 그냥 그대로 사

라지고 말았다." 올리버 스톤 감독의 영화 〈월 스트리트〉에서
고든 게코는 점심에 대한 미국적 감수성을 네 어절로 요약했
다. "점심은 약골들이나 먹는 거야."

점심 약속 취소자—데세르토르 프란디[2]—는 맨해튼에서
흔히 볼 수 있는 인간 유형이다. 제대로 된 레스토랑에서 점심
을 먹자는 약속은 보통 취소되고 만다. 약속 당일 아침에는 일
종의 치킨게임이 시작된다. 누가 먼저 체면을 구기고 취소할
것인가? 요즘은 기자가 아닌 사람도 "마감이 있어서요"라는
말을 입에 달고 살며 앓는 소리를 해댄다. 프레더릭 사이델은
시 〈바버라 엡스타인Barbara Epstein〉에서 친구이자 《뉴욕 리뷰 오
브 북스》 에디터였던 고인을 회상하며 다음과 같이 말했다.

자신이 정한 점심 약속을
그녀는 어김없이 취소하곤 했다.
그럴 수밖에 없는 신경성 버릇tic nerveux이라도 있는 것처럼.

프랑스와 브라질은 한낮의 긴 아침 식사를 즐기는 나라들
에 속한다. 하지만 내 경험상 점심에 대한 위대한 문학적 찬가
는 영국에서 나온다. 소설가 키스 워터하우스의 입문서 《점심
의 이론과 실천The Theory and Practice of Lunch》은 특히 추천할 만하다.

---

2   desertor prandi, '점심을 포기하는 자' 정도를 의미하는 라틴어.

그것은 한낮의 퇴폐적 경험에 대한 멋진 찬가로, 뒷주머니에 넣고 다닐 만한 책이다. "점심은 축제다, 겨울 이후에 찾아오는 부활절 같은"이라고 워터하우스는 쓴다. 그의 목소리는 점점 더 열광적으로 변한다. "점심은 음모다. 휴일이다. 손에 잡히는 희열이고, 형태를 갖춘 뜻밖의 행운이다. 가장 점심다운 점심은 서서 활동하는 동안 진정한 행복에 가장 가까이 다가갈 수 있는 순간이다." 그에 따르면, 점심 식사에는 어딘가 살짝 부정한 면이 있다. 우리는 점심을 먹으리 갈 때 배우지를 데려가지 않는다. 우리는 무단으로 결석하는 셈이다. 일상에서 빠져나오는 셈이다.

워터하우스는 훌륭한 점심 장소가 되려면 몇몇 시험을 통과해야 한다고 말한다. 그가 생각하는 시험은 당신이 생각하는 것과 다를 수도 있다. 이를테면 그가 찾아 먹는 샐러드는 "얇게 썬 토마토에 오직 오일과 레몬즙만 뿌린 것"이다. 그는 이런 샐러드가 "놀라울 만큼 찾기 어렵다"라고 말한다. 그는 레몬에 인색한 레스토랑은 두 번 다시 찾지 않는다. "만일 레몬을 아끼는 식당이라면, 모든 것을 아낄 게 뻔하다." 잘 만든 마티니는 가산점 요소다. "정중한 웨이터들이 있고, 모든 삶과 미래와 세상이 근사하고 금빛으로 빛나 보이는 점심시간에 마티니를 두 잔째 마시는 순간보다 더 멋진 순간은 없을 것만 같다"라고 퍼트리샤 하이스미스는 일기에 썼다. 영국 시인 크리스토퍼 리드의 장시 《점심의 노래The Song of Lunch》 속 화자는 정오의 풍경을 다음과 같이 묘사한다.

> 그리고 저기 T. S. 엘리엇이 지나간다,
> 오늘의 첫 마티니를 향해.
> 마차 바퀴처럼 둥근 안경에
> 흠잡을 데 없이 화려한 차림으로
> 그는 당신을 유유히 지나친다,
> 강력한 미국산 리무진처럼.

와인은 잔으로 시키지 말고 병으로 시켜야 한다. 워터하우스는 이렇게 썼다. "점심 동료가 나누는 동료애는 부분적으로 와인을 같은 병에서 따라 마시는 데서 온다. 좀 별나게 말하자면, 그것은 빵을 쪼개는[3] 것만큼이나 상징적인 일이다." 와인병은 계속 테이블 위에 놓여 있어야 하며, 절대 손이 닿지 않는 얼음통에 들어 있어서는 안 된다. 훌륭한 점심은 인생에서 우리의 사기를 북돋아주는 하나의 사건이다. 당신이 원하는 것은 당신의 수다를 한껏 즐긴 후 자신의 수다로 그것을 마무리해줄 친구와 함께하는 식사다.

**

---

[3] 원문의 'break bread'는 '성찬식을 하다'를 의미하기도 한다.

워터하우스가 나와 같은 부류의 점심 동료임을 알게 된 것은 그가 뒤이어서 내가 특히 성가셔하는 부분을 언급했을 때였다. 음식 부스러기로 급료를 받기라도 하듯 모든 걸 휙 치워버리는 웨이터들 말이다. 그는 쓰길, 식사가 끝날 무렵에 "식탁보가 [할리우드의 배우] 스펜서 트레이시의 얼굴처럼 삶의 흔적을 담고 있지 않다면, 그날 점심은 실패한 것이다. 식탁보는 전투의 명예로운 상처들—와인 얼룩, 수프 얼룩, 올리브오일 얼룩, 쏟은 커피, 시가로 탄 자국—을 간직하고 있어야 하고, 빵 부스러기, 쏟아진 소금, 와인 코르크, 이쑤시개, 각설탕, 초콜릿 민트 포장지, 담뱃갑 같은 전투의 잔해가 흩뿌려져 있어야 한다". 이런 점에서 워터하우스는 [오스트레일리아 출신의 미국 소설가] 셜리 해저드와 한패라고 할 수 있는데, 해저드는 점심 식사 후의 테이블이 "썰물 때의 해변"을 닮았다고 썼다. [미국의 사진작가] 샐리 만과도 한패라고 할 수 있는데, 만은 회고록 《가만히 있어요 Hold Still》에서 화가 사이 트웜블리와 식사한 뒤 "신문지로 뒤덮인 테이블은 굴 껍데기로 반짝반짝 빛났다"라고 썼다.

"이 인상적인 잔해를 흔적도 없이 치워버리는 웨이터의 행위는 앨버트 기념비를 파괴하는 반달리즘이나 다름없다"라고 워터하우스는 썼다. 이 문장은 레스토랑 주방에 걸어둬야 하고, 《뉴욕타임스》의 헌직 레스토랑 평론가 사진 위에 적어둬야 한다. 그 규칙은 바에서도 유효하다. 특히 허름한 바에서.

친구들과 몇 시간을 보낸 테이블 위로 빈 병들이 총안銃眼이 있는 흉벽처럼 늘어선 모습을 바라보는 건 흐뭇한 일이다. 그 모습을 보면 공간을 점령한 듯한 기분이 들고, 무엇보다도 얼마나 마셨는지 알 수 있다.

영국 점심시간의 두 번째 영웅은 톰 호지킨슨이다.《언제나 일요일처럼》에서 호지킨슨은 점심 식사가 "신중히 생각하고, 친구나 동료와 함께 나누며, 음미하고, 두세 시간에 걸쳐 즐겨야 할 행사다"라고 썼다. 비디오카세트 녹화기가 있기 전인 1970년대, 텔레비전 평론가가 된 [오스트레일리아 출신의 미국 대중문화 비평가이자 방송인] 클라이브 제임스에게 밤에 외출하지 못해도 괜찮냐고 친구들이 물었다. 점심에 진심인 사람답게 그는 다음과 같이 대답했다. "내가 들어야 할 좋은 이야기는 금요일에 꾀죄죄한 식당에서 술 취한 문인 친구들과 점심을 먹으면서 다 듣지. 런던에서 재치가 가장 자유로이 펼쳐지는 시간은 이른 오후야. 밤에는 재치가 와이셔츠 칼라에 질식하고 말거든."

**

프리드리히 니체는 푸짐한 점심을 좋아했다. 니체는 점심 식사가 미국인의 공격을 받고 있음을 예감했다. 그는 마치 생각만으로도 몸서리치듯 다음과 같이 썼다. "숨도 쉴 수 없을 만큼 바삐 일하는 그들의 방식이 이미 옛 유럽을 감염시키기 시작했다. 그들은 손에 시계를 쥔 채 생각하고, 심지어 점심을 먹으면서도 최신 주식시장 뉴스를 읽는다. 항상 '무언가를 놓칠지도 모른다'는 듯이 살아간다."

미국인들도 진짜 점심 식사를 즐기려 애쓴다. 이를테면 [미국의 시나리오 작가] S. J. 피럴맨은 1956년 친구에게 보낸 편지에서 이렇게 말했다. "오후 내내 이어지는 그런 대화를 나누자. 웨이터 말고는 아무도 신경을 안 쓰는 곳에서 브랜디를 들이부으면서." 이 밀회가 이루어졌는지는 아무도 알 수 없다. 출판계에서는 최근까지도 비즈니스가 점심 자리에서 이루어지곤 했다. 리드의 《점심의 노래》는 옛날에 점심 먹으러 자주 가던 식당을 오랜만에 다시 찾는 한 편집자에 관한 시다.

한때 깡패들과 해적들의 소굴이었던
출판업계가
양복쟁이와 계산기에 습격당하고
엄격한 오후 복귀 시간이 도입된 이후로는
처음이로구나.

잘 가라, 긴 점심시간과
다른 음주의 추억들이여!

어서 오라, 데스크 포테이토[4]의

새로운 시대여.

편집자이자 출판인인 제이슨 엡스타인은 회고록《먹는 일
Eating》에서 1980년대 맨해튼에서 [미국의 저널리스트, 소설가] 피
트 해밀이 당시 더블데이 출판사의 편집자였던 재클린 오나시
스에게 점심을 대접한 일을 회상한다. 그것은 "킹콩을 해변에
데려가는 기분이었다"라고 해밀은 말했다.

＊＊

포크는 무겁고 접시는 가벼운 그런 식당에서의 성대한 점
심은 때로 소외감이 들 만큼 비싸다. 맨해튼에서의 어린 시절,
예산이 부족하던 나는 친구와 함께 한낮의 영화관에 몰래 들어
가서 푸짐한 점심 식사의 느긋한 분위기를 흉내 내곤 했다. 원
칙적으로는 액션 영화나 코미디, 때로는 블러디 메리처럼 톡
쏘는 영화를 보면서. 우리는 서늘하고 어두운 공공의 공간 속
에 몸을 숨긴 채 팝콘을 먹고 탄산음료를 마셨다. 지금도 나는
적어도 한 달에 한 번쯤은 몰래 빠져나가 정오의 영화를 보러

4　소파에 누워 감자칩 따위를 먹으며 텔레비전만 보는 사람을 이르는 말인
'카우치 포테이토'에서 '카우치(소파)'를 '데스크(책상)'로 변형한 언어유희.

간다. "죄책감은 마법과도 같다"라고 [미국의 시인이자 소설가] 제임스 디키는 썼다.

팝콘을 점심으로 추천할 수는 없지만, 존 케네디 툴의 《바보들의 결탁》에 등장하는 독학자이자 방귀쟁이 주인공 이그네이셔스 J. 라일리는 팝콘으로 식사를 했다. 그는 영화 한 편당 적어도 커다란 팝콘 세 봉지를 먹어치웠다. 스티븐 킹은 자신이 '헤비 백heavy bag'이라고 애정을 담아 부르는 팝콘을 들고 영화관에 가길 좋아한다고 썼다. 버터가 흠뻑 배어서 섲은 새끼 고양이를 담은 자루처럼 느껴지는 그런 팝콘 말이다. 제롬 데이비드 샐린저, 그 괴짜는 팝콘에 짙은 타마리 간장을 뿌려 먹었다. ['가스펠의 여왕'으로 불린 미국 가수] 마할리아 잭슨은 《마할리아 잭슨, 소울을 요리하다Mahalia Jackson Cooks Soul》에서 팝콘을 튀기기 전에 물을 살짝 뿌리면 더 바삭해진다고 말한다.

아이들이 어렸을 때 함께하던 최고의 놀이 중 하나는 우리가 '팝콘 독서 파티'라고 부르던 것이었다. 그것은 초보자를 위한 식사와 독서였다. 규칙은 간단했다. 큰 그릇에 팝콘을 가득 담은 후 그림책을 잔뜩 들고 침대나 소파로 올라가서 서로 바짝 달라붙어 팝콘이 다 떨어질 때까지, 보통은 그보다 더 오래 책을 읽는 것이다. 때로는 일어나서 두 번째 팝콘을 튀기기도 했다. 아이들이 가장 좋아한 책 두 권은 모두 음식과 관련된 이야기였다. 하나는 로즈메리 웰스의 《요코Yoko》로, 학교에 점심으로 "역겨운" 초밥을 싸와서 괴롭힘을 당하는 새끼 고양이에 관한 이야기다. 다른 하나는 러셀 호번의 고전인 《프랜시스를 위한 빵과 잼^{Bread and Jam for Frances}》으로, 아무것도—얇게 저민 송아지 다리 고기 튀김도, 반숙 달걀도, 치킨 샐러드 샌드위치도—안 먹고 오직 빵과 잼만 먹는 어린 오소리에 관한 이야기다. 프랜시스의 어머니는 하루 세 끼 내내 빵과 잼만 주고, 마침내 프랜시스는 외친다. "나는 이제 / 잼은 꼴도 보기 싫어요." 이윽고 프랜시스는 잡식동물이 된다. 챔피언처럼 뭐든 열심히 잘 먹는다. 팝콘 독서 파티는 우리 모두에게 잘 맞았다. '책과 버터'. 지금 당신이 들고 있는 책의 제목은 이게 될 수도 있었다.

＊
＊＊

　　헨리 루이스 멩켄은 팝콘에 대해서 특별한 입장을 취하지 않았지만, 핫도그에 대해서는 미국의 점심을 망쳤다고 비난했다. 그는 쓰길, 옛날에는 노동자들이 구내식당에 모여 푸짐한 지역 진미를 잔뜩 먹었다고 했다. 이를테면 "메릴랜드식 치킨, 나무판 위에 낸 구운 청어, 메릴랜드식 비튼 비스킷, 하드 크랩 찜, 돼지 턱살과 새싹 채소, 소프트 크랩" 등을. 이제 우리는 싸구려와 열등한 음식에 길들여진 군중이 되어버렸다. 만일 반드시 핫도그를 먹어야 한다면 수준을 높이자, 라고 멩켄은 썼다. "모든 입맛, 모든 취향, 모든 상황에 어울리는 핫도그가 있어야 한다"라고 그는 주장했다. "핫도그는 상상할 수 있는 모든 종류의 빵으로 나와야 하고, 우스터소스부터 처트니까지 모든 종류의 렐리시와 함께 제공되어야 한다. …… 핫도그는 예술의 형태로 격상되어야만 한다." 멩켄은 미국이 평범한 소시지를 버리고 "아주 작아서 색깔이 연하고 부서지기 쉬워 먹는 게 범죄처럼 느껴질 만한 녀석에서부터 중포重砲 포탄처럼 보이는 거대하고 어마어마한 녀석에 이르기까지 그 크기가 아주 다양한" 독일식 소시지로 살아남아야 한다고 생각했다. 그는 이 모든 걸 육십 년 전에 예견했다.

핫도그는 의혹을 불러일으킨다. 필립 로스는 《포트노이의 불평》에서 아들이 무엇을 먹는지에 대한 유대인 어머니의 병적인 걱정을 희극적으로 활용한다. 그녀는 아들의 몸에 뚫린 주요한 구멍 두 개[5]를 모두 걱정한다. 포트노이 부인은 말한다. "알렉스, 변기 물 내리지 마라. 네가 싼 게 어떤 건지 봐야겠어." 그러고는 덧붙인다. "너, 방과 후에 멜빈 와이너랑 해럴즈 핫도그Harold's Hot Dog나 차제라이[6] 궁전Chazerai Palace에 가서 프렌치프라이 먹지? 안 그래? 거짓말하지 마. 방과 후에 호손 애비뉴Hawthorne Avenue에서 프렌치프라이랑 케첩을 잔뜩 먹니, 안 먹니?" 후기작 《네메시스》에서 로스는 이런 어머니의 편집증을 다시

---

[5] 입과 항문을 가리킨다.
[6] '정크 푸드'를 의미하는 이디시어.

등장시킨다. 한 소년이 소아마비로 죽은 후 장례식장으로 가는 차 안에서 사람들은 침묵에 잠겨 있다. 차가 시즈Syd's 핫도그 가게를 지날 때 소년의 고모가 외친다. "왜 걔는 꼭 그런 더러운 가게에서 먹어야 했을까? …… 루이 파스퇴르 같은 사람이 되고 싶었다면서. …… 그러는 대신 …… 세균이 들끓는 데 가서 핫도그나 먹다니."

대학에 들어가기 전, 나는 석 달간 히치하이크를 하며 미국 동부를 오각형의 별 모양으로 일주했다. 플로리다주에서 인디애나주로 갔다가 다시 남부를 거쳐 웨스트버지니아주로 돌아오는 일정이었다. 여행 중에 남부의 한 대학에 다니는 친구를 찾아갔다. 그런데 그가 마르고 창백한 모습으로 태아처럼 웅크리고 있는 것을 보고는 깜짝 놀랐다. 그는 가족이 가입했던 남학생 사교클럽 입회를 거절당해 좌절한 나머지 학교를 자퇴하려 하고 있었다. 나는 한 주 동안 히치하이크를 하면—친구는 그걸 한 번도 해본 적이 없었다—그의 마음을 치유하는 데 도움이 될 거라고 생각했다("슬픔에 잠겼을 때는 새로운 걸 배워라." [19세기 영국의 탐험가] 리처드 버튼이 [영국의 소설가] T. H. 화이트를 인용하며 일기에 쓴 말이다). 나는 그를 설득해서 여행길에 동행하게 했다. 둘째 날 밤, 우리는 건설업에 종사하는 덩치 크고 쾌활한 괴짜의 차를 얻어 탔다. 눈에 띄는 눈썹의 소유자인 그는 [록 밴드] 블랙 오크 아칸소Black Oak Arkansas 카세트테이프를 틀어놓았고, 뒷좌석 냉장 박스에는 맥주 한 상자가 들어

     내 영혼의 델리카트슨

있었다. 그 냉장 박스에는 (아마도) 오스카 마이어Oscar Mayer 핫
도그 서른여섯 개짜리 팩도 함께 들어 있었다. 그는 가끔 뒤쪽
으로 손을 뻗어 핫도그를 하나 꺼내 입에 쑤셔 넣곤 했다. "너
도 하나 먹을래?" 그는 내 얼굴 앞에 핫도그를 들이밀며 물었
다. 우리는 서너 번 거절했다. "너희 둘 다 핫도그를 먹을 때까
지 계속 물어볼 거야"라고 그는 말했다. 그게 농담인지 진담인
지는 확실치 않았고, 어쨌든 그래서 우리는 하나씩 받아먹었
다. 맛은 그리 나쁘지 않았다. 어쨌든 부모님이 칵테일파티 때
내놓던 비엔나소시지와 크게 다르지 않았다. 그 후로 핫도그는
이 히치하이크 여정에서 바라지 않았지만 어쩌다 보니 생겨난
주제가 되었다. 핫도그가 유일한 옵션일 때가 너무 많았다. 여
행이 끝날 무렵, 우리는 버지니아주의 어느 다이너에서 미치도
록 웃음을 터뜨렸다. 아침 특별 메뉴가 핫도그 슬라이스를 곁
들인 스크램블드에그였기 때문이다. 물론 우리는 그것을 주문
했다. 살짝 탄 소시지는 천상의 맛이었다.

작가들은 소박한 핫도그의 매력을 옹호해왔다. 오드리 로
드는 회고록《자미》에서 어렸을 때 아버지의 돈을 슬쩍해서 핫
도그를 사 먹었다고 썼다. 데이비드 세다리스는《나도 말 잘하
는 남자가 되고 싶었다》에서 소호에서의 허세 가득한 식사 도
중 갑자기 핫도그가 간절히 생각나는 순간을 묘사한다. 그는
식당 밖으로 나가서 노점상을, 그리고 더없는 기쁨을 발견한
다. 곧 그의 손에는 "너무나도 소박하고 세월이 지나도 변치 않

는 것이어서 그 즉시 음식으로 받아들일 수 있는” 무언가가 쥐어진다. 니컬슨 베이커와 데니스 존슨은 각각 소설에서 황홀한 핫도그 테이스팅 노트를 제공한다. 베이커의 《구두끈은, 왜?》에서 화자는 이렇게 말한다. “노점상에서 사우어크라우트를 곁들인 핫도그를 사 먹었다(그 조합이 선사하는 맛은 지금도 나를 떨리게 한다).” 존슨의 《바다 요정의 후의 The Largesse of the Sea Maiden》 표제작에서 화자는 자신이 “모든 것을 넣은 쥐 핫도그 rat-dog”라고 부르는 것을 산다. 그는 뜻밖의 발견에 깜짝 놀란다. “놀라운 맛이었다. 나는 냅킨까지 먹을 뻔했다. 오, 뉴욕이여!”

《뉴요커》의 저널리스트 제인 크레이머는 회고록 《기자의 주방 The Reporter's Kitchen》에서 길거리 음식으로서 핫도그가 지닌 단점을 꼬집는다. 그녀는 독일의 한 노점에서 그릴드 소시지를 산 후 곧장 양손이 지저분해졌음을 깨닫는다. 그것을 닦아내는 데는 “냅킨 네 장과 《프랑크푸르터 알게마이네 차이퉁 Frankfurter Allgemeine Zeitung》 경제면”이 필요했다. 짐 해리슨은 《날것과 요리한 것 The Raw and the Cooked》에서 메트로폴리탄 미술관 밖에서 핫도그를 한입에 쑤셔 넣던 일에 관해 썼다. “불행히도 머스터드와 양파가 내 말쑥한 옷 위로 쏟아져 내렸다. 재미있어하는 사람들의 시선에도 이 사실을 알아차리지 못했는데, 그 시선이 뉴욕식 친밀감의 표시인 줄로만 알았기 때문이다.” 해리슨은 뉴욕시의 24시간 핫도그 가게인 그레이스 파파야 Gray's Papaya의 열렬한 단골이었다. 시인 폴 멀둔도 마찬가지다. 멀둔의 시집 《구더기^{Maggot}》에 실린 한 시에서 화자는 다음과 같이 말한다.

> 타락한 천사는 당신의 생각을 영영
> 지속시킬 뿐이다, 천국에서 내려온 만나^{manna}가
> 8번가와 웨스트 37번가에 있는 그레이스 파파야에서
> 전례 없는 수준으로
> 발견되리라는 그 생각을.

뉴욕시를 여행하면서 그레이스 파파야를 빼먹는다면 그건 진짜 뉴욕 여행이라고 할 수 없다. 내가 가장 좋아하는 핫도그는 열성적인 애호가들이 "정원을 모두 담은" 핫도그라고 말하는 시카고 스타일이다. 그것은 완전 소고기 핫도그로, 머스터드, 달콤한 렐리시, 다진 양파, 토마토 슬라이스, 살짝 매콤한 후추, 길쭉하게 썬 피클이 들어가고 양귀비씨가 박힌 번에는 셀러리 소금이 뿌려져 있다. 예전에는 맨해튼에서 이런 핫도그를 만나기 어려웠다. 내가 타임스퀘어에서 일하던 시절, 웨스트 44번가의 버질스 리얼 바비큐^{Virgil's Real Barbecue}에서 꽤 괜찮은 시카고 핫도그를 팔았고, 나는 적어도 한 달에 두 번 그것을 사 먹었다. 그런데 몇 년 전 어떤 멍청이가 예고도 없이 그것을 메뉴에서 빼버렸다.

래리 맥머트리의 아주 웃긴 자전적 소설 《내 친구들은 모두 모르는 사람이 되고 말 거야^{All My Friends Are Going to Be Strangers}》 속

화자인 대니 덱은 명성을 목전에 둔 젊은 소설가다. 이 책의 가장 훌륭한 장면들 중 하나는, 텍사스주 출신인 대니가 첫 소설의 영화 판권을 판 후 할리우드 대로를 걷고 있는 대목이다. 그는 자신의 인생이 곧 바뀔 것임을, 어떤 면에서는 나쁜 쪽으로 바뀔 것임을 직감한다. 그것은 묘하게 감동적인 순간으로, 내가 맥머트리의 소설에서 가장 좋아하는 장면이다.

나는 길을 따라 걸으며 주변을 응시했다. 할리우드에 이르자 배가 고플 만큼 마음이 차분해져서 걸음을 멈추고 칠리 도그 두 개를 사 먹었다. 살짝 반항적인 기분이 들었다. 내 에이전트인 브루스가 알았다면 아마 넌더리를 냈을 거다. 하지만 칠리 도그는 훌륭했다. 샌프란시스코에서 맛본 그 어떤 음식보다 훨씬 더 뛰어났다. 그것은 거대한 바로크 양식의 L.A. 칠리 도그로, 녹인 치즈와 양파가 얹혀 있었고, 원하면 타바스코소스도 뿌릴 수 있었다. 나는 타바스코소스를 뿌려 먹으며 열기를 식히고자 몰트 셰이크를 한 잔 마셨다. 이게 마지막 진짜 식사가 될지도 모른다는 느낌이 들었다.

《바보들의 결탁》에 등장하는 이그네이셔스는 뉴올리언스의 프렌치 쿼터에서 핫도그 카트를 운영한다. 그는 사람들이 수조tank에서 랍스터를 고르듯 자신만의 프랑크frank 소시지를 고를 수 있다는 점을 좋아한다. 그는 자기 유니폼도 좋아한다.

　　　　　내 영혼의 델리카트슨

그에게 그것은 대학교 예복처럼 보인다. 이그네이셔스는 핫도그 재고 대부분을 직접 먹어치운다. 프레더릭 엑슬리는 《어느 팬의 노트》에서 말하길, 스포츠 경기장에 갔을 때 핫도그 판매원에게서 핫도그를 쉽게 사기 위해서는 통로 쪽 좌석에 앉아야 한다고 말한다. 페어몬트에 있는 얀스Yann's는 웨스트버지니아주의 성지 같은 곳으로, 나는 그곳에서 수백 개의 핫도그를 먹었다. 그곳 주인 러셀 얀은 수십 년 동안 번철 앞에서 일하다가 2021년에 세상을 떠났지만, 지금은 그의 딸이 가게를 물려받아 운영하고 있다. 얀스의 핫도그는 콩을 넣지 않은 매콤한 칠리 콘 카르네가 부드럽게 쪄진 빵에 담겨 나오며, 때로는 콜슬로와 다진 양파가 곁들여져 풍미를 더하기도 한다.

얀스 앞에는 늘 돈 없고 배고픈 웨스트버지니아주 사람들이 몇 명쯤 서 있다. 도움이 필요한 누군가에게 핫도그 (혹은 무엇이든) 사줄 일이 있다면, 비비언 고닉이 회고록 《짝 없는 여자와 도시》에서 전하는 조언을 떠올리길. 한 남자가 그녀에게 이야기하길, 그는 어렸을 때 배고파 보이는 '부랑자'에게 핫도그를 사줬다고 했다. 그 말을 듣게 된 그의 아버지는 그를 철썩 때리고는 말했다. "뭔가를 하려면 제대로 해야지. 핫도그를 사줬으면 탄산음료도 같이 사줬어야 할 것 아니니!"

**

짭짤하고 기름지고 바삭하고 매콤한 것들. 이것들이야말로 기초식품군이자 행복을 이루는 필수 구성 요소이며, 애플파이보다 더 전형적으로 미국적인 것들이다. 점심은 내가 내킬 때면 패스트푸드를 먹는 시간이다. 패스트푸드는 미국의 풍물이자 종이 포장지에 싸인 민주주의다.

[미국의 스턴트 배우] 이블 크니블의 첫 관객들이 A&W 드라이브인 식당의 손님들이었다는 것도 일리가 있는 말이다. 물론 찌그러진 스피커가 아니라 카홉[7]에게 주문하던 시절의 A&W 드라이브인 식당 말이다. 어쩌면 존 멜런캠프의 노래에 나오는 잭과 다이앤도 테이스티 프리즈^{Tastee Freez} 바깥에서 칠리도그나 빨아 먹는[8] 대신 거기 있었는지 모른다. '소설에 나타난 테이스티 프리즈'라는 강의가 조만간 대학에 개설되지는 않을 것 같다. 하지만 S. A. 코스비의 대단히 훌륭한 남부 범죄소설 속 인물들은 테이스티 프리즈의 더블 초콜릿 밀크셰이크에 병적으로 집착한다. 척 클로스터만은 《파고 록 시티^{Fargo Rock City}》에서 싸구려 스릴^{cheap thrill}에 관심을 보인다. 그는 이렇게 썼다. "반 헤일런을 듣는 것은 테이스티 프리즈에서 만난 세 명의 섹시한 간호학과 학생과 나누는 생애 최고의 섹스와도 같다." 반면에 에릭 클랩튼을 듣는 것은 "지난 십 년 동안 사랑한 여자에게 감

---

7   carhop, 드라이브인 식당의 종업원을 일컫는 말.

8   "sucking on chili dogs outside the Tastee Freez"는 존 멜런캠프의 노래 〈잭과 다이앤^{Jack & Diane}〉의 가사 일부다.

미로운 마사지를 받는 것"과도 같다. 이브 배비츠도 비슷한 시선을 지니고 있었다. 그녀는 이렇게 썼다. "버즈^{The Byrds}와 비치 보이스와 마마스 앤 파파스는 모두 프로스티 프리즈의 기계 파이프 오르간에서 흘러나오는 듯한 소리를 냈다."

**

따뜻하고 기름진 음식을 먹고 싶이 히는 원초적 욕구에 대해 오웰은 잘 알고 있다. 《위건 부두로 가는 길》에서 그는 이렇게 썼다. "실직 상태, 즉 배를 곯고 시달리고 굶주리고 비참한 상태에 있을 때, 당신은 따분한 건강식 따위는 먹고 싶지 않다. 당신은 살짝 '맛있는' 무언가를 원한다. 바깥에는 늘 당신을 유혹하는 싸고 기분 좋은 음식이 있다. 감자칩 3페니어치를 먹자! 밖으로 뛰어나가서 아이스크림 2페니어치를 사 먹자!" 한 번은 친구와 함께 멕시코만에서 작은 보트를 타다가 연료가 떨어진 적이 있다. 보트는 밤까지 표류하며 까닥거렸고, 영영 발견되지 못할까봐 서서히 두려워지던 와중에 우리가 꿈꾼 음식은 맥도널드 쿼터파운더 치즈와 프렌치프라이가 거의 전부였다.

저널리스트 토미 톰린슨은 오웰과 마찬가지로 이런 종류의 갈망을 잘 이해하는 사람이다. 톰린슨은 가난하게 자랐디. 그의 부모는 수산물 가공 공장에서 최저임금을 받으며 일했다.

그는 회고록 《방 안의 코끼리 The Elephant in the Room》에서 다음과 같이 쓴다. "패스트푸드를 업신여기긴 쉽다. 하지만 그건 값싼 외식이고, 가난한 사람에게는 정말 큰 의미를 지닌다." 여기서 잠시 멈추고 톰린슨에 관해 이야기해보는 것도 가치 있는 일이리라. 그는 조지아주에서 자랐으며 미국 남부의 토착 요리의 열렬한 연구자이다. 프라이드치킨, 비스킷, 바비큐, 밀가루를 입혀 베이컨 기름에 노릇하게 구운 메기, 그리고 "컵 없이도 형태를 유지할 만큼 아주 달콤한 차" 말이다. 그의 글을 읽고 있으면 페이지를 핥고 싶어질 정도다.

그는 덩치 큰 아이였고, 삼십 대 무렵에는 몸무게가 208킬로그램까지 나갔다. 그의 셔츠 사이즈는 XXXXXXL였다. 만약 패스트푸드를 좋아하지 않았다면, 톰린슨은 아마도 그냥 M.B.G, 즉 조금 큰 남자 Mildly Big Guy였을지도 모른다. 당신이 패스트푸드점 주차장에서 뜨거운 봉투에 담긴 음식을 꺼내 게걸스레 먹으면서 누가 그 모습을 보고 비난하지 않길 바란 적이 있는 사람이라면, 흠, 톰린슨이야말로 이런 경험의 계관시인이라고 할 수 있다. "외로움의 중력이 나를 짓누르는 날, 패스트푸드는 건너편으로 가는 작은 다리가 되어준다." 그는 차 안에 앉아서 사람을 구경하기도 한다. "나는 중얼거린다, 적어도 잠시나마 사람들 사이에 있었다고." 음식은 "상처를 조금 달래준다". 그는 웬디스 Wendy's의 더블 치즈버거가 얼마나 육즙이 줄줄 흐르는지 독자들에게 보여준다. "내가 정말로 좋아하는 부분은 바로 가장자리다. 고기와 치즈와 빵이 녹아들며 순수한 감칠맛을 내는 그 부위 말이다."

캘빈 트릴린은 친구 팻츠 골드버그에 대해 쓰곤 했는데, 골드버그는 살을 엄청나게 뺀 피자 가게 운영자였다. "나는 코코뱅[9]을 먹고 살찐 게 아니야"라고 골드버그는 말했다. 그건 톰린슨도 마찬가지였다. 그가 집착했던 것들은 크리스피 크림 도넛, 피넛 M&M 한 그릇, 하디스 Hardee's 시나몬 비스킷, 그리고 칩스 아호이! Chips Ahoy! 등이었다. "내가 뭘 알 만큼 자랐을 무렵, 나는 이미 뚱뚱했다"라고 그는 썼다. 그는 괴롭힘과 따돌림을 당했던 수많은 순간을 이야기한다. 그래도 그는 어떤 면에서 썩 괜찮은 삶을 살았다. 친구도 많고, 좋아하는 직업도 있으며, 사랑하는 아내도 있으니까. 하지만 그는 뚱뚱해서 하지 못한 일들을 곱씹곤 한다. "나는 어렸을 때 나무에 올라가본 적도, 수영을 배운 적도 없다. 이십 대 시절에 술집에서 여자를 데리고 집에 가본 적도 없다. 이제 쉰 살인데, 지금껏 산을 오르거나 스케이트보드를 타거나 재주를 넘어본 적도 없다."

그는 뚱뚱한 몸 긍정주의 fat-positivity 지지자들을 비판하지 않는다. 하지만 그는 이렇게 쓴다. "나는 그저 나 자신을 변호하려 할 뿐이다. 나는 세상이 나를 수용할 만큼 커지길 바라지 않는다. 그건 나를 위해서도, 세상을 위해서도 좋은 일이 아니다.

---

9   coq au vin, 볶은 다음 포도주로 찐 닭고기 스튜.

나는 나 자신을 세상에 딱 맞게 만들어야 한다." 그러고는 덧붙인다. "나는 이렇게 커져서는 안 되었다. 아마도 다른 사람들은 그럴 수 있을지도 모른다. 하지만 나는 아니다." 톰린슨은 영화 비평가 로저 에버트를 칭송하느라 특별히 애를 쓰는데, 단지 에버트가 "재능만으로 TV에서 성공한 뚱뚱한 남자"였기 때문만은 아니다. 나는 그의 책을 정말 좋아한다. 그 책이 집에 도착한 순간부터 몰래 조금씩 아껴가며 읽었다. 그의 경험 중 너무나도 많은 부분이 거울로 비춘 듯 나의 경험을 닮아 있었다. 화이트 캐슬^{White Castle} 버거가 담긴 봉투가 그러하듯, 나는 마지막 순간을 향해가는 게 너무 싫었다.

**

이제 우리는 에릭 슐로서, 앨리스 워터스, 매리언 네슬, 마이클 폴란의 책을 저마다 몇 권씩은 읽어보았다. 이들은 일류 작가이자 사상가이고 이들의 존재는 하느님의 축복이지만, 때로는 이들의 말이 너무 경건한 척하는 것처럼 들릴 때가 있다. 우리는 어떻게 먹어야 하는지 이미 알고 있다. 우리는 '천연 조미료^{natural flavors}'에 무엇이 들어 있는지, 혹은 더 정확히 말해서 무엇이 들어 있지 않은지 알고 있는데, 미국 식품의약국^{FDA}에서 식품 라벨에 그것을 명시하도록 요구하지 않기 때문이다. 폴란은 자신의 철학을 다음과 같이 일곱 어절로 삭막하게 요약했다. "음식을 먹어라. 과식하지 마라. 주로 식물을 먹어라."
우리는 리 하비 오스왈드[10]가 햄버거와 콜라만 먹고 살았다는
사실을 떠올린다. 우리는 코미디언 빌 버의 다음과 같은 질문,
"여러분은 정부가 사고를 칠 때마다 갑자기 맥도널드 신제품
이 출시된다는 사실을 알아차리셨나요?"에서 그가 어떤 진실
을 건드릴 것은 아닐까 하고 은근히 의심한다. 패스트푸드 세
계에서 너무 많은 시간을 보내다 보면, 문자의 세계에서 점점
멀어지고 있다는 느낌이 든다. 패스트푸드 세계에서는 메뉴가
그림으로 되어 있다. 마치 범죄 현장 사진처럼 말이다. "패스트
푸드는 클리셰나 컴퓨터 전문용어와도 같다"라고 테리 이글턴
은 썼다. "진짜 식사란 기쁨과 효용과 사회성의 결합물이기에
테이크아웃 음식과는 다르다. 프루스트가 버스표와 다른 것처
럼 말이다."

그럼에도 패스트푸드점은 거의 늘 열려 있기에 작가들에
게는 친구와도 같은 존재다. 데이비드 마멧의 책 《레스토랑에
서 글쓰기Writing in Restaurants》는 제목과 달리 레스토랑에서 글쓰기
에 관한 내용이 놀라울 만큼 적다. 그럼에도 다음과 같은 내용
이 나오긴 한다. "레스토랑에서 우리는 관찰의 대상이 되는 동
시에 관찰의 대상이 되지 않는다. 기쁨과 슬픔은 '부지불식간

---

10   Lee Harvey Oswald, 존 F. 케네디 미국 전 대통령 암살 사건의 범인으
로 지목된 인물.

에' 드러나고 관찰되며, 작가가 순진하게 노려보는 동안 손님들은 '저 인간이 대체 뭘 하는 거지?' 하고 궁금해한다." 나는 마감 때문에 비상이 걸렸을 때 거의 모든 주요 패스트푸드 체인점에서 글을 써본 적이 있다. 소설 《제국의 몰락Empire Falls》으로 퓰리처상을 받은 리처드 루소는 정기적으로 카페에서 글을 쓰고 가끔 데니스Denny's에서 글을 쓰기도 한다. 어거스트 윌슨은 희곡 〈피츠버그 연대기Pittsburgh Cycle〉의 일부를 아서 트리처스 피시앤칩스Arthur Treacher's Fish & Chips에서 썼다. 니컬슨 베이커는 프렌들리스Friendly's에서 작업했다고 말한 바 있다.

서브웨이 체인점에서 글을 쓰는 건 상상이 잘 안 가는데, 아마도 그건 내가 캠벨 맥그레스의 시 〈비애Woe〉를 읽었기 때문이리라. 그 시는 이렇게 시작한다.

고통을 감내할 수 있는 인간의 능력을 생각해보라,

비애를 향한 우리의 끝없는 식욕을.

경솔히 하는 말은 아닌데

그래도 서브웨이의 샌드위치는 정말이지

끔찍하다. 거품이 날 만큼 무른 양상추,

역겨운 곰 기름 같은 마요네즈,

죽은 개 혓바닥 색깔의 고기.

**

 내 영혼의 델리카트슨

대략 2014년의 어느 8월 아침, 나는 노스캐롤라이나주 시골의 배딘 호수 근처에 있는 보쟁글스Bojangles에서 서평을 썼다. 와이파이가 잡히는 유일한 곳이었다. 나는 그 책을 지금도 가지고 있다. 여전히 기름 냄새, 그리고 왠지 모르겠지만 겨드랑이 냄새가 배어 있는 책이다. 나는 패스트푸드 반대론자는 아니지만, 보쟁글스는 떠올리기만 해도 목뒤의 털이 곤두선다. 일단 조지 패커의 책 《기울어진 제국》을 읽고 나면 그런 기분을 느끼지 않기 어렵다. 어떤 장면에서 패커는 딘이라는 농부와 이야기를 나누는데, 딘은 여러 점을 하나로 잇는다. 딘에게 보쟁글스는 미국인들이 땅과 동물과 타인과 소통하는 잘못된 모든 방식의 상징이 되어 있었다. 패커는 그 이야기를 길고 번거로우면서도 돌진하는 듯한 한 문장으로 쓴다. 소리 내어 읽어보고 싶어질 정도의 글이다.

어떤 날 밤에 그는 잭다니엘 한 잔을 들고 현관에 늦게까지 앉아서 220번 고속도로를 따라 남쪽으로 달려가는 트럭 소리를 들었는데, 그 트럭에는—수치스러운 대규모 밀거래처럼 늘 야음을 틈타서—도살장으로 향하는 살아 있는 닭들, 호르몬 주사를 맞아 걸을 수 없을 만큼 커져버린 닭들이 상자에 담겨 실려 있었고, 딘은 생각했다, 바로 그 닭들이 결국 목적지에서 고기 조각이 되어 자기 집 언덕 위의 환하게 밝혀진 보쟁글스로 돌아올 거라고, 그 고기가 튀김기에 지글지글 튀겨질 것이며 그 일을 하는 직원들은 자기 일에 대한 혐오를 그 튀김 속에 흘려 넣을 거라고, 그 튀김은 손님들에게 제공되어 먹힐 것이며 그 손님들은 비만이 되어 결국 당뇨병이나 심부전으로 그린즈버러의 병원에 실려 가서 공익에 부담을 줄 거라고, 나중에 그는 마트 통로를 걷기에는 너무 무거워진 그들이 전동 휠체어를 타고 메이오던의 월마트를 돌아다니는 모습을 보게 될 거라고, 그 모습이 꼭 호르몬 주사를 맞은 닭 같을 거라고 말이다.

일에 대한 혐오감이 음식 자체에까지 스며든다는 사실을 묘사한 패커의 저 구절은 지금도 내 마음에 남아 있다.

패스트푸드점 유니폼은 그 종류가 무엇이든 굴욕감을 주기 위해 만들어진 것처럼 보인다. 1970년대와 1980년대에는 특히 더 그랬는데, 유니폼 색깔은 전부 케첩 같은 붉은색이거나 머스터드 같은 노란색이었다. 직원들은 사이비 종교 집단에서 탈출했거나 '업 위드 피플'[11] 오디션을 보러 가는 사람들처럼 보였다. 나는 유니폼을 입으면 늘 우스꽝스러운 모습에 우스꽝스러운 기분이 들었다. 한번은 한 친구가 미시시피주 경찰관 제복을 입은 내 모습을 보았는데, 그것은 원래 다른 친구의 아버지가 입던 것이었다. 그는 무려 십오 분 동안이나 웃음을

---

11   Up with People, 1960년대 미국에서 시작된 비영리 청년 공연 단체.

멈추지 못했고, 자신의 임종 시에 그때 그 모습을 다시 말해줘서 그를 기쁘게 해주겠다는 나의 약속을 받아냈다.

어느 해 여름, 대학 방학을 맞이해 집으로 돌아온 나는 도미노피자 배달 아르바이트를 했다. 붉은색과 흰색과 파란색이 섞인 폴리에스터 유니폼에 그와 어울리는 도미노피자 마크 모자까지 쓴 내 모습은 특히 우스꽝스러워 보였다. 아르바이트 계약 전, 나는 그 유니폼이 초래할 결과에 대해 충분히 생각해보지 않았다. 피자를 주문하는 이들이 나의 옛 고능학교 친구들일 거라는, 더 나쁘게는 고등학교 시절 적들일 거라는 생각도 미처 하지 못했다. 밤에 가게 문을 닫는 시간도 끔찍하긴 마찬가지였다. 바닥을 쓸고 닦고, 벌레를 죽이고, 쓰레기 봉지를 밖으로 내는 일. 당시 모텔스^{The Motels}의 히트곡 후렴구는 "'lover(연인)'에서 'l'을 빼면 'over(끝)'가 되지"였다. 늦은 밤 도미노피자에서 라디오를 틀어놓고 바닥을 닦으면서 우리는 이 구절을 이렇게 바꿔 불렀다. "'closer(가게 문을 닫는 사람)'에서 'c'를 빼면 'loser(루저)'가 되지."

도미노피자에서 일하던 시절에도 좋은 기억이 있긴 하다. 이를테면 같이 일하던 배달원 중에 총기 덕후가 있었는데, 사춘기 소년답게 듬성듬성한 콧수염을 기른 녀석으로, 그가 모는 빛바랜 검은색 카마로에는 성조기 스티커가 붙어 있었다. 배달이 없는 한가한 시간이면 그는 우두커니 서서 미국이 처한 문제는 자유주의자와 공산주의자 탓이라고 떠들어대곤 했다. 나는 좌파다. 그래서 우리는 배달을 나가거나 돌아올 때마다 서로를 놀려댔다. 그해 여름 어느 날, 나는 마이애미의 한 서점에서 우연히 《프라우다Pravda》 영어판을 한 부 발견했다. 당시 소련 공산당의 중앙 기관지였다. 나는 그를 괴롭혀줄 생각으로 그걸 샀고, 그 효과는 완벽했다. 그가 나타날 때마다 나는 과시적으로 《프라우다》를 펼쳐서 읽었다. 신문 위로 그를 슬쩍 쳐다보며 씨익 웃었다. 요즘 보수주의자들도 여전히 유머 감각을 지니고 있을까? 어쨌든 그는 유머 감각이 있었다. 그는 《건스 앤드 애머Guns & Ammo》[12] 과월호를 들고 와서 마치 셰익스피어의 독백을 읽듯 자신이 좋아하는 부분을 소리 내어 읽는 것으로 응수했다.

찰스 라이트의 소설 《가발》 속 화자는 결국 마지막 남은 자존심마저 앗아가는 의상을 입게 된다. 그는 운이 다한 작가다. 작품은 출간되지 않고, 미국 사회의 주류에 결코 발을 들일 수 없을 거라는 두려움에 시달린다. 패배자이자 빈털터리가 된 그는 할렘에 있는 킹 오브 서던 프라이드치킨[13]의 마스코트인 '치킨맨'이 된다. 급료는 형편없고 굴욕감은 엄청나다. 한 가지 위안은 프라이드치킨을 마음껏 먹을 수 있다는 것이다. 그는 말한다. "나는 눈처럼 하얗고 깃털이 풍성한 닭 코스튬 차림으

---

[12]   미국의 월간 총기 전문지.

[13]   소설 속 가상의 패스트푸드 체인점.

    내 영혼의 델리카트슨

로 무릎을 꿇은 채 할렘 거리를 기어다녔다. 그 코스튬은 아주 따뜻했다. 깃털에는 전기가 흘러서 사람들이 털을 뽑거나 꼬리 쪽을 걷어차지 못하게 되어 있었다.” 전기가 흐르는 깃털이야 말로 라이트 특유의 엄청난 디테일이 아닐 수 없다. 화자는 계속해서 암울한 코스튬 플레이를 이어간다. “나는 ‘화이트 크리스마스’가 아니라 ‘위대한 사회’의 일원이 되는 것을 꿈꾸고 있었다. 그리하여 나는 3월의 거리를 기어다니며 외쳤다.

꼬끼오 꼬꼬. 꼬끼오 꼬꼬!
저를 드세요. 저를 드세요. 온 동네에서.
킹 오브 서던 프라이드치킨에서
저를 드세요!”

《미국인이 먹는 법 The American Way of Eating》을 쓴 트레이시 맥밀런은 애플비스 Applebee's에서 위장 근무하는 자신이 곧 “지하철에서 나와 같은 족속을 알아차리는 법을 습득하게 될 것이다”라고 말했다. “무거운 눈꺼풀, 멍한 눈, 기름으로 얼룩진 검은 바지, 밑창이 딱딱한 검은 신발.”

**

고된 패스트푸드점 노동을 애티커스 리시처럼 상세하

게 탐구한 작가도 드물다. 그의 첫 소설《다음 생을 위한 준비 Preparation for the Next Life》는 파리똥의 얼룩 같은 저열함을 중심으로 삼은 강렬한 책이다. 시야가 가려진 삶, 더러운 아파트, 질 낮은 음식, 나쁜 선택지에 관한 이야기 말이다. 그것은 강렬한 사랑 이야기에 관한 책이기도 하다. 소설의 두 중심인물 중 한 명인 조우 레이는 퀸스의 플러싱에 있는 몰의 어느 이류 차이니스 레스토랑 주방에서 일한다. 그녀는 중국 북서부 출신 위구르족으로, 다른 직원들과는 언어가 통하지 않는다. 리시는 리드미컬하고도 단조로운 문체를 통해 직업인으로서의 그녀의 일상을 압축적으로 보여준다. "문을 열고, 불을 켜고, 기름을 붓고, 주전자를 얹고, 고기를 주사위 꼴로 자르고, 다지고, 나누고, 소스를 만들고, 채소를 고르고, 밀가루를 반죽하고, 프렌치프라이를 만들고, 물품을 가지고 들어온다—왜냐하면 나는 여성임에도 강하니까. 나는 군사훈련도 받았다. 주문을 받고, 외치고, 테이크아웃 음식을 배달하고, 금전등록기의 돈을 세고, 쓰레기를 버리고, 바닥을 쓸고, 닦고, 카운터를 수건으로 훔치고, 그릇과 접시와 냄비와 국자와 큰 식칼과 웍용 조리 도구와 젓가락과 숟가락을 씻고, 불을 끄고, 조명을 끄고, 문을 잠근다. 매일매일, 열심히 일하고, 단잠을 잔다." 이 소설에서 자비가 베풀어지는 몇 안 되는 장면에서, 한 야간 근무자는 조우 레이를 그녀의 남자친구와 함께 문 닫은 맥도널드 매장에서 하룻밤 묵게 해준다.

젊은 작가들인 브라이언 워싱턴과 오션 브엉의 작품에서 쉽게 접근할 수 있는 패스트푸드 체인점들은 등장인물들을 사회경제적으로 정의한다. 그 체인점들은 가난과 사회적 무질서를 속기법으로 보여준다. 워싱턴의 《공터 Lot》에 수록된 섬세하고 유연한 이야기들은 휴스턴의 무질서하게 뻗어 나가는 다민족 동네들을 배경으로 펼쳐진다. 워싱턴은 요식업에 만연한 인종차별주의를 그대로 보여준다. 한 젊은 라틴계 남자가 식당에 일자리를 구하러 갔을 때, "그들은 내 이름을 읽고 얼굴을 보더니 설거지할 접시를 가리켰다". 브엉의 《지상에서 우리는 잠시 매혹적이다》는 하트퍼드를 배경으로 하는데, 그곳은 시인 월리스 스티븐스가 노래한 점잖고 보수적인 옛 뉴잉글랜드의 도시와는 비슷한 구석이 거의 없다. 브엉은 사회의 주류에서 밀려난 이민자들의 삶, 즉 푸드 스탬프 food stamp와 굿윌 Goodwill 상점과 토머스 킨케이드의 그림과 비싼 야간 어학 강좌와 "담배와 핫 치토스 Hot Cheetos"를 사러 모퉁이 가게로 가는 일 등을 정밀하게 포착한다.

오션 브엉의 작품에는 음식 이미지가 많이 등장한다. 소설의 주인공은 베트남계 이민자 리틀 도그인데, 하루 종일 담배밭에서 일한 그의 손은 "수액과 흙과 자갈과 가시로 검게 부어오른 나머지 밥을 태운 냄비의 밑바닥처럼 변해 있었다". 브엉의 소설에서 가장 인상적인 장면 중 하나에서, 리틀 도그는 [미국의 중장비, 농기계 제조사] 존 디어 John Deere 모자를 쓴 나이 많은 아이—리틀 도그는 그를 '레드넥'[14]이라고 부른다—를 만나 음식과 성욕이 뒤섞인 에로틱한 몽상에 빠져든다. "나는 더 원했다, 그의 냄새, 분위기, 위안을 주는 혀 아래에 남은 프렌치프라이와 피넛버터의 맛, 두 시간 동안 차를 몰고 카운티 끝자락의 외딴 버거킹으로 가느라 목둘레에 생긴 소금기, 그가 아버지와 하루 종일 나눈 팽팽한 대화, 아버지와 함께 쓰는 전기면도기에 생긴 녹, 늘 세면대에 놓여 있던 슬픈 플라스틱 케이스, 그의 손가락에 밴 담배와 대마초와 코카인 냄새, 거기 섞인 자동차 연료 냄새까지, 그 모든 것이 쌓여서 그의 머리카락에 나무 연기의 잔향처럼 스며들어 있었다."

인간의 영혼이란 결국 하나의 체인점franchise이 아닐까, 하고 스탠리 엘킨은 물었다.• 아무렇지도 않은 듯이 무표정하게 진행되는 무라타 사야카의 소설 《편의점 인간》에서, 한 여성은 사회가 자신을 이상하게 여긴다는 사실을 감지한다. 그녀는 다른 누군가가 자신을 도태시키기 전에 스스로 사회에서 도태된다. 편의점인 히로마치역 스마일마트에서 익명의 점원이 된 그녀는, 자신의 부유하는 영혼을 위한 키오스크인 그곳에서 더 복잡한 인간적 교류를 나누기보다는 하루 종일 "이랏샤이마세(어서 오세요)!", "하이(네)!" 하고 외치는 것을 더 편하게 여긴

---

14   redneck, 교육을 받지 못한 백인 노동자를 가리키는 표현.
•   엘킨은 주로 권리를 박탈당한disenfranchised 사람들에 대해 썼다.

    내 영혼의 델리카트슨

다. 《편의점 인간》은 일본에서 150만 부가 팔릴 만큼 공감을 불러일으켰다. 주인공 게이코는 서른여섯 살로, 사실상 친구가 한 명도 없으며, 성 경험도 없다. 그녀는 베일을 쓰지 않은 수녀나 다름없고, 스마일마트는 그녀의 수녀원과도 같다. 게이코는 대부분의 끼니를 그곳에서 해결한다. 그녀는 말한다. "내 몸이 전부 이 가게의 음식으로 만들어졌다고 생각하면, 잡지 진열대나 커피머신만큼이나 나도 가게의 일부라는 기분이 든다."

자전거를 타고 초등학교에 가던 매일 아침, 친구들과 나는 네이플스의 3번가 남쪽에 있는 세븐일레븐을 지나곤 했다. 우리는 세븐일레븐 뒤쪽을 뒤져서 빈 병을 찾아낸 후 보증금 5센트를 받아서 사탕을 사 먹었다. 슬러피[15]는 이블 크니블이나 [미국의 싱어송라이터] 조니 캐시가 그려진 플라스틱 컵에 담겨 나왔다. 제리 루이스의 텔레톤[16]이 늘 방송 중인 듯한 기분이었다. 어느 날 아침, 나이 많은 한 아이가 도마뱀 두 마리를 잡아서 세븐일레븐의 바삐 돌아가는 전자레인지 안에 넣었다. 사람들이 아침 식사용 냉동 부리토를 전자레인지에서 데우는 와중의 빈틈을 노린 것이었다. 그는 '작동' 버튼을 누르고 재빨리 달아났다.

---

15   Slurpee, 세븐일레븐에서 판매하는 슬러시 브랜드.
16   모금 운동을 위한 장시간 텔레비전 방송으로, 수십 명의 유명인이 출연했다.

* ＊＊ *

나는 보통 집에서 점심을 먹는다. 그냥 집에 있는 걸로 때운다. 그 말인즉슨 대체로 샌드위치를 먹는다는 뜻이다. 빵 두 장, 아무것도 그려지지 않은 캔버스, 마크 로스코의 창백한 단색 그림. 이베리코 하몽이나, 작가 줄리아 리드의 어머니가 만든 참치 샐러드에 관해서라면 나도 누구 못지않게 덕후 기질을 발휘할 수 있다. 하지만 나는 미국에서 피넛버터 피클 샌드위치를 아마도 가장 열정적으로 먹는 사람으로 공표되어 있기도 하다.

그 샌드위치는 아버지가 내게 물려준 것으로, 아버지의 로스쿨 시절을 알뜰하게 버티게 해준 음식이었다. 나는 2012년 《뉴욕타임스》 푸드 섹션에 그 조합에 대한 글을 썼다. 그 샌드위치를 집에 틀어박혀 지내는 작가의 친구라고 불렀다. 냉장고에 다른 게 아무것도 없을 때도 늘 거기 있어주는 친구 말이다. 에세이가 발표되자 소셜미디어에서는 역겹다는 반응이 쏟아졌고, 그러다가 전 세계 신문에서도 같은 반응이 터져 나왔다. 내가 죽었을 때 아주 작은 부고라도 실린다면, 샌드위치 이야기가 맨 위 문장 가까이에 언급되진 않을까 두려울 정도로 말이다("문학평론가이자 역겨운 샌드위치의 옹호자인 드와이트 가너, 향년 87세로 별세"). 나는 피넛버터 피클 샌드위치가 웨스트버지니아주의 지역 음식일 거라고 줄곧 생각해왔지만 그 증거를 찾지는 못했다. 증거를 찾고자 나보다 더 애썼던 전직 웨스트버지니아주 민속학자 에밀리 힐리어드도 마찬가지다. 그 샌드위치는 대공황 시절의 간이식당 메뉴에 등장했고, 1930~1940년대의 공공 요리 교육서 레시피에서도 찾아볼 수 있다. 대개 피클 렐리시 몇 스푼을 넣으라는 레시피였다.

왜 그 샌드위치가 마땅한 존중을 받지 못하는지 궁금해진 나는, 셰프들과 음식 전문 작가들에게 이메일을 보내 이 조합에 대한 의견을 물었다. 나는 이들이 하이파이브를 해주지 않을까 하고 내심 기대했다. 문학계에서 부당하게 무시되었던 작가, 이를테면 루시아 벌린 같은 작가를 발굴해냈을 때처럼 말이다. 하지만 돌아온 것은 침묵이었다. 몇몇은 노골적으로 혐오감을 드러냈다. 줄리아 로버츠가 라일 로벳과 결혼한다는 말을 들었을 때 사람들이 그랬던 것처럼 말이다. 마침내 나는 지금은 사라진 그리니치빌리지의 피넛버터 앤드 컴퍼니^{Peanut Butter} ^{& Co}의 주인인 리 잘벤을 찾아냈다. 그는 자기 가게 메뉴에 피넛버터 피클 샌드위치를 올렸고, 왜 그 조합이 괜찮은지 나보다 더 잘 이해하는 사람이었다. 미국인들은 피넛버터를 달콤한 것과 함께 먹는 데 익숙하지만, 더 오래된 여러 문화권에서는 피넛버터를 짭짤한 음식과 함께 먹었다. 사테이[17]나 몰레 소스[18]

---

17   satay, 땅콩 소스와 함께 내는 동남아시아의 꼬치 요리.
18   mole, 견과류와 고추, 향신료 등으로 만드는 멕시코의 전통 소스.

처럼 말이다.

푸드 섹션에 내 글이 실렸을 때, 편집자들은 소름 끼치는 샌드위치 사진(질척질척하고 하얀 빵, 힘없는 피클 슬라이스)을 함께 실어서 내 신경을 건드렸다. 햇빛에 바랜《가난뱅이 백인 요리White Trash Cooking》에서 뽑아온 듯한 사진이었다. 그 비할 데 없는 책을 깎아내리려는 것은 아니지만, 그래도 나는 그 샌드위치 조합의 품격을 높이려 애쓰고자 그 글을 쓴 것이었다. 기사가 나간 뒤,《뉴요커》편집장인 데이비드 렘닉이 전화를 걸어오더니 이렇게 말했다. "그 샌드위치는 내가 평생 본 것 중에서 가장 백인스러운goyish 음식이야." 나는 오해를 풀고자 애썼다. 제대로 된 피넛버터 피클 샌드위치를 만들려면 훌륭한 토스트에 최고급 피클을 써야 한다며 말이다. 그는 다시는 전화하지 않았다.

언론의 반응이 전부 부정적이기만 했던 것은 아니다. 몇 년 후 [미국의 언론인이자 작가] 크리스티나 카우테루치는《슬레이트》에 쓰길, 내가 "대단히 중요한 주제에 대한 글을 써서 사람들의 마음과 생각을 움직인, 고상한 일류 저널리스트 클럽의 일원"이라고 했다. "2012년에 발표한 글로 그는 내 인생을 영원히 송두리째 바꿔놓았다. 그것은 내가 이전에는 한 번도 엄숙하게 생각하지 못한 어느 대상에 대한 송가였다. 그 대상이란 바로 피넛버터 피클 샌드위치였다." 이 문장은 내 부고에 꼭 넣어주길.

     내 영혼의 델리카트슨

어린 시절에 웨스트버지니아주에서 먹었던 샌드위치 가운데 아직도 내 마음속과 우리 집 주방에 남아 있는 또 다른 샌드위치는, 크리로서는 경악할 일이겠지만, 바로 프라이드 볼로냐fried bologna다. 위대한 뉴욕시 음식 전문 작가인 로버트 시츠머는 이 샌드위치의 애호가이다. 한때 그는 텍사스주의 한 병원에서 일한 적이 있는데, 그곳에는 놀랍게도 "부드러운 빵 위로 기름과 머스터드가 흘러내리는 프라이드 볼로냐 샌드위치만 파는 뜨거운 자판기"가 있었다고 한다. 나는 이런 자판기를 찾으려고 이베이를 샅샅이 뒤졌지만 헛수고였다. 조너선 골드가 "멍청한 백인 남자의 비밀스러운 민족 요리"라고 했을 때 말한 음식은 아마도 그 프라이드 볼로냐 샌드위치였을 것이다. 하지만 모두가 그 샌드위치를 좋아한다. 헨리 루이스 게이츠 주니어도 그런 찬미자 중 한 명이다. 그는 웨스트버지니아주의 피드먼트에서 자랐는데, 피드먼트는 우리 가족이 살았던 곳에서 차를 타고 동쪽으로 두 시간 거리에 있는 곳이다. 회고록《유색인종》에서, 그는 내가 알았더라면 좋았을 볼로냐소시지 브랜드에 관해 썼다. 빵집에서 팔던 '덴트 데이비스 페이머스 홈메이드 링 볼로냐Dent Davis's Famous Home-made Ring Bologna'. 게이츠는 그것을 "피드먼트의 뛰어난 명물 중 하나인 …… 탱탱하고 반투명한 진홍색 껍질의 검붉은 소시지"라고 불렀다.

덴트 데이비스의 볼로냐소시지에는 비밀 재료가 들어 있었다. 게이츠는 그 재료가 무엇인지 아는 사람은 아무도 없었다고 쓰고는 이렇게 덧붙였다. "정확히 말하면, 백인 중에는 아무도." 그 톡 쏘는 듯한 풍미는 덴트 데이비스의 잡역부였던 미스터 박시^{Mr. Boxie}에게서 유래한 것으로 보인다. 미스터 박시는 볼로냐소시지가 만들어질 때 대체로 주변에 있었다. "미스터 박시는 피드먼트 전역에서, 어쩌면 세상에서 가장 더럽고, 너저분하고, 단정치 못한 흑인이었다"라고 게이츠는 썼다. "마을 사람들은 미스터 박시가 '펑키하다^{funky}'고 말했는데, 이는 모타운 레코드나 제임스 브라운이 '펑키하다'라는 말을 '쿨하다' '힙하다' 혹은 '통한다'의 동의어로 만들려고 생각하기 훨씬 이전의 일이었다. 그렇다, 미스터 박시가 펑키했던 것은 그저 냄새가 지독하기 때문이었다." 게이츠는 자신이 가장 좋아하는 샌드위치에 대한 진실을 알게 된 후 아버지에게 가서 물었다. "사실이 아니라고 말해줘요, 아빠." 아빠가 대답했다. "그렇지만 사실이 그렇단다, 얘야." 게이츠의 이야기는 해리엇 멀런의 시 〈뮤즈와 잡역부^{Muse and Drudge}〉를 떠올리게 한다. 멀런은 그 시에서 이렇게 쓴다.

이렇게 맛있는 음식이 나오면
요리사가 자기 빌을 하나쯤 넣었겠거니 생각하게 되지.

프라이드 볼로냐 샌드위치는 최근 들어 다시 인기를 얻기 시작했다. 나는 맨해튼의 여러 레스토랑에서 상당히 사치스런 볼로냐 샌드위치도 먹어봤다. 장인이 만든 모르타델라가 들어간, 지적인 사람의 볼로냐 샌드위치 말이다. 그것은 2017년에 《본 아페티Bon Appétit》에서 미국 최고의 신생 레스토랑이라고 부른 샌드위치 가게인 뉴올리언스의 터키 앤드 더 울프Turkey and the Wolf의 메뉴에도 올라 있다. 그래도 나는 그것을 먹을 바에야 차라리 텍사스주의 자판기에서 나오는 샌드위지를 먹겠다.

**

"잘난 뉴저지주 너틀리 스타일의 프라이드 볼로냐 샌드위치에는 1927년산 니하이 콜라[19]가 제격이다"라고 《뉴욕타임스》 칼럼니스트 러셀 베이커는 썼다. 나는 어린 시절에 니하이 콜라를 편애했고 주로 포도 맛을 즐겨 마셨는데, 너무 급하게 마셔서 코로 역류하곤 했다. 지금은 일 년에 몇 병만 나 자신에게 허락한다. 나는 그것을 냉장고 뒤쪽에 넣어두고 간절한 마음으로 한 달간 바라보곤 한다. 마실 만한 순간이 무르익었다고 여겨질 때까지. 주로 점심시간에 따서 샌드위치와 함께 먹

---

19   Nehi Cola, 미국의 음료 브랜드로 '니하이Nehi'라는 명칭은 '무릎 높이까지 오는knee-high 병'을 뜻한다.

지만 그 맛이 기억했던 것만큼 썩 좋지는 않다. 탄산음료는 어릴 때 마시는 게 최고인데, 이는 이브 배비츠의 《느린 나날, 빠른 인간관계Slow Days, Fast Company》에서도 입증된 사실이다. 그녀는 이렇게 썼다. "고등학생 때 마시는 초콜릿 콜라는 마흔다섯 살에 요트 위에서 먹는 캐비아보다 맛있다. 그건 누구나 다 아는 상식이다."

나는 다이어트 콜라의 노예나 다름없어서 하루에도 여러 캔을 마신다. 주로 7.5온스짜리 미니 캔을 산다. 물론 그게 더 비싸긴 하지만. 내가 주로 원하는 것이 다이어트 콜라 한 캔 전부가 아니라 꿀꺽꿀꺽 마시는 첫 세 모금이라는 사실을 깨닫기까지 여러 해가 걸렸다. 도널드 트럼프도 다이어트 콜라 마니아인데, 그래서 신경이 거슬린다. 트럼프는 하루에 여섯 개들이 팩을 두 개나 마신다고 한다. 그 말을 들었을 때 내게 코카콜라 주식이 있었더라면 당장 팔아치웠을 것이다. 탄산음료 소비량으로만 따지자면 존경받아야 할 전 대통령은 린든 존슨일 것이다. 그는 프레스카Fresca를 너무 좋아해서 대통령 집무실 책상에 전용 호출 버튼까지 달았다. 다행히도 존슨은 프레스카 버튼과 핵 공격 버튼을 구분해두었다.

토니 모리슨은 소설 《하느님 이 아이를 도우소서》에서 다이어트 콜라를 이렇게 혹평했다. "내 성생활은 다이어트 콜라 비슷한 것이 되어버렸다. 기만적으로 달콤하면서 영양가는 하나도 없는." 테네시 윌리엄스는 코카콜라의 계관시인이다. 그

  내 영혼의 델리카트슨

의 희곡에는 어디나 코카콜라가 등장한다. 특히 《욕망이라는 이름의 전차》에 말이다. 블랑시가 스텔라에게 말한다. "드러그스토어에 달려가서 얼음 잔뜩 넣은 레몬 콜라 하나만 사다 줘!" 스텔라가 콜라를 사오자 블랑시가 묻는다. "그 콜라 나 마시라고 사 온 거야? …… 이런, 고마워라! 그런데 그거 그냥 콜라야?" 그러자 스텔라가 말한다. "한 잔 섞어달라 이 말이지!" 그 말에 블랑시가 대답한다. "그래, 애, 한 잔 섞는다고 나쁠 거 없잖아!"

니하이 콜라를 저녁 식탁에 몰래 올리는 방법도 있다. 버터메이 스마트-그로브너는 고전이 된 책 《바이브레이션 쿠킹 Vibration Cooking》에서 미시시피주 출신 화가 조 오버스트리트가 알려준 약불에 졸인 치킨 레시피를 소개한다. 레시피는 이게 전부다. "손질한 닭에 소금과 후추를 뿌린다. 밀가루를 담은 종이봉투에 넣고 흔든다. 기름에 노릇노릇하게 튀긴다. 기름기를 걷어낸 후 오렌지 맛 탄산음료 한 병을 붓는다. 뚜껑을 덮고 십오 분 동안 푹 졸인다." 단맛은 거의 다 날아가버린다. 술은 입에도 대지 않던 [메이저리그의 전설적 중견수] 윌리 메이스는 바에 가면 늘 이렇게 주문했다. 체리 여섯 알과 레몬 한 조각을 넣고 빨대를 꽂은 소프트드링크 한 잔. 그의 전기 작가인 제임스 S. 허쉬에 따르면, 바텐더들은 "체리 때문에 취하겠다며 그를 놀려대곤" 했다.

**

　우리가 그뤼에르 치즈, 햄, 간단한 베샤멜소스로 만들어진 전형적인 프랑스식 햄치즈 샌드위치인 크로크 무슈를 주문할 때 실은 미스터 크런치[20]를 주문하는 셈이라는 사실을 최근에 알고는 무척 기뻤다. 게일 그린의 섹스와 음식을 다룬 소설《푸른 하늘, 사탕은 없는 Blue Skies, No Candy》에 등장하는 한 얼뜨기 남자친구는 이렇게 묻는다. "크로크croak[21] 무슈가 뭐야?" 대체로 프랑스 샌드위치는 미국 샌드위치보다 나은데, 빵이 더 맛있기 때문이다. 베트남계 미국인 작가 비엣 타인 응우옌은 소설《헌신자》에서 자신이 "저 변증법적 바게트"라고 부르는 것에 대해 고찰한다. 그는 베트남의 옛 식민 지배국인 프랑스와 베트남의 복잡한 관계를 탐색한다. 자기 마음속에 상충하는 목소리들이 있음을 솔직히 인정하면서 말이다. 그는 이렇게 쓴다. "오, 바게트여! 프랑스의 상징, 그러니 프랑스 식민주의의 상징이여! 내 안의 한쪽은 이렇게 말했다. 하지만 그와 동시에 다른 쪽은 이렇게 말했다. 아, 바게트여! 우리 베트남인이 프랑스 문화를 우리 것으로 만들었음을 보여주는 상징이여! 우리는 훌륭한 바게트 제빵사였고, 우리가 바게트로 만든 반미banh mi는 프랑스

20　Mister Crunchy, '크로크무슈croque monsieur'(바삭거리는 신사)를 영어식으로 풀어 쓴 것.

21　프랑스어 'croque'를 영어 'croak(꺽꺽거리다)'로 이해한 것이다.

 　내 영혼의 델리카트슨

인이 바게트로 만든 샌드위치보다 훨씬 더 맛있고 창의적이었으니." 반미는 레퍼토리에, 특히 기본적인 재료만 이용하는 점심 식사 레퍼토리에 반드시 들어가야 하는 메뉴인데, 남은 고기로도 만들 수 있는 가장 단순하면서도 굉장히 근사한 음식이기 때문이다.

훌륭한 반미의 비밀 재료는 물론 마요네즈다. 우리가 마요네즈를 가장 많이 섭취하는 때는 바로 점심이다. 바버라 킹솔버가 소설 《무방비 상태 Unsheltered》에서 한 말, "타인은 지옥이다. 달걀 샐러드를 들고 있다면 더더욱"은 참으로 옳다. 실비아 플라스의 일기를 보면 그녀가 참치 샐러드 샌드위치 애호가였다는 사실이 분명히 드러난다. 1956년에 쓴 솔직한 일기의 한 부분은 다음과 같다. "기진맥진한 상태. 다리 밑에 주차된 트럭 뒤에서 떨어지는 물소리에 안심하며 치마를 걷고 인도에 오줌을 누었다. 기름지고 맛 좋은 참치 샌드위치 마지막 조각을 먹었다." 참치는 너무 맛있어서 불운하다. 로리 무어가 단편집 《짖다 Bark》에서 썼듯이, "만약 돌고래가 맛있었다면, …… 우리는 돌고래에게 언어가 있다는 사실조차 몰랐을 것이다." 마요네즈는 감자샐러드에도 등장한다. 패짓 파월은 첫 소설 《에디스토 Edisto》에서 이렇게 썼다. "남부의 감자샐러드는 들뜨고 경솔한 심장에 콜레스테롤을 몰래 집어넣는 주범이나 다름없다. 그것은 단조로운 청교도적 특성의 허울 아래 감춰진 순수한 독약이다. 미소를 띤 친척들이 모여 유망한 두 젊은이의 어두운 결합을 조용히 축하하는 애정 어린 만찬에 으레 등장하는 음식이다.” 파월은 모든 문장이 질문으로 되어 있는 164쪽짜리 소설 《의문형The Interrogative Mood》도 썼다(실례: “당신은 어떤 역사적 순간을 직접 눈과 귀로 보고 듣고 싶은지 마음을 정했는가?”). 그런 형식은 파월과 잘 맞았는데, 그가 우리 시대의 작가 중 가장 꼬치꼬치 캐묻기 좋아하는 부류에 속하기 때문이다.

숙취에 시달릴 때 메누도menudo는 나의 훌륭한 점심 파트너가 되어준다. 훌륭한 메누도는 만들기 힘들다. 그러려면 우족, 골수가 든 뼈, 양곱창까지 필요하다. 하지만 할렘의 몇 블록 안에는 괜찮은 메누도 식당이 두 군데나 있다. 레이 곤살레스는 회고록 《기억이라는 열병: 앨패소 델 노르테 너머로 떠나는 여행Memory Fever: A Journey Beyond El Paso del Norte》에서 훌륭한 메누도가 만들어내는 열광적 감정을 이렇게 포착한다. “순진하고 무지한 사람이라면 그것을 보고 개의 토사물이나 남은 요리 기름 같다고 말할지도 모른다! 그래도 당신은 그것을 정말 좋아하고, 그 사람은 삶의 의미를 절대 알 수 없겠지.” 그러고는 이렇게 덧붙인다. “당신은 그것을 후루룩 소리 내며 먹는다. 개미를 빨아먹는 개미핥기처럼, 바나나를 먹는 원숭이처럼, 훌쩍거리며 잠들었다가 다시 깨어나 엄마를 찾는 남자처럼.”

점심 식사를 만들 기운이 없을 때면, 캠벨 토마토수프 통조림을 데워서 세례반처럼 큰 그릇에 담아 먹는다. 나는 그것을 먹고 자랐다. 크리는 그 수프에 손도 대지 않으려 한다. 크

     내 영혼의 델리카트슨

리가 먹기에 그것은 너무 달다. 나는 거기에 홀밀크를 붓고 버터 한 덩어리를 더한다. 가장 이상적인 조합은 그릴드 치즈 샌드위치와 함께 먹는 것이다. 그것은 세상의 좋은 것을 모두 합쳐놓은 듯한 향을 풍긴다. [미국의 저널리스트] 시어도어 해럴드 화이트는 《1960년 대통령 만들기 In The Making of the President 1960》에서 쓰기를, 웨스트버지니아주 유세를 마치고 비행기에 오른 존 F. 케네디가 "자신이 가장 좋아하는 음료, 즉 뜨거운 토마토수프 한 그릇을 요청했다"라고 했다.

✳✳

성대한 점심이 있는가 하면, 산사태처럼 압도적인 점심도 있다. 2014년에 나는 일생일대의 점심 식사 후 그것에 관한 글을 쓰라는 초대와 요청을 받았다. 50코스에 이르는 식사였고, 장소는 시애틀이었으며, 그 자리를 마련한 사람은 마이크로소프트사의 백만장자였다가 나중에 요리책 작가가 된 네이선 미어볼드였다. 코스타브라바에 있는 아방가르드 레스토랑인 엘 불리 El Bulli의 카탈루냐인 셰프이자 분자요리의 선구자인, 미어볼드의 요리 영웅 페란 아드리아를 위해 마련된 자리였다. 지금은 분자요리라는 말이 구식으로 느껴지고 2008년 느낌을 물씬 풍긴다. 하지만 일곱 명을 위한 이 식사 자리에 초대되어 쓴 글을 《뉴욕타임스 스타일 매거진 The New York Times Style Magazine》

에 싣게 될 거라는 사실을 알게 되었을 때, 나는 제비뽑기에 당첨된 듯한 기분이었다. 물론 셜리 잭슨의 제비뽑기[22] 같은 것은 아니었다. 두려움 또한 엄습했다. 내가 50코스를 감당할 수 있을까? 나의 가까운 몇몇 친구는 거의 프로 수준의 식도락가들이다. 적게 먹거나 적게 마시는 것, 혹은 남들보다 먼저 잠자리에 드는 것은 그들에게 완전한 패배를 시인하는 거나 다름없는 일이다. 나는 오래전에 그런 경쟁을 포기했다. A. J. 리블링은 나의 영웅들 중 한 명이지만, 그의 《뉴요커》 동료 브렌던 길이 리블링에 관해 쓰면서, 리블링은 "자신이 나보다 두세 배 더 많이 먹는다는 사실이" 분명 "그를 나보다 더 나은 사람으로" 만든다고 생각했다며 불평한 것도 이해한다. 비만이었던 리블링은 59세라는 젊은 나이에 세상을 떠나고 말았다. 그는 길고 평범한 삶보다는 식탁에서 보내는 짧고 영광스러운 삶을 택한 사람이었다.

아드리아와 미어볼드는 기이한 한 쌍이었다. 아드리아는 [스페인의 배우] 안토니오 반데라스와 [캐나다의 시인이자 가수] 레너드 코언을 합쳐놓은 것처럼 다부지고 잘생겼다. 무언가를 맛볼 때면 눈을 감고 "판타스티코"[23]라고 말하길 좋아한다. 미어볼드는 배를 쿡 찌르면 웃음을 터뜨릴 것만 같은 만화 속 다

---

22 셜리 잭슨의 단편 〈제비뽑기〉는 죽을 사람을 뽑는 풍습에 관한 작품이다.
23 Fantástico, '환상적이야'를 뜻하는 에스파냐어.

  내 영혼의 델리카트슨

람쥐를 닮았다.[•] 이 둘은 이른바 '모더니스트 요리'의 최고봉이었다. 그 요리는 셰프들과 대담한 가정 요리사들에게 새로운 주방용품(수비드²⁴ 진공 밀봉기, 초음파 호모지나이저, 원심분리기) 사용법을 익히게 했고, 식자재 찬장을 크산탄 검^{xanthan gum}이나 액체 레시틴^{lecithin} 같은 화학 성분들로 가득 채우게 했다.

2005년과 2011년 사이, 미어볼드는 엘 불리에서 식사하기 위해 지구 반 바퀴를 여러 번 날아다녔다. 그는 아드리아의 아이디어를 미국으로 가져와서 직접 실험하기 시작했다. 시애틀 외곽에 있는 특허 창출 회사 겸 실험실에서 요리하며, 그와 한 부대의 셰프들은 총 2438쪽에 이르는 6권짜리 벽돌 책《모더니스트 요리: 요리의 예술과 과학^{Modernist Cuisine: The Art and Science of Cooking}》을 만들어냈다. 이 책은 최초로 수비드 요리법을 진지하고도 자세히 설명함으로써 큰 영향력을 끼쳤고, 625달러라는 높은 가격에도 불구하고 여러 차례 증쇄를 찍었다. 미어볼드는 빌 게이츠, [미국의 셰프이자 레스토랑 경영자] 토머스 켈러, 데이비드 장 같은 친구들을 실험실에 초대해 저녁을 대접하기 시작했다. 다른 셰프들도 비행기를 타고 시애틀로 날아와 이 식사 자리에 참여했는데, 서른 가지나 되는 노동 집약적 코스로 구

[•] 그때 그는 더 쾌활했는데, 그의 이름이 자본가이자 성범죄자였던 고故 제프리 엡스타인과 얽혀 기사에 오르내리기 전이있다.

24 sous vide는 '진공상태에서'를 뜻하는 프랑스어로, 음식 재료를 진공포장한 뒤 일정한 온도의 물에서 천천히 익히는 요리법을 뜻한다.

성된 식사였다. 그곳은 말하자면 미국에서 가장 엘리트적인 팝업 레스토랑이었다. 하지만 미어볼드가 요리를 가장 대접하고 싶어 했던 사람은 바로 아드리아였다. 자신의 우상인 아드리아가 시애틀에 온다는 소식을 들었을 때, 미어볼드는 경의를 표하는 의미에서 엘 불리에서 먹었던 것과 비슷한 요리 50코스를 대접하겠다고 제안했다. 아드리아는 그 제안을 받아들였다.

**

어느 흐린 금요일 오후 1시, 우리는 형광등 불빛이 비치는 미어볼드의 식탁에 앉았다. 각자의 앞에는 미어볼드가 짠 메뉴가 한 부씩 놓여 있었고, 요리 목록은 제임스 카메론 영화의 엔딩 크레딧에 등장하는 기술 스태프 명단처럼 몇 페이지씩 쭉 이어졌다. 그날 이벤트를 위해 고용된 직원들이 처음으로 서빙한 두 코스는 해체 칵테일이었다. 미어볼드의 '블러디 메리'는 마요네즈 한 덩이를 얹은 셀러리 스틱과 유사한 모양이었다. 하지만 입에 쏙 넣는 순간 맛이 확 퍼졌다. 그 마요네즈는 알코올이 함유된 것으로, 에버클리어[25]와 우유를 오일 형태로 유화시킨 것이었다. 윗부분에는 작은 큐브 형태로 만든 조개즙 젤리, 그리고 라임을 극저온 처리해서 깨뜨린 작은 과립낭이 뿌

---

[25]　Everclear, 고도수의 증류주 브랜드.

려져 있었다. 칵테일 위에는 토마토 가루, 서양고추냉이, 소금, 후추가 흩뿌려져 있었다. 그것은 지금껏 내 입에 들어온 최고의 음식 중 하나였다.

미어볼드는 복잡한 요리의 엄격함을 좋아해서, 다른 프로젝트에 적용하는 것과 똑같은 원칙을 적용한다. 우리가 식사하던 방에서 그리 멀리 떨어지지 않은 곳에는 모기떼로 들끓는 철사 상자 쪽으로 레이저가 향해 있었다. 그 실험실은 말라리아 퇴치를 위해 암컷 모기만 식별하고 추적해서 해치우는 장치를 개발해냈다(사람 피를 빠는 건 암컷 모기뿐이다). 수백 개의 특허를 가진 발명가가 굴까지 잘 다룬다는 것은 이 세상에서 정말 보기 드문 일이 아닐 수 없다. 그날 우리가 먹은 구마모토 굴은 '크라이오 셔크cryo-shuck' 방식을 이용한 것, 즉 액체질소에 십오 초간 넣어서 껍데기를 자동차 보닛처럼 탁 연 것이었다. 굴을 껍데기에 붙들어주던 근육 부위는 비키니 왁싱을 한 것처럼 떨어져나가 있었다. 껍데기 자체는 실험실 내 작업장에서 샌드블라스트로 갈려 있었다. 굴은 껍데기 반쪽마다 두 개씩 담겨 나왔고, 돼지감자, 굴, 소금물로 만든 구슬 같은 퓌레가 곁들여져 있었다. 산미를 위해 레몬 젤리도 살짝 뿌려져 있었다. 정말 맛있었지만, 미국 이스트 코스트 최고의 짭짤한 굴보다 더 맛있지는 않았다. 이제 식사가 본격적으로 시작되었다. 저마다 꽃처럼 작고 정교한 요리들이 도착하기 시작했고, 몇몇 요리는 하얀 중국식 수프용 스푼에 한 입 크기로 담겨 나왔다.

'밀라그로 알 파스토르'[26]라는 요리는 아드리아의 얼굴 이미지가 레이저로 새겨진 토르티야와 함께 나왔다. '아시아' 코스에서는 두 종류의 물고기, 즉 은고등어와 눈다랑어를 체스판 모양으로 배열한 요리가 나왔다. '프랑스' 코스에서 캐비아처럼 보인 것은 실은 압력 조리한 머스터드 씨앗을 오징어 먹물 및 다른 재료와 뭉쳐서 만든 것이었다. 아드리아는 말했다. "판타스티코."

미어볼드의 요리에 대한 흔한 평가는 그것이 현학적이라는 것이다. 그럼에도 미어볼드가 원심분리기를 사용해서, 이를테면 완두콩이나 당근의 본질을 뽑아내 요리로 만들었을 때, 그 결과물은, 음, '판타스티코'다. 나는 미어볼드가 와인에 소금을 넣길 좋아한다는 사실을 식사 초반에 알게 되었다. 그가 그렇게 하는 이유는 소금이 와인, 특히 타닌이 강한 와인의 균형을 잡아준다고 생각하기 때문인데, 또한 그것이 편협한 사람들을 깜짝 놀라게 하는 방법이 되어주기 때문이기도 하다. 서른여덟 번째 코스를 먹을 무렵 나는 배가 가득 찼다. 마흔다섯 번째 코스를 먹은 후에는 소처럼 낮은 소리로 울고 있었고, 슬슬 컨디션이 걱정되기 시작했다. 나는 눈보라를 경험하기 위해 자신을 돛대에 묶은 것으로 유명한 화가 윌리엄 터너가 된 듯한

---

26   Milagro al Pastor, '기적'을 뜻하는 에스파냐어 '밀라그로'와 멕시코의 대표적인 길거리 요리 스타일인 '알 파스토르'의 합성어.

기분이었다. 무자비한 아름다움에 의한 죽음이라는 개념이 떠오르기 시작했다. 마지막 요리는 3D 프린터로 만든 소용돌이 모양의 설탕 조형물이 얹힌 압생트 칵테일이었다. 시간은 오후 6시가 지나 있었다. 아드리아는 그 압생트를 단숨에 들이켜더니 그날 저녁은 어디서 먹을지 생각하기 시작했다.

나는 그날 자정까지 배가 고프지 않았다. 자정이 되어서야 호텔 방을 슬쩍 빠져나온 나는 시애틀에 없어서는 안 될 햄버거 가게인 딕스^{Dick's}로 가서 치즈버거 하나를 사 먹었다. 아무리 복잡한 실험 요리도 치즈버거 하나보다 나을 수는 없었다. 미어볼드의 요리는 나를 기이하리만치 공허하게 만들었다. 나는 스페인어를 할 줄 몰랐고, 아드리아는 영어를 할 줄 몰랐다. 통역을 통해 이루어진 우리의 대화는 어색했다. 형광등 불빛도 도움이 되진 않았다. 테이블에 앉아 있던 나머지 다섯 사람은 대화에 보탤 말이 별로 없는 홍보 담당자들이었다는 사실 또한 도움이 안 되기는 마찬가지였다. 유쾌함도, 정감 어린 농담도, 우스갯소리도, 음악도 없었다. 마치 해부라도 당하는 듯한 기분이었다. 나는 그 경험을 마음속에 이렇게 정리해두었다. 함께 식사할 사람을 택할 수 없는 상황이라면 다시는 하고 싶지 않을 '아마도' 즐거운 경험.

＊＊

미어볼드가 한 가지는 제대로 짚었다. 성대한 식사는 굴로 시작하는 게 바람직하다. 나는 굴의 매력을 뒤늦게야 알게 되었다. 커피나 술이나 존 콜트레인의 음악이 그렇듯, 생굴은 처음에는 좋아하기 힘들 수도 있다. 하지만 커피나 술이나 존 콜트레인의 음악이 그렇듯, 생굴은 우리가 살아가는 이유 중 하나가 되기도 한다. 작가들이 처음으로 굴을 맛본 경험담을 모아 에세이집 한 권을 묶는 것도 어려운 일은 아닐 것이다. 생굴을 먹는다는 것은 통과의례나 마찬가지다.

안톤 체호프는 어렸을 때 굴을 무서워했다. 그는 굴이 "미끈한 피부를 지니고 …… 고개를 내민 채 크고 반짝이는 눈으로 훔쳐보는" 추잡한 개구리를 닮았을 거라고 확신했다. M. F. K. 피셔는 《나는야 미식가 The Gastronomical Me》에서 고등학교 시절 선생님이 작은 굴 bluepoint 한 접시를 들고 들어오는 모습을 묘사한다. 피셔는 몸서리쳤다. "나는 이 세상의 그 어떤 살아 있는 생물이라도 삼키면 토하고 말았을 것이다. 살아 있는 굴이라면 더더욱." 스테파니 댄러의 소설 《달콤 쏩쓸한 Sweetbitter》의 화자도 처음 먹는 굴을 두려워했다. "처음 먹는 굴은 입안으로 밀어 넣고 꿀꺽 삼켜서 목구멍 뒤쪽의 미뢰 너머로 넘겨야만 하는 차가운 알약 같았다"라고 그녀는 말했다. 하지만 화자는 그 즉시 굴을 더 먹고 싶어 한다. 마치 방금 먹은 굴이 처음 몸에 새긴 문신이라도 된다는 듯이.

웰플리트 Wellfleet 같은 이스트 코스트 굴은 지갑에 큰 타격

내 영혼의 델리카트슨

을 준다. 뉴올리언스에서 먹는 식으로, 그러니까 더 크고 덜 섬세한 걸프 코스트 ^{Gulf Coast} 굴을 개당 1달러에 먹는 식으로 웰플리트를 먹을 수는 없다. 루이지애나주 굴은, A. J. 리블링의 인상적인 표현을 빌리자면 "재산이 적당히 있는 사람에게 주어지는 위안"이다. 루이지애나주의 굴 문화는 장난이 아니다. 마이클 온다치가 쓴 최고의 소설 《커밍 스루 슬로터 ^{Coming Through Slaughter}》는 선구적인 코넷 연주자인 버디 볼든에 관한 작품이다. 소실에는 나이트클럽 상면이 나오는데, 거기서 '굴 댄서 올리비아'로 알려진 여자는 "생굴을 이마 위에 올린 후 몸을 뒤로 젖히고 온몸을 흔들며 춤을 춰서 생굴을 떨어뜨리지 않고 아래로 흘러내리게 한다. …… 그러고는 발로 차서 허공에 띄운 후 이마로 받아내고서 다시 그 춤을 반복한다". 나는 뉴올리언스에 머무는 동안 그런 굴 댄서를 보고 싶었으나 찾을 수 없었다.

소설 속에서 굴을 좋아하지 않는 인물은 예외 없이 촌뜨기로 그려진다. 그것은 거의 도덕적 결점으로까지 여겨진다. 하지만 모든 사람이 굴을 좋아하는 것은 아니다. 나보코프도 굴을 좋아하지 않았다. 《위대한 산티니 ^{The Great Santini}》에서 불 미첨은 굴을 "껍데기를 씌운 콧물"이라고 말하며 만인을 대변한다. [미국의 작가] 로이 블런트 주니어는 오직 "튀긴" 굴만 좋아한다고 썼다. "그래야 굴이 진짜 죽었다고 확신할 수 있으니까." 상한 굴을 먹는 일은, 드물긴 하지만, 악몽이나 다름없다. [17세기 영국의 정치인] 새뮤얼 피프스는 일기에 이렇게 썼다. "속이 메스꺼워서 굴을 다 토해냈고, 그러자 괜찮아졌다." 적지 않은 수의 작가들이 굴에 대한 어떤 연민을 드러내기도 했다. 패짓 파월은 《의문형》에서 이렇게 물었다. "당신은 굴에게 다른 장기 외에 심장도 있다는 사실을 알고 있는가?" 펠럼 그렌빌 우드하우스는 "이 불행한 쌍각류 조개에게 삶이란 끝없는 고난의 연속일 게 분명하다"라고 썼다. 에드워드 세인트 오빈은 《나쁜 소식》의 결정적 장면에서 이렇게 쓴다. "완전히 노출된 채 넓고 창백한 하늘 아래 다시 설 때의 충격. 위에서 레몬즙이 떨어질 때 굴이 느끼는 기분이 분명 이럴 것이다."

*****

굴에 대한 사랑은 결국 내게 타격을 입혔다. 삼십 대 때 《뉴욕타임스》에 갓 입사했을 무렵, 나에게는 퇴근 후 치르는 의식이 있었다. 일주일에 한 번씩, 밤에 그랜드 센트럴 역에서 기차를 타기 전에 복싱 바^{boxing bar}인 지미스 코너^{Jimmy's Corner}에 들러 마티니 한 잔을 마시곤 했다. 바텐더인 마이크는 소설가 존 가드너와 함께 공부한 적이 있었고 언제든 술처럼 따를 수 있는 훌륭한 이야기를 잔뜩 알고 있었다. 그러고서 나는 그랜드 샌트럴 오이스터 바^{Grand Central Oyster Bar}에 들러 와인 한 잔과 함께 코투잇^{Cotuit} 굴이나 맬펙^{Malpeque} 굴 십여 개를 먹었다. 집에 돌아오면 아내는 스테이크에 대한 첫 번째 요리책의 레시피를 만들고자 애쓰고 있었다. 진, 와인, 굴, 고기. 그것은 나처럼 유전적으로 통풍에 잘 걸리는 사람에게는 치명적인 조합이었다. 가슴 아프게도 당시에는 그 사실을 알지 못했지만.

통풍gout이라는 말은 중세 시대나 톨킨의 소설 속 미들어스Middle-earth에서 유래한 말처럼 들린다. 차라리 그랬으면 좋겠지만 통풍은 염증성 관절염의 일종이다. 식습관이나 유전적 요인으로 인해 혈중 요산 수치가 높아지면 그 요산은 결정을 이룬다. 이 결정은 관절, 주로 엄지발가락 쪽으로 향한다. 일단 그곳에 자리를 잡으면 결정은 정신 나간 포위전이라도 치르듯 그 자리에 오래도록 머문다. 통풍 발작에 대한 고전적인 묘사는 영국 의사 토머스 시드넘이 1683년에 쓴 글에서 찾아볼 수 있다. "환자는 건강한 상태로 잠자리에 든다. 하지만 새벽 2시쯤 엄지발가락에서 발생한 극심한 고통으로 잠에서 깬다. …… 처음에는 어중간했던 고통이 점점 더 격렬해진다. …… 이제 그것은 인대가 당겨지고 찢어지는 듯한 지독한 고통이다. 물어뜯는 고통, 압박하고 조이는 고통이다. 환부의 감각은 너무나도 예리하고 민감해져 침구의 무게도, 방 안을 걷는 사람이 일으키는 진동도 견딜 수 없을 지경에 이른다."

나는 처음으로 통풍 발작을 겪었던 순간을 이십 년 전이 아니라 불과 이십 분 전의 일처럼 똑똑히 기억한다. 때는 한밤중으로, 앞에서 설명한 저녁 의식을 마치고 잠든 후였다. 나는 내 발을 가로지르며 울려 퍼지는 비명에 잠에서 깨어났다. 오른쪽 엄지발가락은 체리처럼 붉게 부풀어 올라서 꼭 광대의 코처럼 보였다. 누군가가 불카누스[27]처럼 납작한 못을 들고 발가락 한가운데에 박아버린 듯한 기분이었다. 발가락 위로 미풍만 불어도, 침대 시트에 스치기만 해도 아기처럼 훌쩍거렸다. 수많은 남자들이—통풍은 주로 남자를 괴롭히지만 여자도 그것의 파괴적 행위에서 완전히 자유롭진 않다—그 고통을 묘사하려 애써왔다. [미국의 소설가] 로버트 스톤도 통풍으로 괴로워했고, 조지프 콘래드, 마크 트웨인, 헨리 제임스, 어니스트 헤밍웨이, A. J. 리블링, 칼 마르크스, 리처드 버튼, 그리고 존 업다이크의 소설 속 인물인 헨리 벡도 마찬가지였다. 벤저민 프랭클린은 통풍을 주제로 한 대화체 작품을 썼는데, 그 작품에서 그가 가끔 내뱉을 수 있는 말은 "어! 오! 어!"가 전부였다.

너새니얼 호손은 통풍의 통증을 엄지손가락 고문 기구로 엄지발가락을 죄는 고통에 비유했다. 《파리대왕》의 작가 윌리엄 골딩은 유쾌하게 섬뜩한 《뉴요커》 만화가를 언급하며, 통풍의 고통이 "찰스 애덤스의 만화에서 튀어나온" 듯한 종류의 것이라고 말했다. 짐 해리슨은 그 고통을 누군가가 소음기를 단 총으로 발가락을 쏜 느낌에 비유했다. "욕실로 절뚝이며 걸어가면서 젊었을 때 잃은 반려동물의 이름을 부르게 되는" 그런 종류의 괴로움이라고 그는 썼다. 소설가 제프 니컬슨이 '통풍

---

27   로마신화에 등장하는 불과 대장장이의 신.

커뮤니티'라고 부른 것에 자신도 속한다고 고백하는 데는 어느 정도의 용기가 필요하다. 통풍은 사실과는 무관하게도 살찐 부자들이 걸리는 병이라는 평판을 얻었다. '딕 체니[28]는 통풍 환자'라는 식으로 말이다. 사람들은 통풍 환자를 좀처럼 안쓰럽게 여기지 않는다. 그러는 대신 웃음을 참는다. '그래, 자업자득이지'라고 생각하는 것이다.

독자들이여, 그것은 자업자득이 맞다. 물론 내가 짊어진 유전적 짐으로서의 카드 한 벌에 들어 있는 이 조커 카드는 일정 부분 내 아버지에게서 온 것이기도 하다. 아버지도 통풍 환자였다. 하지만 나는 대식가이고, 엘 그레코[29]풍의 마른 체형을 지닌 적도, 운동을 해야겠다는 강한 충동을 느낀 적도 없다. 의사들이 통풍 환자에게 피하라고 권하는 음식 목록은 한밤의 훌륭한 외식 메뉴처럼 들릴 뿐이다. 이를테면 안초비, 송어, 베이컨, 송아지 고기, 아스파라거스, 콩팥, 거위, 가리비, 뇌, 게, 오리, 장어, 혀, 양곱창, 그리고 거의 모든 종류의 술 같은 것 말이다. 통풍 발작이 올 때마다 비록 다른 맥락이었지만 이브 배비츠가 "지저분한 과잉 흥청망청 상태"라 일컬은 것에 대한 나의 책임을 인정했다.

지금은 통풍이 사라졌다. 여러 해 동안 발작 없이 지내왔

---

28   Dick Cheney, 미국의 제46대 부통령.

29   El Greco, 16세기 스페인의 화가. 원근법이나 해부학에 개의치 않는 독특한 화풍으로 바로크 미술에 영향을 미쳤다.

다. 매일 복용하는 기적의 알약인 알로퓨리놀 덕분이다. 아라빈드 아디가는 소설《선택의 날 Selection Day》에서 "오직 아픈 사람만이 나머지 세상이 얼마나 따뜻하고 환한 곳인지 알 때가 있다"라고 썼다. 이런 교훈을 주었기에, 통풍이여, 내가 받은 천벌이여, 나는 네가 고맙다.

어떤 면에서 나라는 존재는 늘
걸스카우트 쿠키[1]로 가득 채워져 있다.
—테런스 헤이스,
《나의 과거와 미래의 암살자를 위한 미국 소네트
American Sonnets for My Past and Future Assassin》

---

1   미국의 걸스카우트 연맹에서 기금 마련을 위해 매년 판매하는 쿠키.

식료품점에 가서 몇 가지만 사 오자. 지금 나는 추리닝 바지와 낡아빠진 카디건에 슬리퍼 차림이니 오래된 원수이자 친구인 사람과 마주치지 않기를 바랄 뿐이다. 나는 늦은 아침에 마트에 가길 좋아한다. 사람이 별로 없어 통로가 반짝이고 진열대가 새로 채워진 시간 말이다. 심지어 동네의 스톱 앤드 숍^{Stop &} ^{Shop}도 오전 11시면 어느 정도 수준이 되는 초현실주의 작품의 한 장면처럼 보인다. 아침에 장을 보면 집으로 돌아와서 나중에 수확할 몇 가지 희망의 씨앗(양념에 재우기, 소금물에 절이기, 해동하기)을 뿌릴 수 있다. 이런 부차적인 활동은 하루의 배경에서 계속 뭉근히 끓으며 미래의 가능성을 키워준다. 만일 친구로부터 나쁜 소식을 전해 들었거나 도저히 감당하기 어려운 청구서를 받았다면, A. J. 리블링의 다음과 같은 지혜로운 말을 떠올려보자. "어려운 시기에 하는 훌륭한 식사는 늘 그만큼 우리를 불행에서 구해준다." 오늘은 아침에 장을 보기 어렵게 됐으니(원고 마감 때문에) 오후에 장을 봐야겠다.

시그리드 누네즈의 소설 《어떻게 지내요》 속 화자는 요즘 마트의 통로가 너무 길고 차가워서 스케이트를 타고 미끄러지듯 나아가면 짜릿할 것 같다고 생각한다. 나는 꿈속에서 이런 식으로 마찰 없이 자유롭게 활주해본 적이 있다. 마치 하늘을 나는 꿈을 꿀 때 그러하듯이 말이다. 존 업다이크는 단편 〈A&P〉에서 "가게 전체가 하나의 핀볼머신 같았다"라고 썼다. 우리는 통로에서 누가 나타날지 — 나타나는 이가 학자금 대출 상담원일지, 잠시 잃어버렸던 어린아이일지, 좀비일지 — 결코 알 수 없다.

장을 보러 갈 때 마음속으로 데려가는 작가는 바로 에밀 졸라다. 1873년에 출간된 그의 《파리의 배^{The Belly of Paris}》는 서양 문학이 낳은 위대한 식료품 소설이다. 그것은 세상에 둘도 없는 작품이다. 소설의 배경은 주로 레알^{Les Halles}, 즉 지금은 사라진, 여기저기로 뻗어 있는 파리의 시장이다. 주인공 플로랑은 부당하게 수감되었다가 탈옥한 후 레알에서 생선 검사원으로 일하는 인물이다. 소설은 정치적 칼날 위를 아슬아슬하게 나아간다. 마른 체형에 시적인 인물인 플로랑은 부르주아 사회와 토실토실해진 대중의 자기만족에 넌더리를 낸다. "존경할 만한 사람들이라니 …… 그냥 개자식이나 마찬가지지!"라고 그는 생각한다. 하지만 고동치는 심장과도 같은 소설의 핵심은 졸라가 묘사한 싱싱하고 웃기고 에로틱한 레알의 풍요로움에 있다. 치즈, 샤퀴테리,[2] 내장, 사냥한 새, 그리고 산더미처럼 쌓인 검은 무와 산호색 당근 같은 것들. 이 책에서는 저녁 대화도 겨울철 고기 염장 등의 주제로 흘러가고, 심지어 새벽 공기마저도 "발사믹 향"을 풍긴다.

실제로 졸라와 함께 장을 봤다면 어땠을까? 그는 과일 및 채소 코너의 대장이었다. 《뉴욕타임스》의 비평가 아나톨 브로이어드가 출간한 서평집 제목은 《책에 흥분하다 Aroused by Books》였다. 졸라는 과일에 흥분했다. 《파리의 배》에서 그는 사과를 "피어오르는 가슴의 불그레한 빛"으로 묘사했다. 복숭아 껍질은 "흑갈색 머리 여자의 목덜미" 같다고 했다. 졸라는 치즈 코너에서도 극도로 흥분했다. 둥그런 그뤼에르 치즈 한 덩이는 "어떤 야만족 전차에서 떨어져나온 바퀴"처럼 보였다. 둥근 브리 치즈는 "더 이상 존재하지 않는 구슬픈 달"이었다. 시장의 에로티시즘을 잘 활용한 사람이 졸라뿐인 것은 아니다. 앨런 긴즈버그는 〈캘리포니아의 슈퍼마켓 A Supermarket in California〉에서 관음증 환자 같은 태도로 월트 휘트먼에 관해 썼는데, 휘트먼 또한 관음증적인 면이 있는 사람이었다.

---

2   charcuterie, 햄, 소시지, 파테 등의 콜드미트를 총칭하는 말.

나는 당신을 보았습니다, 월트 휘트먼, 무자식에 늙고 외로운
탐색자, 냉장고 속 고기를 뒤적거리며 식료품점 소년들을
쳐다보는 당신을.

나는 당신이 일일이 물어보는 것도 들었습니다:

이 돼지갈비는 누가 손질한 거니? 바나나는 얼마지? 너는
내 천사니?

프랜 로스는 신랄하게 웃긴 소설 《오레오^{Oreo}》에서, 재고
가 잘 채워진 마트에서 통제력을 상실한 화자의 기분을 거의
성적인 용어로 넌지시 이야기한다. [미국의 소설가] 브루스 제
이 프리드먼은 회고록 《운 좋은 브루스^{Lucky Bruce}》에서 눈부신 젊
은 엄마들, 그러니까 그 "오후 5시에 우리 동네 홀 푸드^{Whole Foods}
에 모이는 가정 파괴자들" 곁에서 쇼핑할 때 느끼는 발작적 고
통을 묘사했다.

지금 나는 장바구니 리스트를 들고 있다. 입에는 펜을 물
고서. 펜은 틀림없이 제대로 써지지 않거나 바닥에 떨어져서
빵가루 같은 먼지 속으로 굴러갈 것이다. 또한 장바구니 리스
트에서 가장 중요한 항목도 품절 상태일 것이며, 그래서 마지
막 순간에 리스트를 대대적으로 수정해야 할 것임이 틀림없다.
몇몇 유명한 장바구니 리스트가 있다. 아직 남아 있는 미켈란
젤로의 장바구니 리스트도 그중 하나다. 1518년 봄에 그는 빵,
신선한 안초비, 와인을 사려고 했다. 1609년에 갈릴레오가 작

성한 장바구니 리스트도 남아 있는데, 편지 뒷면에 적은 것이다. 갈릴레오는 무엇보다도 쌀과 향신료와 설탕을 사고 싶어 했다. 어쩌면 라이스 푸딩이 먹고 싶었던 건지도 모르겠다. 나는 기억할 만한 식사를 위해 작성했던 장바구니 리스트를 간직하곤 한다. 그걸 요리책이나 소설책 뒤쪽에 끼워둔 후 여러 해 뒤에 발견하고는, 왜 크리와 내가 모든 음식에 돼지고기 옆구리살을 넣으려고 했던 건지 의아해하곤 한다.

⁎⁎

우리는 과일 및 채소 코너로 미끄러져 들어간다. 공기로 이루어진 쿠션 위에서 미끄러지는 테이블 하키 퍽^{puck}처럼. 그곳은 다정한 산업 요양원 같다. 모든 게 생명 유지 장치의 도움을 받고 있다. 전진하는 나의 발걸음은 보통 추한 오렌지색 스티커가 붙어 있는 수박들이 이룬 요새에 가로막힌다. 나는 수박을 잘 고를 줄 몰라서 가족에게 비웃음을 사곤 한다. 내가 집으로 들고 오는 수박은 쪼개보면 허옇고 부실해서 버림받아 마땅한 것들이다. 쓰레기통 안을 들여다보며, 예전에 받았던 조언을 떠올리려 애쓴다. "주먹으로 살짝 두드렸을 때 가장 낮은 음을 내는 것, 즉 속이 가장 빈 것을 골라라"라고 헨리 데이비드 소로는 썼다. "오래되거나 익은 수박은 베이스 음을 내고, 덜 익은 수박은 테너나 팔세토 음을 낸다." 팔세토? 그렇다면 본 이베어[3] 수박은 조심하도록 하자!

수박 어드바이저를 고용할 수는 없을까? 엘리프 바투먼은 회고록 《사로잡힌 사람: 러시아 책과 그것을 읽는 사람과 함께한 모험 The Possessed: Adventures with Russian Books and the People Who Read Them》에서 한 청년을 만나 이런 말을 듣는다. "좋은 수박은 햇빛에 놓여 있었음을 보여주는 오렌지색 반점이 있어야 하고, 덩굴에서 자연스럽게 떨어졌음을 보여주는 마른 배꼽이 있어야 해요. 오른손으로 두드렸을 때 그 울림이 왼손까지 전해져야 하고요. 껍질의 경우, 중요한 건 색깔 자체가 아니라 서로 다른 색의 대비예요." 그래서 나는 두드린다. 그리고 색의 대비를 유심히 살핀다. 나는 이런 문제에서는 러시아인들의 말에 귀를 기울인다. 재닛 맬컴이 《포레스트 힐스의 이피게니아 Iphigenia in Forest Hills》에서 말했듯이, "러시아 스토리텔링의 핏속에는 과일에 대한 감식안이 흐른다".

최고의 수박은 노점상에서 구할 수 있다. 이 달콤한 수박은 대체 어디서 산 거냐고 물으면 내 딸은 이렇게 말한다. "길에서 산 거야." 그 애는 크리가 "들판의 흔적"이라고 부르는 것을 찾을 줄 안다. [미국의 요리 역사가] 제시카 해리스는 《사치스럽게 High on the Hog》에서, 브루클린 베드퍼드스타이브슨에서 자라

---

3   Bon Iver, 미국의 인디 포크 밴드 본 이베어의 프런트맨 저스틴 버논은 팔세토, 즉 가성으로 유명하다.

    내 영혼의 델리카트슨

던 시절 거리에 있던 행상인을 떠올린다. 해리스는 행상인이 "당신의 여자처럼 달콤한 수박"이라고 써놓은 간판을 아주 좋아했다. 오드리 로드는 《자미》에서 할렘에서 자란 어린 시절과 "슬레이트로 된 옆부분에 여전히 남부의 흙먼지가 묻어 있는 낡아빠진 나무판 픽업트럭"에서 팔던 수박을 본 기억을 떠올린다. "그 픽업트럭에서는 야구 모자를 거꾸로 쓴 앙상한 흑인 청년 하나가 몸을 내밀어 반쯤은 고함처럼 반쯤은 요들송처럼 '수우우우우우—바아아아아악—이이이이이이—와았어요오오오오' 하고 외치곤 했다." 《자미》에서 그녀가 쓴 문장은 모두 이처럼 훌륭하다.

하지만 수박을 너무 좋아하진 말라. 코맥 매카시의 《서트리》에서 괴로움에 시달리는 농부는 이렇게 불평한다. "믿기 어려운 말이겠지만 …… 누군가가 내 수박을 범했어. …… 망할 밭 전체를 거의 다 범해서 망쳐놨다니까." 농부는 범인을 법정에 세운다. 혐의는 수간^{獸姦}이다. 하지만 범인은 풀려나서 이렇게 떠벌린다. "내 변호사가 그들에게 수박은 짐승이 아니라고 말했거든." 나는 늘 매카시의 저 장면이 엉뚱한 생각에서 비롯된 것이라고, 실제로 과일을 범하는 사람은 없으리라고 생각해왔다. 그러다가 유진 월터의 회고록 《달의 젖을 짜다^{Milking the Moon}》를 읽게 되었다. 월터는 남부 출신이며 대식가이자 《파리 리뷰》의 창립자였다. 그는 이렇게 썼다. "나는 수박을 범한 적이 없다. 하지만 나의 지인 가운데 수박을 범한 적이 없는 사람은 아무도 없다."

*
**

좋은 과일에 쉽게 접근할 수 있는 권리는 소설에서 오랫동안 사회적 지위의 표시로 다뤄져왔다. 너무 부드럽게 쓰여서 그 문장을 토스트에 발라 먹을 수 있을 정도의 책인 《위대한 개츠비》에서, 닉 캐러웨이는 부유한 새 이웃인 제이 개츠비에 대해 이렇게 말한다. "매주 금요일이면 뉴욕에 있는 과일 장수가 오렌지와 레몬 다섯 상자를 보내왔고, 매주 월요일이면 바로 이 오렌지와 레몬의 껍질이 반으로 잘린 채 그의 집 뒷문 쪽에 피라미드처럼 쌓여 있었다." 이 년 후인 1927년에 출간된 《등대로》에서 버지니아 울프는 너무 아름다워서 "바다 밑바닥에서 건져 올린 기념물"처럼 보이는 "포도와 배, 겉은 단단하고 속은 분홍빛인 조개껍질, 바나나가 배치된 장면"을 묘사했다.

필립 로스의 《굿바이, 콜럼버스》에 등장하는 똑똑하지만 볼품없는 화자 닐 클러그먼은 브렌다 파팀킨의 집에서 넘쳐나는 신선한 과일과 마주했을 때 자신이 사회경제적으로 그와 얼마나 다른 사람인지 깨닫는다. 래드클리프 대학에서 여름 방학을 맞아 집으로 돌아온 닐이 브렌다를 처음 만난 곳은 사촌이 다니는 교외 컨트리클럽이었다. 닐은 이렇게 말한다. "그 집 냉장고에서는 과일이 자랐고, 나무에서는 스포츠용품이 떨

　　　　내 영혼의 델리카트슨

어졌다." 두 사람은 춤추러 갔다가 브렌다의 부모님 집으로 돌아온다. "우리는 체리로 가득한 그릇을 들고 TV가 있는 방으로 갔다"라고 닐은 말한다. "그리고 한동안 게걸스럽게 체리를 먹었다. 그러다가 나중에 소파에서 사랑을 나누었고, 어두워진 방에서 화장실로 갈 때면 늘 맨발에 밟히는 체리 씨앗이 느껴졌다."

나는 사과 진열대 앞에서 걸음을 멈춘다. 그러고는 영국에서 콕스^{Cox}라고 불리는 콕스 오렌지 피핀^{Cox's Orange Pippin}이 있는지 유심히 살피는데, 아이리스 머독의 소설 《바다여, 바다여》의 화자가 그 사과에 사로잡혔기 때문이다. 그는 머독 자신이 그랬듯이 음식에 겸손한 사람이지만, 사과에 대해서만은 귀족적인 취향을 지녔다. 그는 이렇게 말한다. "내가 먹을 수 있는 사과는 콕스 오렌지 피핀밖에 없고, 따라서 4월에서 10월은 늘 사과에 대한 애도 기간이나 마찬가지다." 미국 슈퍼마켓에서 콕스를 한 번도 본 적은 없지만, 늘 촉각을 곤두세우고 있다. 사과를 먹을 때면 나 자신이 섬세하고 연약한 사람처럼 느껴지는데, 아내와는 달리 씨앗과 꼭지까지 전부 씹어 삼키지 않기 때문이다. 칼 오베 크나우스고르의 《나의 투쟁》 속 화자가 사과를 먹는 방식도 나와 같다. 크리는 파파야 씨는 물론이고 자두나 체리 씨까지 삼킨다. 씨를 뱉는 일은 그녀의 속사포처럼 빠른 즐거움에 방해가 될 뿐이다. 체호프는 1897년의 어느 편지에서 "나는 한 번에 체리 스무 개를 집어서 입안에 몽땅 쑤셔 넣는다. 체리는 그렇게 먹어야 더 맛있다"라고 썼는데, 그런 면에서 크리는 꼭 체호프 같다. 크리는 괴물이다.

감귤류 코너에서 나는 속살이 붉은 카라카라 오렌지 두 개를 집어서 카트에 담는다. 카라카라 오렌지는 폴라 월퍼트[4]의 검은 올리브가 들어간 모로코식 오렌지 샐러드에 넣으면 정말 별미다. 오렌지와 검은 올리브라니, 누가 상상이나 했을까? 애니아 시애즈들로의 탁월한 책《꿀의 날 Day of Honey》의 한 구절이 떠오른다. 그 책은 전시의 베이루트와 바그다드에서 살아가는 민간인에 대한 작품으로, 거기서 그녀는 이렇게 묻는다. "대체 어떤 신이 몸을 숙여서 한 인간의 귓가에 대고 가지 안에 호두를 넣으라고 속삭였을까?" 카라카라 오렌지는 크다. 제시카 미트퍼드의 어머니는 미트퍼드에게 아이를 낳는 일이 "콧구멍에 오렌지를 억지로 쑤셔 넣는 기분"이라고 말했다.

마크 트웨인은《해외의 부랑자 A Tramp Abroad》에서 1870년대에 스코틀랜드 해안에서 좌초한 스쿠너선에 대해 이야기한다. 배의 화물창에는 엄청난 양의 오렌지가 실려 있었다. 지역 주민들은 선장을 도와서 화물 대부분을 건져냈고, 선장은 그들에게 감사를 표하는 의미에서 오렌지를 원하는 만큼 가져가라고 말했다. 다음 날 선장은 그들에게 오렌지가 어땠느냐고 물

4　Paula Wolfert, 지중해, 특히 모로코 요리를 미국에 본격적으로 소개한 요리 작가.

　내 영혼의 델리카트슨

었다. 순간 침묵이 흘렀다. 마침내 누군가가 입을 열고 말했다. "구워도 질기고, 삶아도 배고픈 사람이 먹고 싶어 할 음식은 못 되더군요." 웨스트버지니아주 출신인 나로서는 이 이야기에 깊이 공감한다. 대공황 시절에 구호 열차가 자몽을 싣고 애팔래치아 지방으로 왔을 때, 사람들은 그것을 어떻게 해야 좋을지 몰랐다. 자몽을 날것으로 먹은 사람들은 오므라든 입이 다시는 펴지지 않을 줄 알았다. 아치 할아버지는 할아버지네 가족이 그것을 삶아보려고 했다고 내게 말했다. 얇게 썰어서 기름에 튀겨보았다고도 했다. 웨스트버지니아주 사람들의 문화적 기억은 오래간다. 자몽은 그곳에서 태양광만큼이나 인기가 없다.

자몽을 혐오하는 사람들은 영화 〈퍼블릭 에너미〉에서 지미 캐그니가 잔소리하는 메이 클라크의 얼굴에 자몽을 짓뭉개는 장면에 열광한다. 나는 문화적 충성심 때문에 자몽을 많이 먹지는 않는다. 크리는 테하노[5] 뮤지션을 알아보는 것처럼 '루비 레드', '플레임', '레이 루비', '품멜로 HB', '리오 스타' 같은 이름을 지닌 자몽 품종을 구분할 수 있는 감식가이다. 나는 망고를 좋아하지만 망고 껍질 알레르기가 있어서 그걸 먹으면 피부가, 특히 얼굴이 부어오른다. 망고를 생각하기만 해도 팔을 위아래로 미친 듯이 긁게 된다. 망고 구덩이에 던져지느니 차

---

5   Tejano, 멕시코와 미국의 영향이 혼합된 대중음악을 지칭한다.

라리 집게벌레 구덩이에 던져지고 말겠다.

*
**

나는 구멍 뚫린 플라스틱 용기에 담긴 블랙베리를 집으며 (이번만은) 곰팡이가 피었는지 확인한다. 나는 장을 잘 보는 기술을 아직 완전히 터득하지 못했다. 내가 아는 사람 가운데 장을 제일 잘 보는 사람, 혹은 적어도 그의 작품을 읽었을 때 가장 도움이 되는 사람은 넬라 라스트다. 라스트가 전시에 쓴 일기—내가 가지고 있는 판본 제목은 《넬라 라스트의 전쟁: 어머니의 일기, 1935-1945년^{Nella Last's War: A Mother's Diary, 1939–45}》—는 정말 훌륭하다. 그것은 감상적이지 않으며 실질적인 힘을 지니고 있다. 우리는 배급과 궁핍의 시기 동안 라스트가 영국에서 가족을 먹여 살리고자 노력하고 계획하는 모습을 본다. M. F. K. 피셔는 회고록 《나는야 미식가》에서 그와 비슷하게 장보기에 재능 있는 사람인 마담 비아르네가 프랑스 디종에서 장보는 모습을 묘사한다. "가게 주인들은 그녀가 오는 걸 보기만 해도 알아서 가격을 내렸다. 그런데도 그녀는 최고의 바나나를 조롱하듯 찔러보고는 따로 보관해둔 걸 보여달라고 요구하곤 했다."

크리도 그런 종류의 손님이다. 맨해튼 전체가 그녀의 뒷마당 같다. 크리는 코를 킁킁거리며 냄새를 맡고, 맛보고, 힐끗

 내 영혼의 델리카트슨

쳐다보고, 만져본다. 요구가 많지만 매력적이기도 해서, 정육점 주인들과 생선 장수들은 그녀에게 즉시 호감을 품는다. 나는 흥정을 할 수 있는 사람이 못 된다. 내가 코를 킁킁거리며 냄새를 맡고, 힐끗 쳐다보고, 만져보면 아무도 눈을 반짝이지 않는다. 가게 주인들에게 나는 그저 약간의 골칫거리일 뿐이다. 나는 크리처럼 꼼꼼하게 장을 보지 않고, 식료품 상인들도 이런 사실을 곧장 알아챈다. 나는 내가 《데이비드 코퍼필드》에 나오는 데이비드의 아내인 도라 스펜로우처럼 보일까봐 두렵다. 데이비드는 이렇게 말한다. "우리가 가게에 나타나는 것은 바로 하자품을 내놓으라는 신호나 마찬가지였다. 우리가 랍스터를 사면, 그건 물로 가득 차 있었다. 우리가 산 고기는 질겼고, 빵은 껍질이 거의 없었다." 나는 집으로 돌아가서 마음속으로 식료품 상인에게 보내는 강력한 항의 편지를 쓴다.

블랙베리는 시인들의 베리다. 셰이머스 히니는 〈블랙베리 따기 Blackberry-Picking〉에서 블랙베리에 여름의 피가 담겨 있다고 말했다. 유세프 코무냐카는 "블랙베리는 내 손을 인쇄업자의 손처럼 / 혹은 지문 채취 전의 도둑 손처럼 만들어놓았다"고 말했다. 실비아 플라스의 〈블랙베리 따기 Blackberrying〉에서 블랙베리는 불길한 예감과도 같은 것이다.

내 엄지손가락의 동그란 부분만 하고, 산울타리의

까만 눈처럼 말이 없으며, 푸르고 붉은 과즙으로

가득하다. 그 과즙을 블랙베리는 내 손가락에 흩뿌린다.

나는 이런 피의 자매결연을 부탁한 적 없건만, 이들은 나를
　사랑하는 게 틀림없다.

　여기 바나나가 고리에 매달려 있다. 토머스 핀천의 소설
《중력의 무지개》의 첫 문장은 유명하다. "하늘을 가로질러 비
명이 들려온다." 이것은 최초의 장거리 탄도 미사일, 이른바
'복수의 무기'라고 불리는 독일의 무시무시한 V-2 로켓에 대한
언급이다. 이 로켓은 강철 바나나에 비유되며, 연합군 측의 제
프리 ('해적') 프렌티스 대위는 온실에서 바나나를 기르는 것으
로 유명하다. 그 바나나는 너무 커서 송이가 샹들리에처럼 보
일 정도다. 프렌티스는 바나나 아침 식사로도 유명하다. 그는
바나나를 그릴에 굽고, 튀기고, 우유와 섞어 퓌레를 만들어 먹
을 만큼 바나나에 집착한다. 아침 식사 장면이 펼쳐진다. 그때
오스비 필이라는 요리사가 바나나 하나를 집어서 자신의 줄무
늬 파자마 바지 지퍼 사이로 끼워 넣는다. 그는 4분의4 박자에
맞춰 그것을 쓰다듬으며 노래를 부른다.

　바닥에서 엉덩이를 떼고 일어날 시간이라네,

　(바나―나를 먹자)

　이를 닦고 전쟁터로 어슬렁어슬렁 걸어가자.

　잠이 덜 깬 땅에 손 흔들어 작별을 고하고,

　　내 영혼의 델리카트슨

꿈에 키스로 작별을 고하고,

그레이블 양에게는 어쩔 수 없다고 전하게,

전쟁에서 승리하는 그날까지는, 오,

시비 스트리트[6]에서는 모든 게 멋지겠지

　(바나—나를 먹자)

스파클링 와인과 아주 달콤한 입술의 아가씨들—

하지만 아직도 싸워야 할 독일 놈이 한두 놈 남았다네,

그러니 우리에게 환히 빛나는 미소를 보여줘,

그러고는, 우리가 아까도 한번 넌지시 말했듯이—

그 망할 엉덩이를 바닥에서 떼고 이제 그만 일어나라고!

로켓은 실제로 땅에 떨어지지만 너무 먼 곳에 떨어져서 다친 사람은 아무도 없다. 경보가 울려 퍼진다. "바나나 아침 식사는 무사하다." 이는 식사가 우리에게 늘 전하는 메시지이기도 하다. 삶은, 적어도 당분간은, 계속될 거라는 메시지.

**

양파 앞을 지나며 리크[leek] 두 개를 카트에 담는다. 나는 리크로 요리할 때 윗부분을 잘라내서 창턱에 올려놓길 좋아한다.

6　Civvie Street, '민간인 거리', 즉 '민간인의 삶'을 뜻한다.

그러면 그 미친 듯한 곱슬머리가 하인리히 호프만의 동화책에 나오는 '더벅머리 페터'의 머리처럼 바람에 흩날린다. 그것은 덧없는 예술작품이다. 한 주나 두 주 정도 지속될. 나는 루꼴라를 집는다. 조너선 프랜즌의 소설 《인생 수정》에서 실패한 학자 칩은 "헨리 데이비드 소로의 문장처럼 맛이 너무 강해서 눈물이 찔끔 나게 만든" 루꼴라를 먹는다. 루꼴라는 1980년대 이전까지는 미국에서 잘 알려지지 않았다. 캘리포니아주 농부들은 루꼴라를 처음 재배하기 시작했을 때 가격을 얼마나 매겨야 할지 알 수 없었다. 크리의 아버지 브루스는 그들에게 유럽에서는 루꼴라 가격이 대략 담배 한 갑과 맞먹었다고 설명했다. [미국의 요리사] 조이스 골드스타인의 책 《캘리포니아주 음식 혁명 속으로 떠나는 여행Inside the California Food Revolution》에 따르면, 농부들은 그 말을 듣고 처음에는 루꼴라 가격을 브루스의 럭키 스트라이크 담배 가격으로 정했다고 한다.

　내가 거의 매일 먹는 신선한 샐러드에는 루꼴라(혹은 양상추)가 거의 들어가지 않는다. 얇게 썬 영국 오이에 방울토마토와 페타 치즈를 넣고 약간의 신선한 올리브오일과 소금과 후추를 뿌린 샐러드. 새뮤얼 존슨이라면 이 샐러드에 큰 감명을 받지는 못했을 것이다. 그는 이렇게 말했다. "오이는 얇게 썰어서 후추와 식초를 뿌린 다음 갖다 버려라. 그것은 아무짝에도 쓸모없는 것이니." 앤 비티는 자신이 먹을 마지막 식사에 엔다이브가 꼭 들어가야 한다고 말했는데, 저칼로리 방식으로 먹지는 않을 거라고 했다. "엔다이브를 반으로 갈라서 이파리 몇 개를 떼어낸 후 그 속을 트리플 크림치즈로 채워야 한다"고 그녀는 설명했다.

나는 주변을 살피며 물냉이를 찾는다. 이곳에서 물냉이는 한 번도 본 적이 없다. 내 휴대폰 어딘가에 앨리스 워터스의 저 유명한 물냉이 수프 레시피가 저장되어 있지만, 거기 생각이 미칠 때마다 물냉이를 찾지 못해 만들어볼 기회를 한 번도 얻지 못했다. 그 수프는 단순하고 만드는 데 비용도 얼마 늘지 않는다. 그럼에도 리처드 브라우티건은 《잔디밭의 복수 Revenge of the Lawn》에서 물냉이의 계급 정치학을 정조준했다. 그는 이렇게 썼다. "나는 물냉이를 볼 때마다, 그럴 일이 별로 없긴 하지만, 부자들을 떠올린다. 그들만이 물냉이를 살 수 있는 형편이 되는 것 같고, 물냉이가 들어가는 이국적인 레시피는 가난한 사람들 몰래 금고에 숨겨둔 것 같다."

양배추는 어쩐지 물냉이의 서민 버전 같다. 존 업다이크는 블라디미르 나보코프에 관해 쓴 글에서 이런 사실을 간파했다. 업다이크는 나보코프를 "미국 작가"라고 부르는 것은 잘못인 듯하다고 말했는데, 왜냐하면 미국 작가라는 표현은 "노먼 메일러나 제임스 존스처럼 충성스럽게 장미 대접을 받는 토종 양배추 작가들을 떠올리게" 하기 때문이다.[7] 나는 늘 양배추를 먹

---

7   나보코프는 장미처럼 섬세한 문체의 작가이기에 노먼 메일러나 제임스

고 있는 것 같은데, 언제나 끔찍한 양배추 수프 다이어트를 시작하고 있기 때문이다. 다이어트를 할 때면 살이 천천히 빠진다. 내가 킹슬리 에이미스 규칙를 준수하기 때문으로, 그것이 말하는 "다이어트의 첫 번째이자 유일한 조건은 술을 조금도 줄이지 말고 살을 빼야 한다는 것이다".

나는 사우어크라우트 냄새를 좋아한다. 그것은 물론 양배추로 만들어진 것이지만 보통 근처에 소시지가 있다는 사실 또한 의미한다. 조앤 디디온은 고전이 된 에세이 〈공책에 기록하는 일에 관하여On Keeping a Notebook〉에서 "왜 내 공책에 사우어크라우트 레시피가 적혀 있는 걸까?" 하고 물었다. 디디온은 그 레시피가 왜 거기 적혀 있는지 기억해내고, 에세이는 이렇게 끝난다. "처음 그 사우어크라우트를 만들었을 때, 나는 파이어 아일랜드에 있었고, 밖에는 비가 내리고 있었고, 우리는 버번을 잔뜩 마시고 사우어크라우트를 먹고는 10시에 잠자리로 갔고, 나는 빗소리와 대서양의 파도 소리를 들으며 안도감을 느꼈다. 나는 어젯밤 그 사우어크라우트를 다시 만들었지만 그때 그 안도감은 느껴지지 않았는데, 뭐, 그것은 또 다른 이야기다."

이는 매우 디디온적인 순간이다. 화려함(파이어 아일랜드)과 섹스(너무 많이 마신 버번)가 곁들여진, 일상에서의 위험을

존스처럼 토종 양배추 같은 거친 문체의 작가들과 같은 차원에서 논하는 것은 어불성설이라는 뜻이다.

 내 영혼의 델리카트슨

감지하는 그런 순간. 그녀가 자기 공책을 사실의 기록이 아니라 "누구는 거짓말이라고 부를 수도 있을 법한 것들"의 모음이라고 부른다는 사실을 떠올리면 저 구절은 두 배로 흥미로워진다. 나는 디디온이 "거짓말하고 있다"라고 말하려는 게 아니다. 하지만 사우어크라우트는 제대로 발효시키려면 몇 주까지는 아니더라도 며칠은 걸리는데, 그녀는 그것을 어느 비 오는 날 오후에 곧장 만들어낸 듯하다. 사실이야 어떻든 간에, 나는 디디온이 썰린 양배추를 충분히 빤히 노려봤다면 양배추가 몹시 당황한 나머지 그 자리에서 사우어크라우트로 변했을 거라고 믿는다.

나는 감자를 사랑하지만 가능하면 먹지 않으려 애쓴다. 물론 비트겐슈타인은 감자 껍질을 벗길 때 머리가 제일 잘 돌아간다고 쓰긴 했지만 말이다. 제시카 미트퍼드는 내가 가장 좋아하는 르포르타주 작품 중 하나인 《미국인이 죽는 법The American Way of Death》—분개, 위트, 상식이 그토록 잘 어우러진 작품은 드물다—에 수록된 어느 편지에서 감자가 관절염 민간요법에 사용된다고 했다. "감자를 브래지어 안에 넣으면 관절염은 그냥 사라져요"라고 그녀는 썼다. 적어도 그 방법은 그녀의 시어머니에게는 효과가 있었다. 미트퍼드에게 그 소식은 "상당히 놀라웠다". 그녀는 이렇게 썼다. "감자 입장에서 크게 신경 쓰이는 일이 아니었으면 좋겠네요."

******

"행복한 삶의 비밀 중 하나는 끊임없는 군것질이다"라고 아이리스 머독은 단언했다. 칩과 쿠키가 있는 2번 코너가 환히 빛나는 것은 그 때문이다. 어렸을 때 나는 트럼펫 모양의 옥수수 과자인 버글스Bugles를 정말 좋아했다. 우리는 버글스를 손가락 끝에 끼우고 마법사 흉내를 내곤 했다. 고등학교 시절, 여자친구가 버글스를 먹는 나를 보더니 무심코 이렇게 말해서 내 정신을 뒤흔들어놓았다. "버글스는 정액 맛이 나."

나는 칩을 잘 사두지 않는데, 시리얼처럼 금방 해치워버릴 게 뻔하니 말이다. 이 코너를 배회하며 좀 더 이국적인 과자를 찾아본다. 나는 영화 〈라이프 오브 브라이언〉에서 브라이언이 검투사 시합의 노점상으로 등장하는 장면을 좋아한다.

브라이언: 종달새 혀 있어요! 수달 코 있어요! 오셀롯 비장脾臟 있어요!

레그: 땅콩은 없나요?

브라이언: 땅콩은 없습니다, 죄송해요. 지금 있는 건 굴뚝새 간이랑, 오소리 비장이랑……

레그: 아니, 아니, 아니요……

브라이언: 그럼 수달 코 드릴까요?

레그: 그딴 로마 쓰레기는 됐어요!

　　내 영혼의 델리카트슨

주디스: 좀 더 제대로 된 음식을 팔지 그래요?

브라이언: 제대로 된 음식이라뇨?

레그: 그래요, 부자들이 먹는 그딴 제국주의 간식 같은 거 말고요!

브라이언: 아, 나를 비난하진 마세요. 나도 이걸 팔고 싶어서 파는 건 아니니까요!

레그: 알겠어요, 그럼 수달 코 한 봉지 주세요.

프랜시스: 두 봉지 주세요.

미국에도 좀 더 이국적인 자판기가 필요하다. 프랑스의 몇몇 작은 마을에서는 자판기로 신선한 바게트나 훌륭한 피자도 살 수 있다. 《뉴로맨서》의 작가 윌리엄 깁슨은 우리가 일본을 따라가야 한다고 생각한다. "도쿄의 자판기는 고독한 비밀의 도시를 만들어낸다"라고 깁슨은 썼다. "자판기에서만 물건을 구입하면 하루 종일 다른 인간과 눈을 마주치지 않고도 도쿄에서 살아가는 일이 가능하다."

아이들이 어렸을 때 나는 이기적인 목적으로 집에 생강 쿠키를 사둔 적이 있는데, 아이들은 그것을 먹지 않았기 때문이다. 다른 쿠키는 순식간에 사라지곤 했다. 점심 식사 후에 먹는 쿠키와 우유 한 잔은 쉬면서 낮잠에 드는 확실한 방법이다. 플래너리 오코너는 어느 일기에 이렇게 썼다. "오늘 나는 나 자신이 대식가임을 증명했다. 스카치 오트밀 쿠키와 에로틱한 생각의 대식가임을 말이다. 나 자신에 대해 더는 할 말이 없다." 오코너는 크고 아름다운 포식자의 이, 데이비드 보위의 송곳니를 지녔고, 나는 그녀가 그저 쿠키를 삼키기보다는 적들의 찌꺼기를 이쑤시개로 빼내는 모습을 쉽게 상상할 수 있다. 사람들은 늘 내게 홈메이드 오트밀 쿠키를 내놓는다. 영국 작가 조너선 미즈는 아주 웃긴 책 《주방의 표절자The Plagiarist in the Kitchen》에서 홈메이드라는 생각이 의문을 품게 한다며 이렇게 썼다. "대체 누구의 집에서 만들었단 말인가? 당신은 실제로 그 사람들의 집을 본 적이 있기나 한가?"

*
**

　나는 카트의 앞바퀴를 들고 유턴하며 조미료가 진열된 3번 코너로 들어간다. 나의 카트는 헬만스Hellmann's 병 뒷면을 유심히 살펴보는 덩치 큰 남자의 카트와 부딪힐 뻔한다. 미식가의 축 처진 턱살을 지닌 덩치 큰 남자다. '마요네즈'는 리처드 브라우티건이 가장 좋아하는 단어 중 하나였다. 그것은 그의 컬트적 고전인 《미국의 송어낚시》에 마지막으로 등장하는 단어다. 다음 이야기는 믿기 어렵겠지만 진짜 있었던 일이다. 나는 1990년에 설립된 벌링턴의 비영리단체 '브라우티건 도서관'의 창립 자원봉사자였다. 아무 판단 없이 받아준 미출간 서적만 진열해두는 도서관이었다. 리처드 브라우티건은 《임신중절》에서 이와 유사한 공간을 상상해낸 적이 있다. 우리 도서관에서는 작가들이 원고를 보내오면 명목상의 수수료만 받고 제본해서 서가에 꽂아 방문객이 볼 수 있게 해주었다. 북엔드는 마요네즈 병이었다. 방문객은 거의 아무도 없었다. 덕분에 나는 대출대 업무를 맡을 차례가 되면 샌드위치를 먹으며 서가를 급습할 수 있었다. 유감스럽게도 무더기로 쌓인 원고 가운데 차세대 제이디 스미스의 원고 같은 게 숨어 있는 것 같진 않았다. 브라우티건 도서관은 인터넷 시대를 이겨내지 못했고, 살아남았더라도 어차피 무의미해지고 말았을 것이다. 마지막으로 자원봉사 일을 하던 주에 나는 토머스 하디의 《캐스터브리지의 시장》을 읽었다. 책을 다 읽고는 책등에 쓰인 'Mayor(시장)'에서 'r'을 지워버리고 책을 다시 서가에 꽂아두었다.[8]

조미료 코너에 들어서면 소설가 에이미 블룸에 대한 질투심을 다시 떠올리지 않을 수 없다. 블룸은 그저 조미료 보관 용도로 주방에 냉장고를 하나 더 둔다고 썼다. 나에게도 조미료 전용 냉장고가 있다면 절반은 머스터드로 채우고 말 것이다. 만일 머스터드가 희귀했다면 우리가 그것에 거금을 지불했으리라는 사실은 굳이 소스타인 베블런을 읽지 않아도 알 수 있는 사실이다. 분명 머스터드 협회, 머스터드 잡지, 머스터드 블라인드 테이스팅 같은 게 생겼을 것이다. 로버트 메나세의 브

---

8   'Mayor'에서 'r'을 빼면 'Mayo', 즉 '마요네즈'가 된다.

뤼셀을 기반으로 한 정치소설 《캐피털The Capital》은 아주 훌륭한 책인데, 첫 문장인 "머스터드는 누가 발명했을까?"를 읽자마자 그렇다는 걸 알았다. 노먼 메일러는 에세이 〈슈퍼맨, 슈퍼마켓에 오다Superman Comes to the Supermarket〉에서 로스앤젤레스의 공기에 대해 불평했다. "동부 사람이 느끼기에 그곳에 부는 바람에는 소금기가 하나도 없다"라고 그는 썼다. 그는 그것이 "머스터드가 빠진 차이니스 에그롤" 같았다고 말했다.

하인즈 케첩은 늘 완고하게 제자리를 지킨다. 그것은 컨트리 라디오 방송만큼이나 대중의 취향에 영합하는 것이다. 미국 음식 에세이에서 다루는 식탁에서의 성장담이란 종종 케첩과의 느린 결별에 관한 이야기다. 캘빈 트릴린은 자기 딸 중 한 명이 처음으로 케첩을 찾았던 긴장된 순간을 회고한 적이 있다. "케첩을 어떻게 안 거니?" 그의 아내인 앨리스가 물었다. 트릴린이 대신 대답했다. "아마 길 아래쪽에 사는 거친 애들이 알려줬겠지. …… 어쩌면 이제 걔네들이랑 못 놀게 해야 할지도 모르겠어." 회고록 《가만히 있어요》에서 샐리 만은 《타임스 매거진》 기자 앞에서 "케첩은 저속하고, 나는 아이들을 저속하게 키우지 않을 거예요"라고 단언했다가 거센 반발에 시달린 일화를 이야기한다. 여러 해가 지난 후에도 그녀의 목소리는 여전히 떨린다. "나는 레드 와인을 두 잔쯤 마신 상태에서 케첩에 대해 더없이 자조적이고 경박한 발언을 했다는 이유로 엄청난 비난을 당했다"라고 그녀는 썼다. 나는 세 가지 음식, 즉 프렌치프라이, 미트로프, 아침 식사용 해시에만 케첩을 뿌리고, 이 세 음식 모두를 늘 즐거운 마음으로 기다린다. 내게는 아침에 먹는 샌드위치에 케첩을 들이붓는 친구가 한 명 있는데, 점심시간까지 그를 피한다. 그 친구는 배리 해나의 단편소설에 나오는, 밥에 케첩을 뿌려 먹는 익살꾼 같다.

이러다 늦겠다. 몇 개만 더 집어보자. 여기 피클이 있지만 내가 찾는 피클은 없다. 냉장 코너에 있는 클라우센^{Claussen} 피클 말이다. 존 업다이크는 피클파였다. 뉴욕시의 델리[9]에 대해 그는 이렇게 말했다. "그런 곳에서 파는 샌드위치에는 보통 세 사람은 족히 먹을 수 있을 만큼 많은 양의 고기가 들어 있다. 그리고 그 피클들. 다들 알다시피 세상에는 피클을 먹는 사람과 피클을 먹지 않는 사람이 있는데, 나는 피클을 먹지 않는 사람이 남긴 피클을 먹는다. 심지어 다른 사람의 피클을 훔쳐 먹기까지 한다." 제임스 비어드는 1995년에 쓴 편지에서 "내가 얼마나 피클에 환장하는지^{queer} 너도 알잖아"라고 했다. 《워싱턴 포스트》의 편집장이었던 벤저민 브래들리는 자기네 신문의 푸드 섹션에 실린 의도치 않은 야한 제목을 아주 좋아했는데, 병조림을 다룬 그 기사의 제목은 바로 "당신도 직접 피클을 담글 수 있습니다^{You Can Put Pickles Up Yourself}"[10]였다.

---

9   deli, 간단하게 먹을 수 있는 음식을 파는 곳.
10   'put up'은 '~을 세우다'를 뜻하기도 하는 표현으로 '발기'를 연상시킨다.

어떤 불가피한 이유에서 피클과 복수는 늘 같이 다니는 듯하다. 아마 둘 다 염장과 관련이 있어서 그런 게 아닐까 싶다. 영화로도 만들어진 소설 《양들의 침묵》에는 잘린 머리가 게필테 피시[11]처럼 피클 병 안에 처박혀 있는 장면이 등장한다. 영화 〈마스크 오브 조로〉에 등장하는 잊지 못할 한 장면에서, 안토니오 반데라스는 형의 머리를 절인 소금물을 강제로 마신다. 기예르모 스티치의 과감한 풍자소설 《오줌의 호수^{Lake of Urine}》에는 수백 병의 홈메이드 피클을 지하실에 보관한 남자가 등장한다. 그는 숨겨둔 피클을 자랑스러워한다. 그러나 그의 적은 피클 주인의 수많은 결점을 하나씩 적은 쪽지를 병마다 집어넣어서 피클을 모두 망쳐놓는다. 그러고는 피클 병을 접착제로 다시 밀봉해버린다.

살만 루슈디의 소설 《한밤의 아이들》에서 피클 절임은 역사와 스토리텔링의 확장된 은유로 사용된다. 화자인 살림 시나이는 피클과 처트니[12] 공장의 운영자다. 그는 인도가 분리 독립한 직후에 태어났다. 살림은 그가 쓰는 책의 각 장을 피클 병에 담고 라벨을 붙인 후 언젠가 자기 아들이 그것들을 발견하게 되길 바란다. 그는 자신이 생각하는 "역사의 처트니화^化"에 관해 이야기한다. 소설의 마지막 장에서 살림은 중요한 순간

---

11   gefilte fish, 송어나 잉어에 달걀, 양파 등을 섞어 수프로 끓인 유대 요리.

12   chutney, 달콤하고 매운 인도의 조미료.

    내 영혼의 델리카트슨

에 주제에서 벗어나 피클 절임의 본질에 대해 숙고한다. "처트니를 만들려면 무엇이 필요한가?" 그는 묻는다. "당연히 원재료가 있어야 한다. 과일, 야채, 생선, 식초, 양념. 사리^{sari}를 다리 사이에 추켜올리고 매일 찾아오는 콜리 여인들. (이를테면 그의 코 같은) 오이, 가지, 민트." 루슈디는 우리가 거의 모든 것을 피클로 담글 수 있을 수 있다는 사실을 상기시켜준다. [미국의 가수] 그레그 올맨은 회고록 《내가 짊어진 십자가^{My Cross to Bear}》에서 어리사 프랭클린이 호텔 로비에서 밍크코트를 걸치다가 족발 피클이 담긴 5갤런짜리 항아리를 바닥에 떨어뜨렸던 밤을 떠올린다.

*
**

여기 4번 코너에는 소금, 향신료, 층층이 쌓인 오일, 그리고 핫소스가 있다. 나는 소금을 너무 좋아해서 거의 항상 음식 맛도 보기 전에 소금부터 뿌리는데, 아직 후회한 적은 한 번도 없다. 나의 건강 상태에서 그나마 봐줄 만한 것 중 하나가 바로 저혈압이다. 나는 음식 관련 작가인 고^故 조시 오저스키의 햄버거 레시피를 읽고 그의 팬이 되었다. 오저스키는 이렇게 썼다. "소금을 자유롭게 뿌려라. 그러니까 노엄 촘스키처럼 자유롭게^{liberally}[13] 말이다." 셰프들은 손님이 서빙하는 사람에게 소금을 달라고 요청하면 싫어한다. 언젠가 크리와 나는 셰프 와일리

뒤프렌이 WD-50 이후에 로어 맨해튼에 연 레스토랑 중 한 곳에서 소금을 요청한 적이 있다. 그러자 셰프 본인이 주방에서 쿵쿵거리며 걸어 나와 우리를 쳐다봤다. 우리는 친밀감 아래에 숨어 있는 적의를 똑똑히 느낄 수 있었다. 달리 무슨 말을 할 수 있었겠는가? 그가 만든 음식은 정말로 소금이 필요했다.

웨스트 코스트의 셰프 제러마이아 타워는 《테이블 매너 Table Manners》라는 에티켓 관련 책에서 레스토랑에서의 소금과 후추 사용에 대해 이렇게 쓴다. "만일 훌륭한 셰프라면 음식이 주방에서 나오기 바로 전에 소금과 후추를 뿌릴 것이다. 그렇지 않은 경우라면, 셰프를 모욕하게 될지도 모른다는 걱정은 접어두라. 돈을 내는 건 당신이다. 소금과 후추 그라인더를 달라고 말하라." 유진 월터에 따르면, 트루먼 커포티는 자신을 불쾌하게 만든 웨이트리스에게 복수하기 위해 레스토랑에 있는 모든 소금통 뚜껑을 헐겁게 돌려놓았다고 한다. 다이너에서 검은 후추를 사용할 때 나는 우선 셰이커 뚜껑을 열어서 손바닥 위에 조금 붓는다. 그래야 방해받지 않고 후추를 실제로 원하는 만큼 뿌릴 수 있다. 주방에서 전해 내려오는 속설에 따르면, 갓 베인 상처에 검은 후추를 바르고 압박하면 출혈이 멈춘다고 하는데, 아직 시도해본 적은 없다.

---

13 '아낌없이'를 뜻하기도 한다. 노엄 촘스키가 진보적인liberal 인사라는 데 착안한 언어유희.

 내 영혼의 델리카트슨

"우리는 우리 몸에서 생겨나는 소금을 맛보는데, 그것이야말로 세상에서 가장 맛있는 소금이다." 이창래는 《타국에서의 일 년》에서 그렇게 썼다. 정말 훌륭한 음식 중 하나는 좋은 버터를 바르고 소금을 뿌린 무다. 언젠가 크리는 달리기를 하고 돌아와 가슴에서 땀이 마르며 생겨난 소금에 무를 문질러서 먹었다. 섹시한 순간이었다. 우리는 쉽게 사용할 수 있게 소금을 셰이커나 양념 수납장에 보관하지 않고 작은 그릇에 담아 두길 좋아한다. 당신은 앤 타일러가 《우연한 여행자The Accidental Tourist》에서 묘사하는 종류의 주방, 즉 "너무나도 완벽히 알파벳 순으로 정리되어 있어서 개미약ant poison 옆에 올스파이스allspice[14]가 놓여 있는" 그런 주방은 원치 않을 것이다. 업다이크는 타일러의 열렬한 팬이었지만, 《뉴요커》의 한 서평에서 그런 일은 일어날 법하지 않다고 꼬집으며 타일러의 문장을 비판했다.

대부분의 식료품점에서 향신료는 시대에 뒤떨어진 표현인 '세계international' 식품 코너 근처에서 찾을 수 있다. 그 코너는 예전보다 나아지긴 했지만, 그 표현이 완전히 사라지는 날에야 정말로 좋아졌다고 말할 수 있을 것이다. 먹는 사람으로서, 읽는 사람으로서 지난 수십 년 동안 살아오며 정말 좋았던 일 중 하나는, 미국인의 미각 발전과 그 미각에 관한 역사와 문학의 발전이었다. 그것은 어쩔 수 없는 상황 때문에 잃어버린 무언

---

14   올스파이스 열매를 말린 향신료.

가를 음식으로써 되찾으려는 이민자들에 관한 문학이다. 그것은 여성, 유색인종, 불완전한 교육을 받은 요리사 같은 전통적 아웃사이더들을 다시 역사에 편입시키는 일이었다.

줌파 라히리는 젊은 시절 먹었던 고향 음식을 그리워하는 벵골 출신 부모와 함께 로드아일랜드주에서 자란다는 게 어떤 일이었는지 정확하게 써왔다. 라히리의 아버지에게는 고향을 방문할 때마다 들고 가는 '음식용 여행 가방'이 있었다. 그는 며칠에 걸쳐 장을 보며 그 가방을 천천히 채워나가곤 했다. 라히리는 이렇게 썼다. "다량의 렌즈콩과 상상할 수 있는 모든 향신료가 오래된 사리를 찢어서 만든 몇 겹의 주머니에 담긴 채 각각 그 가방 안으로 들어갔다. 또 하얀 양귀비씨, 대추야자를 끓여서 졸인 덩어리, 가능한 한 많이 챙긴 가네시Ganesh 머스터드 오일 통도 들어갔다. 그리고 특별한 날에만 끓이는 라프추Lapchu 차, 고빈다Govinda 신에게 바치기에 적합하다고 해서 그런 이름이 붙은 검은 껍질의 고빈도보그Gobindovog 쌀 포대도 들어갔다. 비베카난다 로드와 콘월리스 스트리트의 모퉁이에 있는 구멍가게에서 커다란 유리병에 담아 파는 짭짤하고 바삭한 향신료 스낵인 달무트dalmoot도 여섯 종류나 들어갔다." 라히리의 산문은 가장 잘 쓰였을 때 늘 이처럼 주술적이다. 때로는 수입이 불법인 신선한 과일이 가방 안에 끼어 있기도 했다. 어느 해인가 라히리의 할머니는 가방 안에서 호박 비슷한 채소인 파르발parval을 발견하고서 눈물을 흘렸다.

라히리의 부모는 아야드 악타르의 소설 《홈랜드 엘레지》에 나오는 밀워키 근처의 스트립몰에 새로 문을 연 커다란 "인도-파키스탄 식료품점"을 보면 부러워할 것이다. 악타르는 이렇게 썼다. "이제 그 지역에 우리 같은 사람이 그만큼 많아졌음을 증명할 만큼 넓은 식료품점이 새로 생겼다는 사실은 나로서는 정말 놀라운 일이었다. 코너마다 들어찬 포장된 난naan과 달dal과 바스마티basmati 포대, 마살라, 파코라pakora 믹스, 비리야니biryani 믹스, 눈부시게 쌓인 붉은 고춧가루와 강황과 부드럽게 간 카다멈, 기ghee 통과 쓴 피클 병, 줄줄이 늘어선 신선한 민트, 고수, 호로파, 고향의 과일들―망고, 구아바, 리치, 펀자브 키누kinu.[15]" 《홈랜드 엘레지》는 미국적 삶의 가능성과 한계에 대한 명상이며, 그것에 등장하는 음식과 관련된 내용은 악타르가 추구하는 주제를 무심결에 강조해준다.

미셸 자우너의 회고록 《H마트에서 울다》는 부분적으로 한국계 미국인의 슈퍼마켓 체인에 대한 영혼의 찬가라고 할 수 있다. H마트는 거대하다. 자우너에 따르면, 그곳은 "낙하산 아이들[16]이 고향을 떠올리게 해주는 인스턴트 라면 브랜드를 사러 모여드는 곳"이고, "한인 가족들이 설날에 먹을 떡국, 즉 소고기와 떡을 재료로 하는 수프를 만들기 위해 떡을 사러 가는

---

15   감귤류 과일.

16   부모 없이 혼자 유학을 온 아이들을 가리키는 말.

곳이다. 그곳은 커다란 통에 담긴 깐 마늘을 구할 수 있는 유일한 곳이기도 한데, 한국 음식을 만들어 먹을 때 마늘이 얼마나 많이 필요한지 진정으로 이해해주는 곳은 H마트뿐이기 때문이다". 1980~1990년대에는 빨래방과 삼류 모텔을 배경으로 한 암울하고 절제된 소설을 일컫는 'K마트 리얼리즘'이라는 장르가 있었다. 이제는 'H마트 리얼리즘'이라고 부를 만한 것이 그와 유사한 소식을 전해오고 있다.

**

"내가 기꺼이 기름에 튀겨버리지 않을 편집자는 아무도 없다"라고 에즈라 파운드는 썼다. 파운드는 이탈리아에서 여러 해를 보냈다. 그러니 만일 그 편집자를 튀겼다면 올리브오일로 튀겼을 게 분명하다. 나는 일 년에 한 번 정도 정말 훌륭한 올리브오일을 맛보곤 하는데, 그럴 때면 시간을 내서라도 형언할 수 없을 만큼 훌륭한 올리브오일을 쫓아다니고 싶어질 정도다. 하지만 평상시에 우리는 가격도 적당하고 구하기도 쉬운 캘리포니아 올리브 랜치California Olive Ranch 엑스트라버진 올리브오일로 만족한다. 나는 제임스 해밀턴-패터슨의 재치 있는 소설 《페르넷 브랑카로 요리하기Cooking with Fernet Branca》에 등장하는, "올리브오일 속물들은 와인 속물들보다 더 최악이다"라고 말하는 화자의 의견에 대체로 동의하는 편이다. 《페르넷 브랑카로 요리하기》에서 내가 가장 좋아하는 부분은 화자가 신선한 홍합 이십여 개를 손질하고 껍데기를 벗겨서 곱게 간 다크 초콜릿에 굴린 후 로즈메리 향을 입힌 올리브오일로 튀기라고 우리를 설득하려 애쓰는 부분이다. 누군가가 이걸 시도하는 틱톡 영상을 올린다면 꼭 볼 거다.

나는 미들버리 대학을 졸업했지만 브레드로프 작가 콘퍼런스Bread Loaf Writers' Conference에는 한 번도 참석해본 적이 없다. 1920년에 시작된 이 콘퍼런스는 매년 여름 산 위에 있는 [미국의 시인] 로버트 프로스트의 오두막 근처에서 개최된다. 브레드로프 작가 콘퍼런스는 충격적인 소문의 발원지이기도 했다. 테드 겔트너가 쓴 [미국의 소설가] 해리 크루스의 평전《피, 뼈 그리고 골수Blood, Bone, and Marrow》를 읽다가 그 소문 중 하나가 떠올랐다. 크루스가 브레드로프에서 학생들을 가르치던 1970년의 어느 날 밤, 그는 [미국의 요리연구가이자 방송인] 줄리아 차일드의 친구인 [미국의 문학 편집자이자 음식 작가] 에이비스 드보토가 낀 무리와 대화를 나누게 되었다. 크루스는 드보토가 긴장해 있다고 생각하고는 분위기를 좀 풀어보기로 마음먹고 이렇게 말했다. "언젠가 여기서 꼭 해야 할 일은 우리의 해묵은 좌절감이나 적대감 같은 것을 모두 해소해버리는 거예요. 우리는 마졸라Mazola 파티를 한번 열어야 해요."

드보토가 미끼를 덥석 물었다. 그녀는 물었다. "마솔라 파티가 뭐죠?" 크루스가 유쾌하게 대답했다. "음, 우선 방을 하나

구해야 하는데, 바닥이 타일인 방이면 더 좋고요. 그러고는 남자 열세 명과 여자 열두 명, 혹은 여자 열세 명과 남자 열두 명을 모아서 다들 옷을 벗게 해요. 그리고 다들 자기 몸에 마졸라 오일을 붓고 구석구석 문지르는 거죠. 그렇게 거기서 문지르고 서로의 몸을 껴안고 미끄러지다 보면 해묵은 좌절감이나 두려움이 전부 씻겨 내려가요. 정말이에요. 그러고는 끝내주는 기분으로 방을 나서는 거죠." 순간 완전한 침묵이 흘렀고 이내 커다란 웃음이 터져 나왔다.

사람들은 언제부터 커피 깡통에 베이컨 기름을 모으는 일을 관둬버린 걸까? 우리 할머니는 냉장고 뒤쪽에 그런 깡통을 보관해두곤 했다. 언제든 튀김용으로 쓸 수 있게 말이다. 그런 절약 습관은 다시 유행할 필요가 있다. 하지만 몽테뉴가 물었듯이, *Que sçay-je(크세주)* ― 내가 뭘 알겠나?

**

힐러리 클린턴은 영부인 시절 백악관에 100종이 넘는 핫소스를 구비해두었다고 한다. 그녀는 할라페뇨를 감자칩처럼 날것으로 먹기도 했는데, 옛 보좌관의 말에 따르면 "개운해서" 그랬다고 한다. 이런 사실은 그녀의 대선 캠페인 구호에 들어갔어야 했다. 오늘 나는 이 슈퍼마켓의 초라한 핫소스 코너 앞에서 빈둥거리고 있다. 우리 집에는 여덟에서 열 종류의 핫소

 내 영혼의 델리카트슨

스 병이 있지만, 대부분 먼지를 뒤집어쓴 채 방치되어 있다. 우리는 오래전에 우리가 상용하는 핫소스를 벨리즈의 마리 샤프 Marie Sharp's로 결정했다. 마리 샤프는 매운 정도가 적당하고 너무 시거나 식초 맛이 강하게 나지도 않는다. 슈퍼마켓에서는 보기 힘들어서 대량으로 주문한 후 남는 걸 주변에 나눠주곤 한다. 유진 월터는 타바스코로 채운 물총을 경찰에게 겨누고 싶어 했다. 비평가 클라이브 제임스는 로스앤젤레스에서 조앤 디디온과 그녀의 남편 존 그레고리 던과 함께 식사하다가 우연히 고추를 삼키고 말았다. 그는 나중에 이렇게 썼다. "나는 그 부부와 함께 있는 게 너무도 좋았기에 하바네로[17]를 삼킨 사실을 숨기려고 최선을 다했다. 그들은 나의 숨죽인 흐느낌이 아마도 향수병 때문인 줄 알았으리라."

한때 나는 맨해튼에서 매사추세츠주 케임브리지까지 왕복 열 시간을 차로 오가곤 했다. 많은 이들이 그리워하는 크리스 슐레진저의 레스토랑인 이스트 코스트 그릴 East Coast Grill에서 매년 열리던 '지옥의 밤 Hell Night' 행사에 참석하기 위해서였다. '지옥의 밤'이 생겨난 건 매운 요리를 메뉴에 올릴 때마다 별로 안 맵다는 손님들의 불평에 슐레진저가 지쳤기 때문이었다. 그래서 그는 일 년에 한 번씩 작정하고 매운 요리를 만들어보기로 결심했다. '지옥의 밤'이 되면 이스트 코스트 그릴의 실

---

17   작고 둥글게 생긴 매운 고추.

내 공기는 너무 매워져서 몇몇 셰프는 방독면을 쓰고 숨을 쉬어야 했다. 긴 시간에 걸쳐 연달아 나오는 매운 음식은 나를 멍하게 만들었다. 마치 1950년대 호러 영화 속 등장인물처럼 돌연변이 방사능에 공격당한 기분이었다. 손님이 정말 고통스러워 보이면 서빙하는 젊은 직원들이 1940년대 시거릿 걸[18]처럼 해독제를 들고 오곤 했다. 그들은 크림시클Creamsicle 아이스바를 건넸다. 매년 11월 추수감사절 무렵 아이들과 그 친구들이 집에 모이면, 우리는 슐레진저를 기리며 우리만의 '지옥의 밤'을 벌인다. 그것은 잔인해져야 다정해질 수 있는 그런 종류의 모험이다.

나는 선반에서 피시 소스 한 병을 집어 든다. 이 톡 쏘는 조미료는 크릴새우를 염장하고 발효해서 만든 것으로, 비엣 타인 응우옌이 《동조자》에서 열광적인 경의를 표한 바 있다. 그는 이렇게 썼다. "우리가 푸꾸옥 섬의 그랑 크뤼와 안초비를 압착해서 만든 최고의 빈티지가 넘쳐흐르는 통을 얼마나 갈망했던가! 우리는 트란실바니아 마을 사람들이 뱀파이어를 쫓기 위해 마늘 목걸이를 두르는 것처럼 피시 소스를 사용했다. 그것은 치즈의 구역질 나는 악취야말로 진짜 비린내임을 절대 이해하지 못하는 서양인들과 우리 사이에 경계선을 그어주는 수

---

[18] cigarette girl, 미국의 나이트클럽이나 극장에서 담배, 껌, 사탕 등을 담은 트레이를 목에 걸고 다니며 판매하던 여성들.

단이었다. 응고된 우유에 비하면 발효된 생선은 어린애 수준 아니었을까?" 사람들은 소스 중독자가 되기도 한다. 베티 퍼셀은 쓰길, 킹슬리 에이미스는 두 번째 아내인 엘리자베스 제인 하워드가 훌륭한 요리사였음에도 식탁의 자기 자리 옆에 늘 HP 소스—런던 국회의사당 Houses of Parliament의 머리글자를 딴 것—를 두길 고집했다고 한다. 메뉴가 무엇이든 그는 그것을 "전속력으로" 뿌려댔다. 하워드는 그때마다 경악하곤 했다.

*****

카트를 밀고 5번 코너로 들어선다. 콩, 파스타, 쌀이 숨어 있는 곳이다. "인생은 비노 beano 같아야 한다"라고 윌리엄 버틀러 예이츠는 말했다. 물론 그것은 소화제가 아니라 떠들썩한 파티를 의미한 말이었다.[19] 그레그 올맨은 회고록에서 최초로 여자와 잠자리한 순간을 "동부콩을 먹어본 이후로 해본 최고의 경험"이라고 썼다. 레스 블랭크의 다큐멘터리 〈시는 벌거벗은 사람 A Poem Is a Naked Person〉에는 리언 러셀이 무대 위 피아노 앞에서 라이스 앤드 빈스 rice and beans 한 접시를 먹는 장면이 나온다. 내가 본 것 중 거의 최고로 행복해 보이는 사람의 표정이

---

19   '콩 bean'을 떠올리게 하는 'beano'는 영국 영어 속어로 '파티'를 뜻한다. 미국에서는 소화제 브랜드로 더 잘 알려져 있다.

었다. 내가 본 최고로 행복한 표정을 지은 사람은 〈라스트 왈츠〉에서 더 밴드The Band와 함께 〈너는 누구를 사랑하니Who Do You Love?〉를 부르는 로니 호킨스였다.

남부 작가들은 콩을 비스킷만큼이나 진지하게 대한다. 카슨 매컬러스의 소설《결혼식 멤버》에 등장하는 한 여성은 자기가 죽으면 호핑 존[20] 한 접시를 코앞에서 흔들어달라고 부탁한다. 그저 자신이 정말로 죽었는지 확인할 수 있게 말이다. 유진 월터는 파리의 르 그랑 베푸르Le Grand Véfour에서 윌리엄 포크너, 캐서린 앤 포터와 함께한 성대한 식사에 관해 썼다. 프랑스 출판사가 작가들을 대접하는 날이었다. 식사 후 다들 "1870년산 코냑이나 그랑 마르니에[21] 같은 것"을 홀짝이고 있을 때 포터가 이렇게 말했다. "고향이었다면 이제 흰강낭콩이 나왔을 텐데 말이에요." 포크너가 애석해하며 대답했다. "작은 점박이 흰강낭콩으로 말이죠."

남부의 운전 습관에 콩이 끼친 영향에 대해 학문적 관심이 필요할지도 모르겠다. 뉴올리언스 출신 작가 사라 M. 브룸은 회고록《노란 집The Yellow House》에서 어머니에게 빨간 콩 스튜 냄비 뚜껑을 핸들 삼아서 운전을 가르치던 일을 떠올린다. 로빈 코스트 루이스는 그녀의 시 〈프레임Frame〉에서 열두 살 때 운전

20　Hoppin' John, 쌀과 콩과 베이컨 등으로 만드는 미국 남부의 전통 요리.
21　Grand Marnier, 브랜디와 오렌지로 만드는 프랑스 술.

　내 영혼의 델리카트슨

연습을 하던 기억을 떠올린다. "나의 마조렛[22] 봉은 수동 변속기가 되었고, / 흰강낭콩 깡통은 브레이크와 가속페달, 클러치가 되었다." 수동 변속기를 완전히 익혔음을 알게 되는 순간이 있다. 나의 경우 그것은 젊은 시절 차가 막히는 도로에서 운전하면서 무릎에 라이스 앤드 빈스 한 접시를 놓고 먹을 수 있었을 때였다.

레드 빈스 앤드 라이스는 루이지애나주의 전통적인 월요일 식사다. 월요일은 빨래하는 날이었고, 여성들은 일하는 동안 콩을 계속 부글부글 끓여두곤 했다. 전날 저녁 식사에서 남은 햄본[23]은 풍미를 더했다. 핵심은 천천히 끓이는 콩 냄비가 우리를 해방해준다는 것이었다. 푸에르토리코 출신 시인 주디스 오어티즈 코우퍼의 시 〈콩: 요리를 좋아하지 않는 것에 대한 변명 Beans: An Apologia for Not Loving to Cook〉을 읽기 전까지만 해도 나는 정말 그런 줄로만 알았다. 코우퍼의 시에서 "끓는 콩의 지겨운 냄새"는 그저 "전쟁, 사건, 애도의 / 시간, 비, 나쁜 날씨 el mal tiempo"에 대한 기다림을 의미할 뿐이다. 그녀는 다음과 같은 이유로 콩을 싫어하게 되었다.

…… 어머니들은 화덕에서 매정히 돌아서며

---

22 majorette, 행진하는 밴드 앞에서 봉을 돌리며 춤추는 소녀를 가리키는 말.

23 hambone, 소금에 절이거나 훈제한 돼지 넓적다리의 뼈.

콩이 탈 거라는 마지막 경고로 우리의 부름을
물리쳤다. 엄한 경계 속에서 그들은 조각상처럼 굳어버렸고
땀은 개울처럼 얼굴을 타고 흘러내려 쇄골에 고였다.
그들은 관심과 사랑을 원하는 우리의 요구에서 매정히
　돌아섰다.

　말이 나온 김에 밝혀두자면, 내가 아는 최고의 콩 스튜는
크리스 슐레진저가 존 윌러비와 함께 쓴 책인《고기 요리법How
to Cook Meat》에 숨겨져 있다. 그 스튜의 정식 명칭은 '오레가노, 호
두, 하드 치즈를 곁들인 양고기, 리크, 흰강낭콩 스튜'이다. 가
능하면 집에서 만든 육수를 사용하라. 그 냄새만으로도 집값이
순간적으로 3만 달러는 뛸 것이다. 고맙다는 말은 나중에 해도
좋다. 콩은 통조림에 든 것을 사용하지 말고 직접 끓이도록 하
라. 또한 "이상하게 보이는 콩은 모두 제거하라"는 버터메이 스
마트-그로브너의 조언(동부콩에 대한 조언이었다)도 잊지 말길.

**

　언젠가 [미국의 가수이자 배우] 프랭크 시나트라는 레스토
랑에서 불완전한 파스타를 대접받자 자리에서 일어나 그 불쾌
한 접시를 벽에다 내던졌다고 한다. 대체 파스타란 무엇이길래
사람들로 하여금 접시를 집어던지고 싶게 만드는 것일까? 리

처드 브라우티건은 몬태나주의 자택에서 저녁 파티를 열곤 했는데, 그 자리에서 벌어지는 음식 싸움이 워낙 격렬해서 집 안을 수시로 다시 칠해야 했다. 어느 날 저녁 브라우티건은 아내의 아주 장황한 설교를 듣고는 스파게티가 담긴 서빙용 그릇을 들고 자기 머리에 쏟아부었다. 그러고는 아무 말 없이 그릇을 다시 식탁 한가운데에 내려놓았다. [미국의 시인] 로버트 크릴리의 아내 바비는 다음과 같이 회상했다. "그는 머리에 스파게티를 뒤집어쓴 채 기기 앉아서 밀없이 계속 먹었어요. 얼굴에 매달려 어깨까지 내려온 스파게티가 꼭 가발처럼 보이더군요."

[미국의 연극평론가] 케네스 타이넌의 아내인 소설가 일레인 던디는 어느 날 밤, 친구이자 작가인 주디 파이퍼의 아파트에 나타났는데, 던디의 드레스에 스파게티가 잔뜩 묻어 있었다. "케네스랑 연극 이야기를 나누다가 의견 충돌이 좀 있었어."* 벨벳 언더그라운드의 니코는, 그녀의 전기 작가에 따르면, 1981년에 찰스 왕세자가 다이애나와 결혼하던 날 남자친구와 함께 안초비를 잔뜩 넣은 스파게티를 한 냄비 만들었다. 그들은 헤로인 외에도 LSD를 두 알씩 먹었고, 소스를 아파트 벽에 벽지처럼 발랐다. 집 안에서는 한 달 동안 악취가 풍겼다.

파스타에 관한 가장 결정적인 조언은 캘빈 트릴린에게서

---

* 　연극에 관해 타이넌과 의견이 갈리는 자는 화를 면치 못하리라. 타이넌은 존 오즈번의 1956년 희곡 작품에 대해 다음과 같이 썼다. "《성난 얼굴로 돌아보라》를 보고 싶어 하지 않는 사람을 과연 내가 사랑할 수 있을지 의문이다."

들을 수 있다. 그가 경험으로 알아낸 법칙은 "파스타 요리는 메뉴에 적힌 재료 수가 적을수록 만족스러울 가능성이 더 크다"는 것이다. [미국의 음식 작가] 존 손은 훌륭한 미트볼을 먹으라고 썼는데, 왜냐하면 "결국 미트볼이란 잔혹한 현실을 예리한 기지로 이겨낸 결과물"이기 때문이다.

갓 결혼해서 브루클린에 살던 시절, 우리 부부는 집에 들르는 모두에게 푸타네스카 파스타를 기본 저녁 요리로 내놓곤 했다. 그것은 값이 쌌고, 냄비 하나와 팬 하나만 있으면 만들 수 있었으며, 재료는 늘 식료품 저장실에 있던 것들이었다. 안초비, 마늘, 검은 올리브, 케이퍼, 참치 통조림, 어쩌면 토마토 하나, 그리고 찢은 정어리 한 마리 같은 것들 말이다. 디저트로는 주로 레몬 아이스크림을 대접했다. 아이스크림 기계는 따로 필요 없었다. 존 손의 책 《무법자 요리사^{Outlaw Cook}》에 나오는 레시피로 만든 것이었다. 나는 지금도 매해 여름이면 그 아이스크림을 만든다.

크리의 아버지 브루스는 집에 있는 재료로 대충 만드는 즉석 파스타를 파스타 나다^{pasta nada}, 즉 무無에서 창조한 파스타라고 불렀다. 오늘 저녁은 뭐죠, 브루스? 매우 빈번히 들려오는 대답은 바게트 한 개, 레드 와인 한 병, 그리고 파스타 나다였다. 누군가가 이걸 훔쳐서 책 제목으로 써야 하리라.

나는 맥앤드치즈가 필요 없지만, 어쨌든 그건 여기 있다. 애니스^{Annie's}를 사야 하나, 크래프트^{Kraft}를 사야 하나?[24] 크리는 애니스 쪽이고, 나는 크래프트 쪽이다. 어느 쪽이든 나는 쿠엔틴 타란티노의 소설 《원스 어폰 어 타임 인 할리우드》에 나오는 이 문장에 밑줄을 두 번 그었다. "사용법에는 우유와 버터를 넣으라고 되어 있지만, 클리프는 우유와 버터를 사서 넣을 수 있는 형편이 된다면 차라리 다른 걸 사 먹는 게 낫다고 생각한다." 나는 오늘 쌀을 사지는 않지만, 오션 브엉의 《지상에서 우리는 잠시 매혹적이다》에 등장하는 이 문장은 음식을 낭비하면 안 된다는 사실을 상기시켜줄 것이다. 화자의 부모는 그에게 이렇게 말했다. "네가 남기는 쌀 한 톨이 네가 지옥에서 먹을 구더기 한 마리가 될 거다."

*
**

나는 베이킹 코너로 방향을 틀어서 가당연유 한 캔을 집어든다. 유대계 헝가리인 조지 랭은 회고록 《내가 본 송로버섯을 아는 사람은 아무도 없다 Nobody Knows the Truffles I've Seen》에서 가당연유를 어떻게 사용해야 할지 알려준다. 우선 라벨을 떼고 통조림째 물에 담가 약한 불로 두 시간 반 동안 끓이면서 냄비에서 증발한 물은 그때그때 보충해준다. 그러면 진하고 크리미한 캐러멜색의 도시 지 레이치[25]가 완성된다. 아이스크림 위에 한 스

---

24   '애니스'와 '크래프트'는 둘 다 미국의 유명한 맥앤드치즈 브랜드이다.

푼 얹으면 신들이 먹을 만한 간편한 디저트가 된다. 혹은 내가 가끔 그랬듯이, 스푼 하나를 챙겨서 통조림을 그대로 들고 침대로 가도 된다.

＊
＊＊

나는 카트를 밀며 가게 뒤쪽으로 가서 소시지 코너를 돌아다닌다. 역사학자 폴 존슨에 따르면, 하이데거는 평생 딱 한 번 웃은 것으로 기록되어 있다고 한다. 에른스트 윙거와 함께 하르츠 산맥에서 소풍을 즐기던 날이었다. 존슨은 이렇게 썼다. "윙거가 사우어크라우트와 소시지 롤을 집으려고 몸을 숙이는 순간 그의 레더호젠[26]이 커다란 소리와 함께 찍 하고 찢어졌다." 찰스 시믹은 우리의 소시지 시인이다. "소시지는 이름부터 시처럼 들린다"라고 그는 썼다. "초리조, 메르게즈, 로제트, 부댕 누아르, 킬바사, 루가네가, 코테키노, 잠포네, 치폴라타, 링귀사, 바이스부어스트." 여러 해를 거쳐 알게 된 사실인데, 소시지를 요리할 때 중요한 사실은 단 한 가지뿐이다. 육즙이 나와 끈적해지도록 팬에서 삼십 분에서 사십 분에 걸쳐 천천히 구워야 한다는 것.

---

25 doce de leite, 브라질식 포르투갈어로 '우유로 만든 단것'을 의미한다.
26 독일 일부 지방의 전통 가죽 반바지.

그리 멀지 않은 곳에 침울한 해산물 코너가 있다. 그럼에도 나는 내가 가장 좋아하는 간식인 슈퍼마켓 스시 콤보팩 하나를 집는다. 집에 돌아가면 우리는 주방에 선 채로 덤벼들듯 스시를 먹어치울 것이다. 그것이 신선한 모차렐라 치즈나 잘 익은 복숭아라도 되는 것처럼 말이다. 해산물 코너를 떠나기 전에 로버트 휴스가 《한쪽 끝의 얼간이A Jerk on One End》[27]에서 했던, 지금도 내 마음 깊이 남아 있는 사고실험을 언급해야겠다. 그는 만약 물고기와 낚시꾼의 위치가 바뀐다면 어떻게 될지 궁금해했는데, 휴스가 묘사한 다음 장면은 그것을 생생히 느끼게 해준다.

산들바람이 불어오는 화창한 5월의 어느 날, 당신은 말리부의 부두를 따라 산책하는 중이다. 당신은 노점에서 머스터드와 렐리시가 듬뿍 뿌려진 핫도그 하나를 산다. 그리고 난간에 기대 첫입을 베어 문다. 갑자기 숨 막히는 고통과 함께 식도가 경련을 일으키고, 무언가가 머리를 앞쪽 아래로 확 끌어당긴다. 단단하고 날카로운 금속성 물질이 목 안에 박힌다. 살면서 한 번도 경험해보지 못한 종류의 충격이다. 저항하려 애쓰며 부두 위를 이리저리 미친 듯이 달려보지만 압박은 멈출

---

27   낚시꾼들의 오래된 농담인 "낚싯줄 한쪽 끝의 얼간이jerk가 다른 한쪽 끝의 얼간이를 기다리고 있다"에서 가져온 제목으로, 'jerk'는 낚싯대를 확 당기는 동작을 의미하기도 한다.

줄을 모르고, 폐는 피로 가득 차오르기 시작했다. 결국 부두 아래로 떨어진 후 물에 빠져 버둥거린다. 정체를 알 수 없는 힘이 당신을 아래로 끌어당긴다. 만약 운이 좋다면, 만灣 밑바닥에서 거대하고 알 수 없는 무언가가 당신을 붙잡아 뒤통수를 한 방에 쳐서 죽여준다.

휴스는 뛰어난 음식 작가였다. 발타자르 레스토랑에서 사용하는 재료의 출처로 거슬러 올라가는 책인 《발타자르 요리책The Balthazar Cookbook》에 그가 붙인 긴 서문은 심각한 즐거움을 안겨주는 글이다.

✳✳

오늘은 딱 하나만 더 사면 된다. 저녁으로 구워 먹을 닭 한 마리. 어렵긴 해도 가장 정직하게 닭을 얻는 방법은 직접 기르는 것이다. 개리슨에서 직접 기르던 시절에는 닭을 많이 죽이지 않았다. 식용이 아니라 알을 얻을 목적으로 기른 것이었고, 어쨌거나 우리가 죽이지 않더라도 다른 동물들, 이를테면 코요테, 스컹크, 매, 족제비 등이 충분히 많이 죽였으니까. 녀석들은 밤이면 기숙사에 몰래 들어가는 테드 번디[28]처럼 닭장에 몰

---

[28] Ted Bundy, 미국 역사상 악명 높은 연쇄 살인범 중 한 명.

 내 영혼의 델리카트슨

래 들어갔다. 우리가 잡아먹은 것은 수탉 한 마리뿐인데, 당시 일곱 살인가 여덟 살이던 해티를 녀석이 자꾸 공격했기 때문이다. 처음 시작은 웃겼다. 그 수탉은 매력적이고 자기만족적인 투덜이로, 쉽게 마음이 상하는 포그혼 레그혼[29] 같은 녀석이었다. 녀석은 모두에게 달려들었다. 마치 그들 모두가 자기 육수肉垂를 모욕하기라도 한 것처럼. 하지만 마지막 순간에는 늘 물러섰다. 그런데 어느 날 오후, 녀석이 날개를 퍼덕이며 해티를 쓰러뜨렸고, 그걸로 끝이었다. 녀석의 무리가 해티의 바로 눈앞까지 와 있었다.

나는 망치와 기다란 못 두 개를 가져왔다. 그루터기의 평평한 윗부분에 3인치 간격으로 못을 박았다. 크리가 녀석을 울타리 안 구석으로 몰아넣어서 붙잡았다. 그러고는 박람회에서 상으로 받은 호박처럼 녀석을 번쩍 들어 올렸다. 녀석은 사납게 날뛰었다. "미안해, 친구." 크리가 말했다. 우리는 녀석의 대가리를 두 못 사이에 누였다. 크리가 녀석을 제압한 채 털을 잡아당겨서 목이 드러나게 했다. 드러난 닭의 목은 생각보다 훨씬 더 가늘고 연약했다. 내가 맡은 일은 쉬웠다. 도끼를 탁 내리치자 모든 게 끝났다. 주홍빛 피가 솟구쳤다. 크리는 닭을 놓아주었다. 머리 없이 가슴만 남은 몸뚱이는 종이 현수막을 뚫고 돌진하는 미식축구 선수처럼 길고 기울어진 곡선을 그리는

---

29 미국의 애니메이션 시리즈 〈루니 툰〉에 등장하는 허세가 심한 수탉.

동시에 피를 흩뿌리며 달렸다. 마치 끝부분을 손가락으로 붙잡고 있다가 놓아준 풍선 같은 모습이었다. 삼 초간의 질주 끝에 녀석은 풀밭 위로 고꾸라졌다.

크리는 우리가 키우던 닭들을 몹시 아꼈고, 녀석들을 보살피는 데 많은 시간과 정성을 들였다. 밤새 닭 한 마리가 죽임을 당할 때마다 너무 흥분해서 제정신이 아닐 정도였다. 하지만 이 수탉만은 확실한 적이었다. 녀석이 죽은 후 우리는 게를 삶거나 칠면조를 튀길 때 쓰는 야외용 솥에 물을 끓였다. 녀석을 물에 담가 데친 뒤 털을 뽑고 내장을 제거했다. 크리는 잊지 않고 심장을 끄집어내 버터를 바르고 소금을 뿌려서 튀기더니 바로 먹어버렸다. 크리의 복수가 이루어졌고, 그 맛은 실로 감미로웠다. 우리는 간도 튀겨 먹었다. 그 수탉은 화요일 밤의 코코뱅이 되고 말았다.

닭을 죽이는 일을 다룬 문학작품 중에는 일이 제대로 풀리지 않은 사례에 관한 이야기가 많다. 시인 케빈 영은 이렇게 썼다.

어떤 날 밤에는 저녁거리가 그냥 일어나서

• "닭의 간 1파운드를 살 수 있다는 게 문명이 이룬 위대한 성취라는 사실을 생각해본 적이 있는가?"라고 에세이스트 필리스 로즈는 물었다. "만일 농장에 살면서 닭을 먹고 싶을 때마다 한 마리씩 죽여야 했다면 간을 1파운드나 모으는 일은 불가능했을 것이다."

도망쳐버리곤 했다, 내가 목을 제대로 비틀지 못했기에.

닭을 죽이는 법은 알아둘 만한 가치가 있다. 이 점은 극작가 데이비드 헤어의 회고록《푸른 점화용 종이The Blue Touch Paper》에서도 분명히 드러난다. 헤어가 훗날 첫 아내가 된 마거릿 매드슨과 연애하던 시절, 그는 영국 시골에 있는 그녀의 가족을 방문했다. 그녀의 아버지는 "일종의 통과의례처럼" 그에게 닭 열한 마리를 잡아달라고 부탁했다. "나는 당황하지 않으려고 단단히 마음먹었다"라고 헤어는 썼다. 그는 억수같이 퍼붓는 빗속으로 나가 닭의 목을 하나씩 비틀었다.

바버라 핌은 소설《멋진 여자들Excellent Women》에서 새들이 지구를 점령하고 있다고 확신하는 한 여성에 대해 이야기한다. 그녀는 아들에게 이렇게 말한다. "나는 가능한 한 많은 새를 먹어. …… 해러즈나 포트넘에서 주문해서 먹고, 때로는 냉육 코너에 가서 새가 있나 살펴보기도 하지. 아스픽 젤리랑 장식으로 아주 예쁘게 꾸며놓거든." 그러고는 이렇게 덧붙인다. "우리의 적을 몰아낼 수는 없어도 최소한 먹을 수는 있잖니." 핌의 소설에 등장하는 인물들은 창백한 닭고기를 많이 먹는다.《어떤 길들여진 가젤Some Tame Gazelle》에서는 성직자들이 삶은 닭고기를 대접받는데, 왜냐하면 그들과 약간 비슷하게 그 음식도 차갑고, 창백하며, 소스에 조용히 덮여 있기 때문이다.

크리는 강제로 먹게 되는 상황이 아닌 한 백색육을 먹지 않는다. 그녀는 내가 아는 한 닭가슴살 레시피가 단 하나도 실리지 않은 유일한 요리책(2011년에 출간된 《풀레Poulet》)의 저자다. 크리에게 닭가슴살이란 따분함 그 자체다. 우리는 닭고기의 익힘 정도를 두고 다투곤 한다. 크리는 덜 익힌 걸 좋아한다. 심지어 뼈 부분이 살짝 분홍빛을 띤 것까지 말이다. 그럴 때면 나는 돌아버릴 지경이다. 나는 《펄의 주방》에서 "덜 익힌 닭처럼 나를 망쳐놓는 것도 없다"라고 쓴 펄 베일리에게 찬성하는 쪽이다. 토니 모리슨의 《솔로몬의 노래》에서 저녁을 먹던 한 남편은 아내에게 지독한 의견을 전한다. "당신이 요리한 닭고기 말이야, 뼈 부분이 붉잖아." 하지만 그 말은 크리의 심기를 전혀 건드리지 못할 것이다. 크리는 넓적다리를 먹기 위해 산다. 예전에 넓적다리는 미국에서, 특히 레스토랑에서 구하기 어려운 부위였다. "우리가 넓적다리를 어떻게 해버린 걸까?" 1990년대 초에 짐 해리슨은 이렇게 물었다. 해리슨은 미국 생산자들이 넓적다리 대부분을 러시아로 수출한다는 사실을 알게 되었다. 미국인들이 닭가슴살을 선호한다는 게 그 이유였다. 그는 이렇게 썼다. "닭가슴살은 텔레비전 광고의 도덕적 등가물이다. 서른 살 이하에 속하는 미국인의 육십 퍼센트가 살아 있는 닭을 본 적이 없고, 닭 넓적다리와 존 본 조비의 턱조차 구분할 줄 모른다."

데버라 리비의 가시 돋친 소설을 읽어본 적 있는 사람이라면, 《살림 비용》에서 화자가 닭을 가방에 넣은 채 자전거를 타

 내 영혼의 델리카트슨

고 집으로 돌아가는 장면을 기억할지도 모르겠다. 가방이 찢어져 열리면서 닭이 떨어지고, 차가 곧장 그 위로 지나가며 생닭을 납작하게 만든다. 그러거나 말거나 리비는 그 닭을 다정하게 저녁 식사로 내놓는다. 극단적인 즉석 새고기 요리라고나 할까! 리비의 닭 요리는 제이슨 엡스타인이 노먼 메일러의 프로빈스타운 집에서 만들었던 닭 요리를 닮았다. 엡스타인은 회고록 《먹는 일》에서 그 일을 이야기한다. 그는 벽돌로 눌러 굽는 닭 요리를 만들기 위해 닭 몇 마리를 나비꼴로 살라 썼다. 그는 이렇게 썼다. "모든 게 문제없이 진행되면 닭은 로드킬을 당했지만 윤이 나는 동물처럼 보일 것이다. 납작해진 닭가슴살의 바삭한 껍질에 약간의 장식 무늬가 생긴, 다리와 넓적다리가 곡선을 이룬 치킨 팬케이크가 만들어질 것이다." '치킨 펜케이크'라는 그 구절은 내게 동경의 대상이 되었다. 치킨 팬케이크라는 건 평생 먹어본 적이 없는 것 같다.

시인 톰 건이 닭을 굽는 방식도 동경의 대상이긴 마찬가지다. 1990년대 후반 그는 팔십 대인 두 고모에게 보내는 편지에 이렇게 썼다. "완벽한 닭을 굽는 비결은 명확해요. 물론 그걸 알기까지 시간이 좀 걸리긴 했지만. 십 분마다 버터를 끼얹어주면 돼요. 그렇게 하면 결국 닭고기에 버터가 흠뻑 밸 테니, 이 세상 그 누가 실패할 수 있겠어요?" 건의 편지 모음집 편집자들이 단 주석에 따르면, 고모들이 보낸 답장은 살아남지 못했다.

오늘 밤은 프라이드치킨을 만들어볼까 하는 생각이 드는데, 사실 그건 꽤 수고스러운 일이다. 우리에게 필요한 건 프라이드치킨을 우리 대신 진짜 잘 만들어줄 사람이다. 소프라노 레온타인 프라이스는 미시시피주 로럴에서 태어났다. 유진 월터는 그녀를 "마치 닭이 창밖에 털을 벗어두고 직접 날아들어 기름 속에 뛰어든 것처럼 튀길 수 있는 그런 사람"으로 묘사했는데, "왜냐하면 기름기가 전혀 느껴지지 않았기 때문이다. 바삭하고도 육즙이 가득했고, 바삭하고도 육즙이 가득했으며, 바삭하고도 육즙이 가득했다". 스포츠 담당 기자 댄 젠킨스는 회고록에 쓰길, 프라이드치킨의 퇴폐적인 매력을, 이를테면 샐러드를 곁들이는 방식으로 숨기려 애쓸 필요가 없다고 했다. 그는 프라이드치킨 옆에 "고사리 같은 건" 아무것도 두고 싶지 않다고 썼다.

[미국의 시인] 잭 길버트는 한 시에서 이제는 이름조차 기억나지 않는 한 여자와 잠들었던 때를 떠올린다. 그는 "그녀의 허벅지가 / 얼마나 튼튼했는지"뿐만 아니라, 다음과 같은 일도 기억한다.

그녀는 양손으로 바비큐 치킨을 찢고
기름을 가슴에 문질러 닦았다.

나는 5파운드짜리 퍼듀Perdue[30] 유기농 닭 한 마리를 집어

 내 영혼의 델리카트슨

든다. 나는 이것을 어떻게 요리해야 할지 잘 알고 있다. 브루스 제이 프리드먼은 말하길, 요리를 배우는 가장 좋은 방법은 누군가를 사귈 때마다 그 사람에게서 팁을 하나씩 건지는 거라고 했다. 내가 크리에게서 처음 배운 요리 팁은 이것이었다. 요리하기 전에 닭의 빈 뱃속에 허브 한 줌을 잔뜩 넣을 것. 설령 그게 그냥 파슬리라 할지라도 말이다. 이는 풍미를 더할 뿐만 아니라 닭을 오븐에서 꺼낼 때 보이는 모습도 멋들어지게 만들어준디(껍질 아래에 버터 몇 조각을 밀어 넣는 것도 잊지 말 것). 그로부터 거의 삼십 년이 지난 지금, 그것은 우리가 매주 먹는 저녁 메뉴가 되었다.

　이제 장은 다 봤다. 나는 계산대 쪽으로 카트를 밀고 가다가 재빨리 바게트 하나를 낚아챈다. 예전에는 줄을 서서 기다리며 타블로이드 신문 진열대를 훑어보다가 《내셔널 인콰이어러^{National Enquirer}》를 한 부 집어 휙휙 넘겨보면서 누구 목숨이 6개월 남았고 누구의 성형한 얼굴이 처지고 있는지 알게 되곤 했다. 돈 드릴로는 《화이트 노이즈》에 이렇게 썼다. "우리가 필요한 것 가운데 음식과 사랑을 제외한 모든 게 이 타블로이드 신문 진열대에 있다. 초자연적 현상과 외계인에 관한 이야기. 기적의 비타민, 암 치료제, 비만 치료제. 유명인과 죽은 자를 추종하는 집단." 이제 나는 계산을 기다리는 동안 휴대폰으로 트

---

³⁰　미국의 유명 닭고기 브랜드.

위터나 《뉴욕타임스》를 읽는다. 혹은 그냥 셀프 계산대를 이용한다. 하지만 채소 무게를 재다가 늘 일을 망치고 말고, 기계를 향해 가운뎃손가락을 세워 보인다. 남이 보면 미친 사람인 줄 알 것이다. 그러고서 장바구니를 차에 싣고 집으로 향한다. 하지만 한 시간 후에 다시 이곳으로 돌아올지도 모른다. 나는 슈퍼마켓 주차장에서 책 읽는 걸 좋아한다. 직업이 서평가라는 것은 때로 내리 여섯에서 일곱 시간씩 책을 읽어야 한다는 사실을 의미한다. 할 수만 있다면 괜찮은 일이긴 하지만, 한번 직접 해보시라. 스태미나가 꽤 필요한 일임을 알게 될 테니까. 안락한 의자에 몸을 묻는 순간, 책이 아무리 훌륭해도 곧 졸음이 밀려올 것이기에 그렇게 하지 않으려 한다. 정신을 깨어 있게 하려고 계속 돌아다닌다. 카페에서 읽다가 도서관으로 가고, 다시 다른 카페로 간다. 카페에서 나와서는 차에 올라 바다로 달려간 다음 앞좌석에 앉은 채 운전대 위에 책을 올려두고 읽는다. 그러고는 다시 차를 몰고 슈퍼마켓 주차장으로 가서 챕터 하나를 끝낼 때마다 사람들이 들쥐처럼 눈을 깜박이며 햇빛 속으로 나타나는 모습을 바라본다. 이곳에서는 삶의 풍요로운 야외극이 펼쳐진다. 사람 구경하기에는 메트 갈라^{Met Gala}의 레드카펫보다 여기가 더 낫다.

 내 영혼의 델리카트슨

침대로 가서 자라. 피곤한 건 바보 같은 일이니까.

—어슐러 K. 르 귄,《어스시의 마법사》

십 대 시절, 아직 존 치버의 단편소설 〈헤엄치는 사람〉을 읽기 전이었지만, 나는 나만의 어렴풋이 범죄적인 야행성 방식으로 그 소설 속 삶을 살았다. 어쩌면 당신은 〈헤엄치는 사람〉을 알지도, 혹은 버트 랭커스터가 주연한 영화[1]를 봤을지도 모르겠다. 그것은 네디 메릴이라는 남자에 관한 이야기로, 그는 어느 날 오후 칵테일파티에서 자신이 "헤엄쳐서 집으로" 갈 수 있을지도 모른다는 사실을 깨닫는다. 친구들의 집 수영장을 하나씩 거치며 대략 8마일을 수영해서 말이다. 치버는 이렇게 썼다. "아름다운 날이었고, 그가 보기에 오랫동안 수영하면 그 아름다움을 더 부풀리고 찬양할 수 있을 것만 같았다."

---

1   국내에서는 〈애증의 세월〉이라는 제목으로 알려져 있다.

수영은 좋은 조짐을 보이며 시작된다. 가는 길마다 마실 칵테일이 있고, 껴안아주는 친구들이 있으며, 그를 보고 기뻐할지도 모를 옛 연인들이 있다. 수영복 차림으로 연수육로, 즉 공수로公水路와 말 농장을 지나는 장면은 당혹스럽지만, 그가 감당하지 못할 일은 아무것도 없다. 네디가 이동함에 따라, 우리는 그의 정신 상태가 정상이 아님을 알게 된다. 그는 소중했던 모든 것을 잃었다. 내가 〈헤엄치는 사람〉을 대단히 좋아하는 이유는 부분적으로 그 작품이 수영에 바치는 찬가이기 때문이다. 삶에서 할 수 있는 활동 가운데 침실이나 주방에서 하는 것을 제외하면 최고인 수영 말이다. 네디가 "그토록 물이 풍족한 세상에서 살고 있다는 것은 자비이자 은혜처럼 여겨졌다"고 생각할 때, 나도 그와 똑같은 심정이다.

수영장을 옮겨 다니며 이동하는 행위를 뜻하는 동사는 없다. 아마 '치버링cheevering' 정도로 부르면 되지 않을까. 어렸을 적 여름, 늦은 밤이면 친구들과 함께 동네를 돌아다니며 치버링을 하곤 했다. 거의 모든 집 뒷마당에 직사각형 혹은 콩팥 모양의 수영장이 있었다. 우리는 이런 수영장 십여 개를 순회하곤 했다. 조용히 방충망 문을 열고 들어가 어둠 속에서 수영장 끝에서 끝까지 헤엄친 다음 반대편 방충망 문으로 살금살금 빠져나오는 식으로 말이다. 우리는 이 짓을 몇 시간이고 할 수 있었다. 여자애들이 함께 있을 때는 잠시 멈춰서 서로 가볍게 애무하기도 했다. 누군가가 여섯 캔짜리 맥주 한 팩을 들고 오는 날

　　　내 영혼의 델리카트슨

도 있었다. 우리는 소리를 내지 않으려 애썼다. 그때는 아직 미국이 전미 총기 협회의 지배를 받는 나라가 아니었다. 〈폭스 뉴스〉에 세뇌된 미치광이에게 총을 맞는 것보다는 쫓겨나는 걸 더 걱정하던 시절이었다. 어느 기억할 만한 습한 8월의 밤, 우리는 결국 우리 꾀에 넘어가고 말았다. 몇 집 아래 이웃은 양로원으로 이사한 상태였다. 그들의 집은 덧문이 내려져 있었다. 수영장 청소원도 더는 찾아오지 않았다. 여러 달 동안 방치된 수영장은 수초가 가득한 채로 진창이 된, 악취가 진동하는 늪으로 변해 있었다. 하지만 어둠 속에 있는 우리가 그러한 사실을 알 턱이 없었다. 내가 먼저 물에 뛰어들자 철퍽 소리가 났다. 부패해서 액화된 시체로 가득 찬 해자로 떨어진 듯한 기분이었다. 내가 비명을 지르기도 전에 주위로 친구들이 철퍽, 철퍽 소리를 내며 뛰어드는 소리가 들려왔다. 우리는 구역질하며 재빨리 기어나와 몸에 들러붙은 점액질을 닦아냈다.

이런 불운은 제쳐두고 말하면, 나는 다음과 같은 말이 진실임을 안다. 수영할 수 있는 날은 언제든 좋은 날이다. 뉴저지주에서 아이들을 키우던 시절, 여름날 저녁이면 크리와 나는 집에서 한 블록쯤 떨어진 델라웨어 강으로 걸어가서 시원한 소용돌이 위로 몸을 띄운 채 새와 거북이를 바라보곤 했다. 다른 날 오후에는 차를 몰고 YMCA로 가서 수영했다. 어떤 사람들은 몸에 염소 냄새가 배는 걸 싫어한다. 나는 그 냄새를 좋아하는데, 아마도 어린 시절이 떠오르기 때문일 것이다. 가끔은 수영 후 샤워도 하지 않는다. 십 대 소년이 지갑에 콘돔을 넣고 다니듯이, 나는 늘 차 뒷좌석에 수영복과 수건을 가지고 다닌다. 언제 기회가 찾아올지 아무도 모르니 말이다. 우리가 살던 곳에서 한 시간쯤 떨어진 곳에는 러시아식 목욕탕이 있었다. 그곳에 들어가서 온탕과 냉탕을 오가며 외국 고위 관리처럼 몸을 푹 담그는 것은 커다란 기쁨이었다. 머리를 물속에 담그면 그곳에는 우리만의 고요가 있다. 아이리스 머독은 물에 관한 기억할 만한 문장들을 썼다. 그녀의 소설은 호수와 강과 온천으로 가득하다. 그녀는 이렇게 썼다. "수영은 죽음이 그러하듯 모든 문제를 해결해주는 듯하고, 그리하여 당신은 살아남는다."

몇 해 전 어느 뜨거운 봄날, 나는 맨해튼 웨스트사이드를 따라 치버링을 하며 올라갈 수 있을지 시험해보기로 했다. 당시 내가 칼럼을 쓰던 《에스콰이어》 편집자들은 마감일 무렵에 나를 옥죌 때를 제외하면 정말이지 좋은 사람들이었다. 그들은 보통 일반인(혹은 호텔 투숙객이 아닌 사람)에게는 개방하지 않는 몇몇 수영장에 들어갈 수 있게 손을 써주었다. 그날 아침, 작은 가방에 수영복과 수건, 물안경, 책 한 권을 넣고 길을 나섰다. 지하철을 타고 수영장으로 향하고 있자니 기이한 기분이 들었다. 문득 마지막 정차역에서 내리면 숲이 나오던 오슬로의 지하철을 탔던 때가 떠올랐다. 나는 그날 아침을 미트패킹 디스트릭트에 있는 고급 호텔인 갠스보트의 루프탑 수영장에

내 영혼의 델리카트슨

서 보냈다. 그 위에서는 맨해튼 남부와 새로 지은 휘트니 미술관 전체가 한눈에 들어왔다. 갠스보트 수영장의 풍경 또한 그에 못지않게 미끈했다. 그곳은 단단한 구릿빛 몸의 소유자들로 가득 차 있었다. 나는 아쿠아블루색 수영장에 몸을 담갔다가 서서히 떠올랐다. 〈상태 개조Altered States〉[2]에 나오는 윌리엄 허트 같은 기분이 들 때까지 말이다. 나는 구릿빛 피부도 아니고 탄탄한 복근도 없었다. 그때 갑자기, 내 정신이 룸서비스 주문이라도 한 것처럼, 두 명의 플러스 사이즈 여성 모델이 수영장 주변에 나타나 여성 사진작가를 위해 포즈를 취하기 시작했다. 순간적으로 나 자신이 괜찮은 사람처럼 느껴졌다.

중간 지구midtown로 간 나는 브라이언트 파크에서 그리 멀지 않은 호텔인 채트월의 지하 수영장에서 이른 오후를 보냈다. 이곳에는 뉴에이지 음악과 선禪적인 느낌, 태곳적 고요함이 있었다. 맨해튼판 〈사랑도 통역이 되나요?〉가 있다면, 그곳에서 빌 머레이가 잘 꾸며놓은 정신적 위기를 겪고 있을 것만 같은 느낌이랄까. 거기엔 나 혼자뿐이었다. 나는 랩 풀[3]의 거센 역류를 거스르며 지칠 때까지 수영했다. 그러고는 온수 욕조에 몸을 담갔다. 샴페인 잔 위로 솟구치는 거품처럼, 혹은 껍질을 벗긴 클레멘타인에서 튀는 감귤유처럼 욕조 수면에 거품이 일

---

2 켄 러셀 감독의 영화.
3 lap pool, 왕복 수영을 위한 좁고 긴 일자형 수영장.

었다. 그날 나는 서너 시간이나 물속에 있었고, 손가락 끝은 쪼글쪼글 주름져 있었다. 나는 수건으로 몸을 닦고 네디처럼 계속 이동했다. 이번에는 어퍼 웨스트 사이드로 가서 그곳에 있는 만다린 오리엔탈 호텔의 18층에 있는 깊고 푸른 수영장에서 헤엄쳤다. 돌로 지은 벽과 아치형 천장이 있는 공간이었다. 허드슨 강이 석양으로 물들기 시작하는 동안, 나는 이 드물게 아름다운 수영장에서 첨벙거리며 헤엄쳤다.

완벽한 하루가 서서히 끝나가고 있었다. 다시 시내로 가서 첼시의 호텔 아메리카노 옥상에서 친구와 저녁을 먹었다. 그곳에는 수면 아래 설치한 조명으로 빛나는 작은 수영장이 있었고, 뛰어들고픈 유혹을 느꼈지만, 아무도 몸을 담그고 있지 않았기에 그냥 내 자리로 가서 앉았다. 그곳에서 마시는 마티니는 훌륭하고, 멕시코 음식은 그보다 더 훌륭하다. 지평선 너머로 우리 집이 거의 보일 듯한 기분이 들었다. 치버의 단편소설에 등장하는 네디가 "지도 제작자의 눈으로 그 줄줄이 이어진 수영장을, 카운티를 가로질러 굽이진 그 유사 지중천地中川을" 느꼈던 것처럼 말이다. 치버는 시냇물처럼 이어진 이 수영장들을 잭 케루악의 서부 고속도로처럼 유쾌하게 느껴지게 만들었다. 나도 헤엄쳐서 집으로 돌아갈 수 있을지 궁금해지기 시작했다.

거의 매일 오후마다 나는 수영을 하거나(그러면 배가 고파진다) 낮잠을 잔다. 활기를 더 북돋아주는 쪽은 수영이긴 하지

 내 영혼의 델리카트슨

만, 더 손쉬운 선택은 아무래도 낮잠이다.

미국에서 낮잠의 평판은 좋지 않아서, 사람들은 수면 부족을 무슨 훈장이라도 되는 것처럼 여긴다. 하지만 이제 우리는 수면에 대해 전반적으로 더 많은 사실을 알게 되었다. 특히 기억력을 키워주고 정신을 깨끗하게 해주는 낮잠에 대해. 수면 부족 상태에서는 끔찍한 일들이 일어나곤 한다. 국가 교통안전국에 따르면, 엑슨 발데스^{Exxon Valdez} 유조선이 좌초된 이유는 조타수가 "피로와 과도한 업무량"에 시달렸기 때문이라고 한다.

적어도 서양에서 낮잠의 계관시인이라고 할 만한 사람은 바로 윈스턴 처칠일 것이다. 책상에 엎드려 이십 분 동안 조는 건 그의 방식이 아니었다. 그는 다음과 같이 말했는데, 이는 그가 남긴 가장 인상적인 발언이다. "점심 식사와 저녁 식사 사이에는 반드시 자야 하는데, 어중간하게 자서는 안 됩니다. 옷을 벗고 침대로 들어가세요. 저는 늘 그렇게 합니다. 낮에 잠을 잔다고 해서 일을 덜 하게 될 거라는 생각은 하지 마세요. 그건 상상력이 부족한 사람들이나 하는 멍청한 생각입니다. 낮잠을 자고 나면 더 많은 일을 해낼 수 있을 거예요. 그러면 하루에 이틀을 살게 되는 셈이죠. 뭐, 적어도 하루 반은 살게 되는 거예요." 나는 지난 이십 년 동안 이 말을 신조로 삼고 살아왔다.

당신이 알아두면 좋을 몇 가지 세련된 요령이 있다. 첫째, 매일 아침 일찍 일어나서 다섯 시간에서 여섯 시간 동안 일에 몰두하라. 이런 종류의 노동은 보상이 기다리고 있다는 사실을 자각하고 있을 때 더 수월하게 해낼 수 있다. 방은 춥고 조용해야 한다. 이제 옷을 벗고(아내는 이것을 '바지 벗고 자는 낮잠'이라고 부른다) 침대에 들어간다. 나의 경우 낮잠에서 가장 즐거운 부분은, 잠들기 전 휴대폰으로 뉴스와 트위터의 수다를 삼십 분쯤 훑어보는 일이다. 그리고 내가 좋아하는 백개먼 앱으로 게임을 한두 판쯤 즐긴다. 잠에서 깨어난 후에도 초보자가 저지르기 쉬운 실수들이 있다. 첫 번째 실수는 샤워를 생략하는 것이다. 두 번째 하루에 제대로 시동을 걸려면 거미줄을 깨끗이 씻어내야 한다. 가능하면 새 옷으로 갈아입어도 좋다. 흔히 저지르는 두 번째 실수는 낮잠을 잤다는 죄책감에 시달리는 것이다. 책상으로 돌아가서 몇 시간만 더 꼬박 일하는 것으로 이를 방지하도록 하라.

필립 로스도 결국 시에스타의 세계로 들어왔다. 그는 내셔널 퍼블릭 라디오에서 웃으며 이렇게 말했다. "낮잠에 대해 말씀드리죠. 그건 정말 환상적이에요. 제가 어렸을 때 아버지는 늘 제게 남자가 되는 법을 알려주려고 했어요. 제가 아마 아홉 살이었을 때 이렇게 말씀하시더군요. '필립, 낮잠을 잘 때는 옷을 벗고 담요를 덮어야 해, 그래야 더 푹 잘 수 있어.' 음, 모든 일에서 그랬듯, 낮잠에 대해서도 아버지가 옳았어요. …… 그리고 낮잠의 가장 좋은 점은 깨어났을 때 처음 십오 초 동안 우리가 어디에 있는지 모른다는 거예요. 그저 살아 있을 뿐이죠.

 내 영혼의 델리카트슨

우리가 아는 건 그것뿐이에요. 그리고 그건 더없는 행복감, 완전한 행복감이죠.”

자기야, 우리 왜 안 취하는 거지?

―첼시 미니스, 《자기야, 나는 신경 안 써Baby, I Don't Care》

나는 매일 저녁 일곱 시면 고든스^{Gordon's}나 바힐^{Barr Hill}로 마티니를 만든다. 적어도 마음속으로는 의식을 치르는 투우사의 자세로. 나는 밀도가 높은 네모난 얼음을 사용한다. 병에서 코르크가 펑 하고 튀어나오는 소리가 그러하듯, 셰이커 속에서 흔들리는 마티니 소리는 우리 문명에 없어서는 안 될 소리 중 하나다. 미국산 발명품 가운데 소네트만큼 완벽한 것은 마티니뿐이라고 멩켄은 썼다.

나는 마티니를 젓기보다는 흔들어서 만드는 쪽을 선호한다. 그래야 더 차가워 보이고, 잔 표면에서 잠시 헤엄치는 얼음 결정이 영묘하게 느껴지기 때문이다. 나는 또한 극도로 드라이한 마티니를 좋아한다. 2018년 《타임스》에 실린, 칼라일 호텔의 베멜만스 바에서 오랫동안 바텐더로 일한 토미 롤스의 부고

기사를 읽다가 그의 비법이 베르무트[1]를 완전히 생략하는 것이라는 대목을 읽고 기뻤던 기억이 난다. "베르무트 병은 그냥 뚜껑을 열고 바라보기만 하면 된다"라고 토미는 말했다. 요즘의 칵테일 정석은 나나 토미에게 그리 호의적이지 않다. 요즘은 스터링[2]이 대세고, 베르무트는 듬뿍 부어댄다. T. S. 엘리엇이라면 아무 불만도 없었을 것이다. 그는 베르무트파였고, 좋아하던 브랜드명을 따서 고양이 한 마리의 이름을 노일리 프랏 Noilly Prat 으로 지었을 만큼 베르무트를 좋아했다. 베르무트를 꼭 넣어야 한다면 나는 헤밍웨이의 공식인 15 대 1을 적용한다. 헤밍웨이는 전투에서 아군이 적군보다 수적으로 열다섯 배 우세하길 바랐던 육군 원수 버나드 몽고메리를 기리는 의미에서 진이 베르무트보다 열다섯 배 우세하길 바랐다. 동석한 사람이 누구든 내가 보통 외치는 건배사 "우리 적들의 혼란을 위하여"는 《뉴욕타임스 북 리뷰》의 전 에디터인 고故 캐럴라인 헤런에게 배운 것이다. 잭 니컬슨이 영화 〈이지 라이더〉에서 하는 건배사—"D. H. 로런스 영감을 위해"—도 나쁘진 않다.

"세상도 마티니도 모두 내 거야!" 퍼트리샤 하이스미스는 일기장에서 이렇게 외쳤다. 마티니는 이런 종류의 열정을 불

---

1   와인에 주정과 각종 향신료를 더해 향을 낸 음료로, 마티니나 네그로니 같은 칵테일의 기본 재료로 사용된다.
2   stirring, 바텐딩에서 바 스푼으로 음료를 얼음과 함께 부드럽게 젓는 방식을 일컫는 말로, 대표적으로 마티니를 만들 때 사용되는 방식이다.

   내 영혼의 델리카트슨

러일으키는 술이다. 프레더릭 사이델은 〈그레이시 맨션에서^{At Gracie Mansion}〉라는 시에서 얼음처럼 차가운 마티니를 "가늘고 기다란 손잡이 위에 뜬 투명함"이라고 부른다. 시인 리처드 윌버는 마티니에 "펜넬 즙과 잎사귀"를 넣길 좋아했다. 나는 케이 톰슨의 어린이책에 등장하는 엘로이즈처럼 침실에 진 한 병을 두고 싶다. 서서히 파산하기보다는 빠르게 파산하고 싶다면 집 밖에서 마티니를 마시면 된다.

가끔 나는 보드카 마티니를 만든다. 스미노프 광고에 나왔던 랭스턴 휴스를 떠올리며. 보드카 마티니는 그것을 아예 마티니로 인정하지 않는 속물들을 걸러내기에 좋은 술이다. 내가 읽은 마티니 관련 에세이 중 최고인 〈드라이 마티니^{Dry Martini}〉를 《뉴요커》에 발표한 로저 에인절은 아내와 함께 진에서 보드카로 갈아탔는데, 그 이유는 보드카가 "덜 논쟁적"이기 때문이라고 인정한 바 있다. 보드카 마티니에 바치는 최고의 찬가는 [영국의 소설가이자 저널리스트] 로런스 오스본의 놀라운 책 《젖은 세상과 마른 세상^{The Wet and the Dry}》에 등장한다. 음주가 불법인 나라들에서 술을 마시려 애쓰는 여정을 기록한 책이다. 오스본은 올리브를 넣은 보드카 마티니 맛이 "굴 껍데기 밑바닥에 고인 차가운 바닷물" 같다고 결론 내린다.

케네스 타이넌처럼 너무 흥분해서 보드카 마티니를 항문으로 마시려 하진 말자. 타이넌은 [영국 출신의 미국 철학가이자 작가] 앨런 와츠의 자서전에서 그것이 괜찮은 아이디어라는 글을 읽었다. 그러고는 여자친구에게 관장 튜브를 사용해서 커다란 와인 잔에 따른 보드카를 직장으로 넣어달라고 부탁했다. "십 분이 채 지나기도 전에 형언할 수 없는 고통이 찾아왔다"라고 그는 일기에 썼다. 그의 항문은 "단단히 죄어들었고" 피가 스며 나왔다. 통증이 누그러지는 데 사흘이 걸렸다. "아, 쾌락주의의 위험이여!"라고 그는 썼다.

나는 첫 잔을 일부러 늦게 시작하는데, 그 첫 잔을 너무 좋아하기 때문이다. 기대감을 더 오래 이어가고 싶기도 하다. 술은 벤저민 프랭클린이 알아차렸듯이, 신께서 우리를 사랑하신다는 한결같은 증거다. 나는 대부분의 사람들보다는 많이 마시지만 어떤 이들보다는 적게 마신다. 특별히 큰 술통 같은 배를 지니고 있진 않다. 주량이 호메로스의 서사시 분량처럼 엄청나지도 않다. 그럼에도 거의 매일 밤 마티니 두 잔을 마시고, 저녁 식사 때는 반주로 와인 한두 잔을 마신다. 다음 날 아침에 아무런 악영향을 끼치지 않을 정도로만 말이다. 만일 세 잔째 와인을 마셔버리면 책상 앞의 아침은 책상 앞의 오후가 되어버리고 만다.

혼자 술을 마신다고 우울해지진 않는다. 어떤 사람은 그런 모양이지만 나는 아니다. 벤저민 프랭클린은 혼술을 추천하지 않는다. "사과술을 혼자 마시는 자, 달아난 말도 혼자서 붙잡게 하라"라고 그는 썼다. 하지만 크리스토퍼 히친스는 혼술이 "인생에서 마신 가장 행복한 술이 될 수 있다"고 말했고, 노먼 메

 내 영혼의 델리카트슨

일러는 소설 《터프가이들은 춤추지 않는다 Tough Guys Don't Dance》에서 자신이 "아마도 혼술의 가장 만족스러운 점일 그 난공불락의 거만함"이라고 부른 것을 찬양했다. 혼자일 때 나는 크리가 딱히 좋아하지 않는 종류의 음악(재즈나 허스커 두의 음악)을 크게 틀고서 잡지를 읽으며 치즈를 먹다가 약간 취기가 돌면 침대로 향한다. 그래도 나는 술친구와 함께 마시는 쪽을 선호한다. 처음 만나는 사람이 우리 집에 온다는 사실을 알게 되면, 킹슬리 에이미스처럼 마음속으로 궁금해한다. "술을 마시는 사람일까? 유쾌한 사람일까?" 술은 어떤 사람의 영혼 속에 잠들어 있는 시를 불러낼 수도 있다.

2006년, 《사교계에 데뷔하는 러시아 여자들의 안내서 The Russian Debutante's Handbook》와 《정말 슬픈 진짜 사랑 이야기 Super Sad True Love Story》 같은 소설을 쓴 걷잡을 수 없는 작가 게리 슈테인가르트는 덴버에 기반한 잡지 《모던 드렁커드 Modern Drunkard》와 인터뷰를 가졌다. 그것은 21세기 들어 이루어진 최고의 인터뷰 중 하나로, 진취적인 젊은 에디터라면 꼭 소책자로 출간해야 할 것이다. 그러기 전까지는 온라인에서 찾아서 친구들에게 링크를 보내줘야 하리라. 제임스 볼드윈이라면 "술을 안 마신다는 작가는 들어본 적도 없다"고 말했겠지만, 그건 오래전 이야기다. 슈테인가르트는 작가들이 예전만큼 열정을 지니고 바 카운터로 달려가지 않는다고 불평한다. 그는 이렇게 말했다. "요즘 작가란 멸균 처리된 업종 같아요. 다들 아마존 순위를 소수점까지 꿰고 있죠. 이곳에서 문단은 나를 지지해주지 않아요. 나는 완전히 혼자죠.” 그는 이렇게 덧붙인다. “선조들을 떠올리면 정말 비참해져요. 그들은 샴푸 한 병만 생겨도 파티를 열었죠. 그런데 나는 최고급 술을 앞에 두고도 이 꼴이잖아요.” 나는 내 아파트에서 게리를 술친구로 삼고자 최선을 다해왔다.

　“왜 모두가 술을 마시지 않은 걸까?” 칼 오베 크나우스고르는 《나의 투쟁》 4권에서 그렇게 물었다. “술은 모든 것을 커다랗게 만든다, 그것은 의식을 통과해 불어오는 바람이고, 부서지는 파도이며, 흔들리는 숲이다, 술이 투과시키는 빛은 보이는 모든 것을 금빛으로 물들인다, 심지어 가장 흉하고 혐오스러운 사람조차도 어딘가 매력적으로 변한다, 마치 모든 반감과 판단이 크게 휙 내젓는 손길로, 극도의 너그러운 행위로 사라져버리는 것만 같다, 여기서는 모든 것이, 정말 모든 것이 아름답다.”

　[미국의 소설가] 던 파월도 일기장에 비슷한 말을 남겼다. 그녀는 이렇게 썼다. “사람은 비밀 문자가 적힌 백지와도 같다. 그 비밀 문자는 절대 드러나지 않기도 하고, 때로는 기이한 화학물질에 의해 드러나기도 한다.” 미셸 우엘벡은 소설 《복종》에서 이렇게 썼다. “타인을 이해하기란, 그들의 속마음을 알기란 어려운 일인데, 술의 도움이 없다면 아예 불가능할지도 모른다.” 킹슬리 에이미스는—그의 책 《일상적 음주: 증류한 킹슬리 에이미스 Everyday Drinking: The Distilled Kingsley Amis》는 모든 집에 한

　내 영혼의 델리카트슨

권쯤 있어야 한다ー이렇게 말했다. "인류가 서로 장벽을 허물고, 상대를 빠르게 알아가고, 어색함을 깨뜨리고자 고안해낸 방식 가운데 기분 좋은 분위기 속에서 서로 비슷한 속도로 맨정신을 내려놓는 일만큼 간편하고 효율적인 것도 없다."

미국의 건국자들도 이 사실을 잘 알고 있었다. 바버라 홀랜드는 《음주의 기쁨The Joy of Drinking》에서 독자들에게 상기시키길, 1787년 헌법 제정 회의에 참석한 쉰다섯 명의 대의원이 "잠시 휴식을 위해 선술집으로 자리를 옮겼는데, 계산서에 따르면 그들은 마데이라 54병, 클라레 60병, 위스키 8병, 포트와인 22병, 독한 사과주 8병, 그리고 오리가 헤엄칠 수 있을 만큼 커다랬다고 전해지는 펀치볼 7그릇을 마셨다. 그러고는 다시 회의장으로 돌아가서 새로운 공화국의 건국을 마쳤다". 쉰다섯 명의 대의원이 마데이라 54병을 마셨다고? 어느 건국자가 동료들의 기대를 저버린 걸까?

＊
＊＊

나는 늘 문학작품에 등장하는 술집에 대해 읽기를 즐겨왔다. 셰익스피어의 폴스태프가 좋아하는 '보어즈 헤드 선술집'에서부터 이어지는 그 모든 술집 말이다. 내게 감각적으로 가장 완전히 현실화된 문학 속 술집은 데니스 존슨의 뛰어나고 불안한 연작소설집 《예수의 아들》에 등장한다. 술집 이름은

'바인The Vine'. 아이오와주의 어느 작은 마을을 떠도는 화자가 친구들을 만나 유대를 맺는 곳이다. 화자는 이렇게 말한다. 그곳은 "매일 달랐다. 내 인생에서 가장 끔찍한 몇몇 일들이 이곳에서 벌어졌다. 그런데도 다른 사람들이 그러했듯 나는 계속 돌아왔다". 바인의 가장 좋은 점은 바텐더였는데, 그녀는 "천사처럼 계량도 하지 않고 칵테일 잔 끝까지 더블샷을 부어줬다". 고마워하는 화자는 그녀에게 이렇게 말한다. "간호사님, …… 술 따르는 팔이 아주 멋지군요." 바인의 두 번째로 좋은 점은 주크박스가 없다는 사실이었다. 대신 그곳에는 "술에 젖은 자기 연민과 감상적인 이별 노래를 끊임없이 들려주는 진짜 스테레오 오디오가 있었다".

슈테인가르트의 《정말 슬픈 진짜 사랑 이야기》에는 '서빅스'라는 가상의 바가, 스티븐 킹의 《인스티튜트》에는 '컨트'라는 가상의 바가 등장한다. 이것들은 아마도 '칵 앤드 불' 같은 이름의 영국 펍에 대응하는 미국적 이름일 것이다.[3] 가장 살갑지 못한 가상의 바는 프랭크 카프라 감독의 1946년작 〈멋진 인생〉에 등장한다. 그 바는 한때 '마티니스Martini's'로 불렸지만, 조지(제임스 스튜어트)가 태어난 적 없는 평행 우주에서는 '닉스Nick's'로 변해 있다. 조지가 천사 클래런스와 함께 들어간 바

---

[3]   '서빅스Cervix' '컨트Cunt'는 각각 '자궁 경부' '여성의 음부'를 뜻하며, '수탉(혹은 남성의 성기)과 황소' 혹은 '헛소리'를 뜻하는 '칵 앤드 불Cock and Bull'은 '칵 앤드 볼ball', 즉 '남성의 성기와 고환'을 연상시키는 표현이다.

     내 영혼의 델리카트슨

의 분위기는 암울하고 초조하다. 바텐더는 조지를 알아보지 못하고, 조지는 긴장을 달래고자 버번을 더블로 주문한다. 클래런스는 '플레이밍 럼 펀치'를 주문했다가 잠시 망설이더니 "계피는 잔뜩 넣고 정향은 조금만 넣은" 뱅쇼로 주문을 바꾼다. 이제 짜증이 난 바텐더는 그에게 말한다. "이보쇼, 손님. 이곳은 빨리 취하고 싶은 남자들이 센 술을 마시러 오는 곳이오. 분위기 잡으러 오는 사람은 필요 없단 말이지. 내 말 알아들었소? 아니면 내 왼손 맛이라노 한번 봐야 이해하겠소?" 그는 조지와 클래런스를 한 쌍의 '픽시스 pixies'라고 부르는데, 이는 동성애자를 돌려 말하는 표현이다.

낮에는 도서관, 밤에는 바. 그게 찰스 부코스키의 생활 방식이었다. 그렇다면 바는 어떻게 골라야 할까? 해리 크루스는 말하길, 좋은 바는 결코 붐벼서는 안 되는데 좋은 바를 알아보는 사람은 늘 소수이기 때문이다. 어두운 구석의 공작公爵인 시인 어거스트 클라인잘러는 샌프란시스코의 '잼잼룸 Zam Zam Room'의 단골이었는데, 그곳이 드라이 마티니를 잘 만들고 손님을 잘 내쫓기로 유명했기 때문이다. 그는 회고록 《커티삭, 얼음 하나 Cutty, One Rock》에서 이렇게 썼다. "그곳은 내가 걸어 들어간 공간 가운데 가장 우울하고 쌀쌀맞은 곳이었다. 나는 즉시 그곳이 나의 안식처임을 알았다." 훌륭한 바텐더라면 적어도 형편없는 농담 하나쯤은 언제든 할 수 있어야 한다. 잼잼룸의 바텐더가 했던 농담은 이랬다. "디킨스 마티니가 뭔지 아세요? 모

르겠다고요? 올리브도 트위스트도 넣지 않은 것."⁴

《램파츠 Ramparts》가 전성기를 누리던 1960년대 후반, 남의 사생활 캐기로 유명했던 이 잡지의 에디터 워런 힌클은 샌프란시스코에 살았지만 잼잼룸 이야기는 한 적이 없다. 힌클은 (어린 시절 사고의 결과로) 안대를 썼고, 《램파츠》 사무실에서 헨리 루스라는 이름의 거미원숭이를 길렀으며, 가끔 노스비치에 있는 '쿠키 피체티스 Cookie Picetti's' 바에서 기사를 썼다. 한 목격자는 힌클과 함께 바에 들어섰다가 바텐더가 즉시 준비한 스크루드라이버 열다섯 잔을 힌클이 마시는 모습을 봤다고 했다. 이 이야기는 아무래도 설득력이 떨어진다. 누가 그런 식으로 술을 주문하겠나? 네다섯 잔쯤 들이켜면 나머지는 전부 미지근해질 텐데 말이다. 나는 스크루드라이버 열다섯 잔을 마실 때면 다섯 잔씩 세트로, 이십 분 간격으로 나눠서 마실 수 있게끔 주문한다. 당신도 그러리라 믿는다.

프랭크 매코트는 열아홉 살 때 맨해튼 서드 애비뉴에 있는 아이리시 바 '코스텔로스 Costello's'에서 쫓겨난 적이 있다. 그는 회고록 《앤절라의 재 Angela's Ashes》의 후속작 《그렇군요》에서 그 장면을 묘사한다. 그가 15센트짜리 맥주를 마시고 있었을 때 바텐더가 닥터 존슨⁵ 이야기를 꺼냈다. 닥터 존슨이 누구냐고

---

4   찰스 디킨스의 소설 《올리버 트위스트》를 이용한 말장난이다. '트위스트'는 흔히 '제스트'라고 불리는 '레몬이나 오렌지 등의 껍질 한 조각'을 뜻하는 말이다.

    내 영혼의 델리카트슨

매코트가 묻자, 바텐더는 그의 잔을 홱 낚아챘다. "여기서 나가." 바텐더가 말했다. "42번가를 따라 서쪽으로 걷다 보면 5번가에 도착할 거야. 그러면 거대한 돌사자 두 마리가 보일 거야. 돌사자 사이 계단을 올라간 후 도서관 이용증을 만들어서 바보 꼴에서 벗어나라고." 그러고는 덧붙였다. "《영국 시인들의 생애The Lives of the English Poets》를 다 읽기 전에는 여기 돌아올 생각도 하지 마. 어서. 썩 꺼져."

20세기 중반 《뉴요거》의 어떤 전속 기자들은 사무실 근처 미드타운의 음울한 바 '코르틸레Cortile'를 즐겨 찾았다. "코르틸레는 침울한 인생관을 지닌 사람들에게 딱 어울리는 이상적인 공간이었고, 잡지 쪽에는 그런 사람들이 늘 많았다"라고 브렌던 길은 썼다. 《뉴요커》의 창립 편집장 해럴드 로스는 "법적으로 허용되는 바의 어둠은 어디까지인가?"라는 질문에 대한 답을 얻길 바랐는데, 그 질문에 영감을 준 것이 바로 코르틸레였는지도 모르겠다. 내가 자주 가는 어두운 바는 소호에 있는 '파넬리스Fanelli's'로, 시내 최고의 예술영화관 앤젤리카 필름 센터에서 가장 가까운 훌륭한 바다. 조너선 프랜즌의 소설 《인생 수정》에서 가장 밑바닥까지 추락한 칩이 남자 화장실에 들어가 훔친 연어 한 덩어리를 바지 속에서 꺼내는 곳도 바로 이 파넬리스다.

---

5   영국이 시인이자 비평가 새뮤얼 존슨을 일컫는다.

타임스퀘어 안쪽에 숨어 있는 복싱 바 '지미스 코너'에 대해서는 2장에서 이미 언급한 바 있다. 그곳에서 마신 가장 기억에 남는 술은 살만 루슈디와 함께 마신 것이었다. 때는 2007년이나 2008년으로, 루슈디에 대해 파트와[6]가 선고된 지 거의 이십여 년이 지났을 때였다. 그는 편집자만 데려왔을 뿐 경호원은 없었다. 우리는 바에 앉았고, 다른 손님들은 얼빠진 표정으로 우리를 쳐다봤다. 무슨 이야기를 나눴는지는 기억나지 않지만, 내 열 살짜리 아들이 체스에서 나를 이기기 시작했다고 말했던 것은 기억난다. 루슈디는 신탁이라도 내리듯 대답했다. 체스에서 지는 것은 단순한 패배가 아니라 영혼의 패배라고. 뭐 대충 그런 말이었는데, 어쨌거나 기운 빠지는 말이었다. 두 번째로 기억에 남는 술은 앤서니 보데인과 마신 것으로, 《키친 컨피덴셜》이 출간되어 그의 인생이 송두리째 바뀌기 직전의 일이었다. 그는 내 부탁으로 짧은 서평을 써준 적이 있었다. 가죽 재킷 차림에 담배를 피웠으며 명백히 잘생긴 얼굴이었지만, 여전히 열정적인 뉴저지주 출신 소년의 면모가 남아 있었다. 그는 아직 우리가 아는 그 '앤서니 보데인'으로 변하기 전이었다. 나처럼 그도 데니스 존슨의 열렬한 팬이었다. 보데인은 내가 몰랐던 존슨의 시집을 알려주었다. 그가 추천한 시집은 1982년에 출간된 《익명의 라운지The Incognito Lounge》였다. 그 시집

---

6 이슬람법에 따른 결정이나 명령.

  내 영혼의 델리카트슨

에는 술과 관련된 훌륭한 시들이 실려 있는데, 그중 〈열기^{Heat}〉
에는 다음과 같은 구절이 있다.

> 아름다운 수전, 그녀의 머리카락은 진에 젖어 끈적하고,
> 앨범 재킷 위에 젖은 유리잔이 남긴 둥근 자국은 성모의
> 후광.

＊＊

바에서 마시는 음료는 대체로 맥주다. [아일랜드의 소설가]
플랜 오브라이언이 말했듯이 "스타우트 한 잔만큼 확실한 친구
도 없다". 아이리스 머독은 사후에 성실한 맥주 코스터 수집가
로 밝혀졌다. 퍼트리샤 하이스미스는 맥주캔을 맨손으로 찢어
서 술친구들에게 깊은 인상을 주길 좋아했다. 앤 섹스턴은 필
시 "신은 맥주처럼 부드럽고 그윽한 갈색 목소리를 지녔을 것
이다"라고 썼다. 이브 배비츠는 "나는 레이니어 에일 두 캔에
순결을 잃었다"고 말했다. 그러고는 이렇게 덧붙였다. "나는 이
세상에 레이니어 에일 같은 게 또 뭐가 있을지 궁금해하기 시
작했다."

나는 고급 IPA를 즐겨 마시지 않는다. 내 입맛에는 너무
쓰고 알코올 도수도 감당할 수 없을 만큼 높으니까. 콜슨 화이
트헤드는 포커에 관한 책 《고귀한 사기^{The Noble Hustle}》에서 이렇

게 썼다. "브루클린, 포틀랜드, 채플힐의 양조 장인들이여, 내 뒤로 물러서라, 그대 힙스터 홉스터[7]들이여." 언젠가 한 친구는 싸구려 맥주가 담긴 내 머그잔을 두고 '물 위에서 나누는 사랑'이라고 말했는데, 왜냐하면 그 맥주는 "거의 빌어먹을 물맛"이었기 때문이다. 크리는 오래전에 자기가 제일 좋아하는 맥주에 정착했다. 블루문, 그 청량한 벨기에 밀맥주 말이다. 거기에 오렌지 한 조각을 곁들여서 마시는 것. 냉장고에는 늘 여섯 병짜리 블루문 두 팩이 자리잡고 있다. 나로 말할 것 같으면, 냉장고 맨 아래 칸을 다양한 나라에서 대량생산된 알록달록한 라거 병들로 채워둔다.

연애의 끝을 가장 솔직한 방식으로 환기시키기 위해 맥주 이미지를 사용한 사람은 바로 토니 모리슨이었다. 《솔로몬의 노래》에서 모리슨은 이렇게 썼다. "그녀는 세 번째 맥주였다. 목구멍이 거의 눈물을 쏟을 만큼 고맙게 받아 마시는 첫 번째 맥주도, 첫 번째 맥주의 기쁨을 확인해주고 연장해주는 두 번째 맥주도 아니었다. 그냥 거기 있으니까, 마셔도 해롭지 않으니까, 마셔봤자 어차피 아무 차이도 없으니까 마시는 세 번째 맥주였다."

나의 한 가까운 친구는 2000년대 초반, 이른바 미국의 각

---

7   '홉hops'이 쓴맛을 내는 맥주 원료를 뜻하는 데 착안한 언어유희로, '홉스터hopster'는 원래 '댄서' '아편쟁이' 등을 뜻하는 말이다.

　　　　　내 영혼의 델리카트슨

테일 르네상스 시대에《뉴욕타임스》칵테일 칼럼니스트로 십 년 동안 활동했다. 그 덕분에 나도 허름하지 않은 바의 세계를 조금은 알게 되었다. 나는 그를 밤새 따라다니곤 했다. 그가 시내를 돌아다니며 줄렙, 리키, 코블러, 사워, 피즈, 슬링을 시음하는 동안, 그와 함께 노란색 택시를 타고 벌집 같은 맨해튼을 누비며 설츠버거 가문[8]의 돈으로 술을 마셨다. 그것은 일종의 교육이었다. 분명히 배운 게 있다면, 사라 M. 브룸이《노란 집》에서 썼듯이 "믹스드 드링크[9]는 믹서가 아니라 술의 색을 닮아야 한다"는 사실이다. 그리고 나는 지금껏 들은 음주 조언 중 최고라고 할 만한 것도 실천하기 시작했다. 케네스 타이넌에 따르면, 험프리 보가트는 누군가에게 결코 단순히 술을 건네는 법이 없었다. 그는 상대방의 손목을 붙잡고서 마치 소켓에 전구라도 끼우듯 술잔을 상대방의 손안에 돌려 끼워 넣었다. 이제는 내 아들 펜이 맨해튼의 바 은하계를 안내하는 나의 숙련된 가이드 역할을 해주고 있다. 나로서는 운 좋게도 펜은 주류 업계에서 일하며 그 세계의 모든 것에 훤하다.

이제 동네 바에서도 신선한 과즙과 제대로 된 증류주를 쓰고, 동네 레스토랑에서 칵테일 리스트를 제공하고, 예전에는 위스키 여섯 종을 팔던 동네 주류 판매점에서 이제는 예순 종

---

8 《뉴욕타임스》의 오너 일가를 가리킨다.
9 칵테일이나 하이볼 등의 혼합주를 뜻한다.

을 판다면, 그건 순전히 데일 디그로프 같은 바텐더들과 데이비드 원드리치 같은 작가들이 이끈 칵테일 르네상스 덕분이다. 이런 움직임은 약간의 설교와 허세도 낳았지만(왁스를 바른 콧수염, 젠체하는 문신, 핀스트라이프 조끼, 귀엽게 꾸민 칵테일 이름, 부풀려진 계산서), 그리 큰 대가는 아니었다. 원드리치가 편집한 《옥스퍼드 증류주와 칵테일 백과사전The Oxford Companion to Spirits and Cocktails》은 한 권쯤 소장할 만한 책이다. 항목 대부분이 매우 학문적이어서, 술에 취하는 일에 관한 당신의 관심이 실은 학문적 탐구라고 스스로와 어쩌면 배우자까지도 설득할 수 있을 정도다. 책의 편집진은 1988년 영화 〈칵테일〉에서 톰 크루즈가 보여준 '플레어' 바텐딩[10]에 비판적이다. 하지만 이런 규칙에도 예외는 있으니, 〈치어스Cheers〉[11]에서 샘이 선보이는 바텐딩, 즉 맥주잔을 바의 모퉁이에서부터 밀어 커브볼처럼 휘게 해서 손님에게 보내는 능력만은 인정해줘야 할 것이다.

**

좋은 와인 가게에 들어서서 와인으로 빼곡한 선반을 바라보고 있노라면, 책을 읽지 않는 젊은이가 서점에 들어섰을 때

---

[10]   바텐더가 묘기와 함께 음료를 만드는 기술.
[11]   전직 메이저리그 투수 출신 바텐더가 등장하는 미국 시트콤.

     내 영혼의 델리카트슨

느낄 기분을 이해하게 된다. 이 모든 무질서하고도 어마어마한 아름다움은 대체 뭐란 말인가? 목적의식을 지니고 와인을 마신 지 거의 사십 년이 다 되어가지만, 나의 와인 지식은 여전히 보잘것없다. 와인을 사서 쟁여둘 만한 경제적 여유가 있었던 적은 한 번도 없었다. 젊었을 때 잘한 결정이 하나 있다면, 좋아하고 가격도 알맞은 프랑스 와인—론 지방 와인—을 골라서 그것을 고수했던 것이다. 특히 [미국의 유명한 와인 수입업자] 커밋 린치가 수입한 본 와인은 뭐가 됐든 사누는 편인데, (1) 커밋은 유쾌하고 문학적인 영혼의 소유자이며, (2) 그가 수입한 와인은 믿을 만하고 대체로 가성비가 좋기 때문이다. 무엇을 고를지 망설여질 때면 라벨을 보고 결정한다. 디자인 감각이 좋은 와인 생산자가 내놓은 와인이라면 대체로 맛도 좋을 가능성이 높다. 열 번 중 여덟 번은 실제로 그러하다. 크리가 박스 와인[12]을 사 올 때면 우리 살림이 빠듯하다는 걸 알게 되곤 하는데, 그렇다고 해서 박스 와인을 깎아내릴 필요는 없다. 최근 트위터에서는 재치 있는 누군가가 박스 와인을 '카드보르도'[13] 라고 부르기도 했다.

크리는 와인에 대해 예리한 후각을 지니고 있다. 맛이 풍부한 와인을 마시면, 미뢰로 몇몇 분명한 맛의 층을 구분해낼

---

[12] 병 대신 종이 박스에 들어 있는 비교적 저렴한 와인.

[13] cardboardeaux, '판지'를 뜻하는 'cardboard'와 프랑스 보르도 지방 와인인 '보르도boardeaux'를 합친 말.

줄 안다. 나는 크리의 테이스팅 노트를 듣기 좋아하고, 그런 노트를 제공해주는 작가들도 좋아한다. 제임스 조이스는 《율리시스》에서 "화이트 와인은 전기 같다"라고 썼다. 칼 오베 크나우스고르는 《나의 투쟁》 4권에서 말하길, 화이트 와인은 "여름밤, 붐비는 디스코 파티, 테이블 위의 얼음통, 반짝이는 눈동자, 햇볕에 그을린 맨팔의 맛"이라고 했다. A. J. 리블링은 자신이 가장 좋아하는 프랑스 와인 타벨^{Tavel} 로제를 "절제된 열정처럼 따스하지만 드라이하다"고 묘사했다. D. H. 로런스는 어떤 스페인 화이트 와인을 마시고서 "어느 늙은 말의 유황 섞인 오줌" 맛이 난다고 말했다. 내가 아는 최고의 테이스팅 노트는 토니 호글런드의 시 〈딘 영이 와인에 대해 말할 때^{When Dean Young Talks About Wine}〉에 등장한다.

    그는 말한다, 첫 장^章은 대단하지만 플롯은 없어.
    그는 말한다, 활주로는 길지만 비행은 짧지.

    그는 말한다, 이건 비밀을 지녔던 적이 한 번도 없어.
    그는 말한다, 그거랑 줄무늬 옷은 안 어울려.

    그는 프랑스에서의 유년 시절이라도 떠올리듯 눈을 가늘게
      뜬다.
    그는 입술을 오므리더니 잔을 바라보며 고개를 젓는다.

 내 영혼의 델리카트슨

호글런드는 2018년, 예순넷의 나이로 세상을 떠났다. 그의 죽음은 미국 시문학계의 커다란 손실이었다. 이 시는 거의 형언하기 힘들 만큼 마음을 뒤흔드는 구절들로 이어진다.

하지만 임대료와 천식약의 카베르네는 어디 있는가?
정형외과용 신발의 부르고뉴는?
까진 무릎과 잼 샌드위치의 샤블리는?
잔인한 어린이 야구 리그 코치의 뒷맛^{aftertaste}과
녹슨 스테이션왜건의 여운을 지닌 와인은 대체 어디 있는가?

✳✳

[영국의 소설가이자 저널리스트] 앤절라 카터는 친구들에게 와인을 한 잔씩 따라준 다음 코르크로 병을 막고 치워버려서 친구들을 짜증나게 했다고 전해진다. 로리 무어의 단편집 《짖다》에 등장하는 한 인물이 읊는 대사가 있는데, 나는 와인 병을 딸 때마다 그 대사를 생각한다. "와인은 안 돼. …… 와인을 따면 치즈도 꺼내야 하니까." [미국의 저널리스트이자 영화감독] 노라 에프런은 1960년대와 1970년대 저녁 파티에서 사람들 대부분이 내내 독주만 마셨다고 썼다. "와인을 아는 사람은 아무도 없었다."

버지니아 울프는 "하루를 살아내며 입은 손해를 조금이라

도 메꾸려면" 와인이 필요하다고 썼다. 노년기에 접어든 콜레트는 "뉘우침도 손상도 없는 위, 아주 호의적인 간, 여전히 예민한 미각, 이 모든 걸 훌륭하고 정직한 와인이 지켜주었다"며 자랑스러워했다. 우리 모두 그런 행운을 누릴 수 있으면 좋으련만. 엘리자베스 데이비드는 《오믈렛과 와인 한 잔^{An Omelette and a Glass of Wine}》에서 1960년대에서 1970년대에 여자가 당당히 와인을 주문하려 할 때 어떤 대접을 받았는지 썼다. 그녀는 웨이터가 다음과 같이 물었다고 회고했다. "한 병이라고요, 부인? 한 병 전부요? 와인 한 병이 얼마나 큰지 알고 계시나요?"

내가 가장 좋아하는 와인 작가는 아마도 소설가 에벌린 워의 아들인 오브런 워일 것이다. 오브런 최고의 작품들은 《워가 본 와인에 대하여^{Waugh on Wine}》라는 재치 있는 책에 수록되어 있다. 1980년대 런던에서 《리터러리 리뷰^{Literary Review}》라는 월간지 에디터로 있었을 때, 그는 가끔 프리랜서 리뷰어들에게 원고료 대신 와인을 주곤 했다. 누군가가 부활시켜주면 좋을 만큼 멋진 관행이 아닐 수 없다. 오브런 워가 뛰어난 와인 작가였던 이유는 그가 다른 와인 작가들은 하지 않은 말을 했기 때문이다. 이를테면 자신이 아는 한 대마초와 기가 막힐 정도로 잘 어울리는 유일한 와인은 '다인하르트 호흐하이머 퀘니긴 빅토리아 베르크 리슬링 카비넷'이라고 말했던 것처럼 말이다.

내 인생 최대의 와인 범죄를 저지른 그날 밤, 나도 대마초를 약간 피웠던 것 같다. 우리는 스무 명의 손님과 함께 와인

 내 영혼의 델리카트슨

업계에 있는 한 친구의 마흔 번째 생일 저녁 파티를 열고 있었다. 그녀는 특별한 선물로 오래되고 희귀하고 귀한 남아프리카 화이트 와인 두 병을 들고 왔다. 그녀가 병을 따서 우리 잔에 조금씩 따라주고 누군가가 일어나서 건배사를 하려던 순간, 나는 그녀 옆자리에서 색종이 폭죽을 터뜨렸다. 색종이 조각이 허공에서 펄럭이며 내려와 잔 안에 떨어지면서 와인에 합성 염료가 스며들고서야 내가 치명적인 실수를 저질렀음을 깨달았다. 그 바보짓을 떠올리면 지금도 침울해진다.

**

나는 갈색 술보다는 진이나 보드카 같은 하얀 술을 더 좋아하지만, 늦은 저녁에 스카치나 버번을 손가락 한 마디만큼 따라 마시는 것도 꽤 즐거운 일이다. 그런 종류의 술에는 무언가 특별히 미국적인 느낌이 있다. 프랑스 작가 시몬 드 보부아르는 1947년 미국을 여행하며 쓴 일기 《미국여행기》에서 이 점을 아주 분명히 했다. 그녀는 이렇게 썼다. "나는 위스키 맛을 좋아하지 않는다. 내가 좋아하는 것은 그것을 저을 때 사용하는 이 유리 막대뿐이다. 그런데도 나는 새벽 3시까지 고분고분하게 스카치를 마시는데, 스카치야말로 미국을 이해하는 열쇠 중 하나이기 때문이다. 나는 그 유리벽을 뚫고 나가고 싶다."

보부아르는 스카치와 버번을 뒤섞는 실수를 저질렀다. 노먼 메일러는 이를 중대한 오류로 여겼다. 그는 이렇게 썼다. "나는 미국 작가이고, 그러니 미국 술인 버번을 마신다. 그것이 바로 위대한 작가와 결코 위대해지지 못할 작가의 차이다. 위대한 작가란 스카치와 버번의 차이를 아는 사람이다." 내 생각에 보부아르는 그 차이에 조금도 신경 쓰지 않았을 것이다. 그녀와 혼인 관계는 아니었지만 동반자였던 장 폴 사르트르는 A. J. 리블링에게 그와 비슷한 말을 했고, 리블링은 그 말을 《뉴요커》에 실었다. "영국인과 저녁 내내 대화를 나누는 데 필요한 표현은 딱 두 개뿐이더군요. '스카치 앤드 소다?'와 '거 좋죠'. 이 두 표현만 번갈아 쓰면 실수할 일이 없어요."

[미국의 극작가] 릴리언 헬먼은 스카치를 와인 잔에 따라 스트레이트로 마셨다(내가 아는 유명한 작가이자 학자인 사람도 진을 이런 식으로 마시는데, 다만 얼음을 띄우긴 한다). 헌터 S. 톰슨은 잘게 부순 얼음을 넣은 시바스 리갈을 '스노 콘^{Snow Cone}'이라고 불렀다. "버번은 내게 프루스트의 마들렌이나 마찬가지다"라고 워커 퍼시는 썼다. 버번을 스트레이트로 마실 때면 나는 에밀리 디킨슨이 "석양을 잔에 담아 갖다줘"라고 부탁한 시구절을 떠올린다.

**

이 장은 물론 음주를 찬양하기 위해 쓰였다. 조지프 오닐의 훌륭한 소설《네덜란드》에서 화자는 이렇게 말한다. "우리는 영국인이 선호하는 방식으로 구애했다. 즉, 술기운으로." 뮤리얼 스파크는《켄싱턴에서 멀리 떨어져 A Far Cry from Kensington》에서 다음과 같이 조언했다. "누구든 결혼하려는 사람은 우선 상대방이 술에 취한 모습을 봐야만 한다."

하지만 생각 있는 술꾼은 절대 도를 넘지 않는다. 말년에 술을 끊은 소설가 배리 해나는《파리 리뷰》인터뷰에서 말하길, 만일 텔레비전에 금주운동 홍보 대사로 출연해달라는 요청을 받는다면 "이봐요, 만일 맥주 세 잔 이상이 필요하다면, 당신은 걱정해야 합니다"라고 말할 거라고 했다. 해나의 이 말은 나를 걱정하게 만든다. 나는 〈잃어버린 주말〉에 나오는 레이 밀랜드가 그랬듯이 만화 캐릭터처럼 엑스 자 눈을 하고서 휘청거리며 돌아다니고 싶은 생각이 추호도 없다.

딜런 토머스는 알코올중독자를 '내가 싫어하는 사람인데, 또 술은 나만큼 많이 마시는 사람'으로 정의한 것으로 유명하다. 이브 배비츠는 친구 코니가 "난쟁이 두 명과 잠자리를 하고서야" 금주회에 "들어갈 때가 되었음을 깨달았다"고 말했다.

데니스 존슨은 늘 나의 뇌리를 맴도는 작가다. 그는 마지막 단편집《바다 요정의 후의》에서 이렇게 썼다. "계속 술을 마셔대면 사팔눈인 아이를 낳게 될 거고, 결국 낯선 동네 어딘가에 묻히게 될 거야. 묘비에 이름도 잘못 새겨진 채 말이지."

그날이 오기 전까지는 숙취가 기다리고 있다. 로버트 쿠버의 독보적인 한 단편에서는 투명 인간이 구토하고, 그러자 곧장 모두가 술에서 깬다. 그런 방법이 없다면 결국 구글링하는 방법밖에 없다. 그곳에서 당신은 무난한 임시방편(버터밀크, 꿀, 바나나)에서부터 충격요법(피클 주스, 칡즙, 생양배추)에 이르는 수천 가지 민간요법을 발견하게 된다. 만일 몸을 이끌고 월그린^{Walgreens}이나 라이트 에이드^{Rite Aid}에 들어갈 수 있다면, 숙취 완화를 약속하는 묘약 한두 개쯤은 발견할 수 있을 것이다.

킹슬리 에이미스는 《술에 대하여^{On Drink}》에서 쓰길, 이런 숙취 해소법의 문제는 그것이 오직 숙취의 육체적 증상만을 다룬다는 점이라고 했다. 그가 보기에 더 시급히 해소되어야 할 문제는 바로 형이상학적 숙취다. 초췌해진 이튿날 아침 불길하게 다가오는 "우울과 슬픔(이 둘은 같지 않다), 불안, 자기혐오, 실패감, 미래에 대한 두려움이 뒤섞인 그 형언할 수 없는 복합적 감정" 말이다.

에이미스가 생각한 육체적 숙취 해소법은 대체로 평범했지만, 몇몇 말도 안 되는 방법은 웃음을 터뜨리게 만든다("당연한 말이겠지만, 숙취 없는 조종사가 조종하는 문이 열린 비행기를 타고 삼십 분 정도 상공에 다녀오라"). 하지만 정말 흥미로운 것은 그가 생각한 형이상학적 숙취 해소법이다. 에이미스는 그 해소법 중 하나로 "숙취 독서"를 제안하는데, 그것은 "더 나은 기분을 느끼려면 우선 더 나쁜 감정을 느껴야만 한다는 원칙에 기

　　　　내 영혼의 델리카트슨

반하는” 것으로, “그 최초의 목표는 실컷 우는 것이다”. 그는 존 밀턴으로 시작하길 권했다. “나는 개인적으로 《실낙원》의 마지막 장면을 포함시키곤 한다”라고 그는 썼다. “아마도 우리 문학 전체를 통틀어 가장 가슴 저미는 순간이 624~626행에서 찾아오니 말이다.”

우리는 이 책에서 지금껏 읽는 일과 먹는 일, 그리고 읽는 일과 마시는 일에 대해 살펴봤다. 나는 읽는 일과 회복하는 일에 관해 아이디어를 순 에이미스에게 기회가 될 때마다 감사하고 있다.

사람들이 저녁 파티를 여는 것은 피할 수 없는 인생의 현실이고,
그들이 당신을 초대하면 당신도 돌아서서 그들을 초대해야 한다.
그러면 그들은 보통 보복이라도 하듯 당신을 다시 초대하고,
당신은 또다시 초대장을 보내야만 한다. 이렇게 탁구공처럼 왔다 갔다
하다 보면 결국 사회생활이라는 것을 하고 있게 된다.

—로리 콜윈,《홈 쿠킹》

그러니 이제, 새뮤얼 피프스식으로 말하자면, 저녁으로 넘어가
도록 하자.[1]

아이들이 자라던 시절, 우리 집에서 저녁 식사는 대단한
일, 한마디로 메인이벤트였다. 우리는 온 저녁을 부엌의 중앙
아일랜드 식탁 주위에서 보냈다. 딸은 내가 흔들던 칵테일 셰
이커 소리가 우리 집 저녁 종소리였다고 썼다. 《등대로》에 나
오는 호출용 징gong처럼 말이다. 그것은 아주 쾌활한 소리였다
고 그녀는 장담한다. 그 소리는 이제 아래층으로 내려올 시간
이라는 의미였다. 앉아서 이야기하고 요리사를 행복하게 해줄

---

1   영국의 정치가이자 런던의 일상을 생생히 기록한 《일기The Diary of Samuel
Pepys》로 유명한 새뮤얼 피프스는 "그러니 이제 잠자리에 들도록 하자And so to
bed" 같은 식으로 일기를 끝내곤 했다.

시간이라는. 이제 저녁이 시작되었다는. 낮 동안의 굴욕과 실수는 털어놓고 나면 상대적으로 대수롭지 않은 것이 되고 말 거라는. '미스 예의범절'로도 알려진 [미국의 칼럼니스트] 주디스 마틴은 매일 저녁 가족이 함께 식사하는 일의 중요성을 강조했다. 그녀는 이렇게 썼다. "저녁 식탁은 단지 식탁 예절뿐만 아니라 대화, 배려, 관용, 가족적 분위기, 그리고 미뉴에트[2]를 제외한 예의 바른 사회의 거의 모든 미덕을 가르치고 실천하는 중심이다."

요리가 한창 진행되는 동안 우리는 치즈나 크래커, 견과류를 집어 먹는다. 내 친구 윌이 옆에 있다면, 그는 모두에게 치즈는 "뚱보의 사탕"이라는 사실을 상기시켜줄 것이다. 고맙군, 윌. 치즈 나이프를 들어라! 치즈 나이프는 무디니까 그걸로 대결할 수도 있다. 해럴드 핀터의 희곡을 영화화한 〈컬렉션〉에서 앨런 베이츠와 로디 맥도월이 그러듯이 말이다. [폴란드의 시인] 체스와프 미워시는 《파리 리뷰》 인터뷰에서 "시인은 거대한 치즈 안에 든 생쥐처럼 그곳에 먹을 치즈가 정말 많다는 사실에 흥분한 존재입니다"라고 말했다. 세상에는 트레이시 K. 스미스의 〈당신이 처한 상황에서In Your Condition〉 같은 시가 더 많아야 한다. "한 조각의 브리wedge of brie"와 "안젤리나 졸리Angelina Jolie"의 각운을 맞춘 그런 시 말이다. 우리가 저녁마다 먹는 것

___
2   17~18세기에 유행한 우아하고 느린 춤.

　　　내 영혼의 델리카트슨

은 샤프 체더치즈[3]지만, 사실 집에 있는 거라면 뭐든 꺼내놓는다. 최고의 데일리 크래커는 스톤드 위트 씬스 Stoned Wheat Thins다. 더 정확히는 스톤드 위트 씬스였다고 말해야겠지만. 이 크래커가 최근에 단종되었다는 사실을 알고서 나는 비탄에 잠겼다(문명에 또 하나의 가는 금이 간 셈이다).

적어도 저녁을 준비하는 동안은 음악이 들려와야 하지만, 조심하라. 게일 그린은 크레이그 클레이번과 함께한 어느 저녁에 관해 썼는데, 그때 저녁을 준비하는 동인 클레이번은 자신의 스테레오 오디오로 〈웨스트 사이드 스토리〉 사운드트랙을 틀고 볼륨을 높였다고 한다. 〈마리아〉(마리아…… 마리아, 마리아)가 흘러나오자 클레이번은 그린의 발치에 무릎을 꿇고 극장식 레스토랑의 가수라도 된 것처럼 노래 가사에 맞추어 연기를 했다. 그는 그린과 함께 춤을 추고 혼자서도 춤을 추다가 나선계단에서 굴러떨어져서 결국 응급실 신세를 지고 말았다. 우리 집에서는 거의 매일 밤 같은 플레이리스트를 틀었다. 그 플레이리스트에는 거의 900곡이 담겨 있었기에 질릴 일이 없었는데, 스테이플 싱어스, 윌리 넬슨, 에밀루 해리스에서부터 프린스, 화이트 스트라이프스, 메콘스에 이르기까지 몇 시간이고 이어지는 그 노래들은 내 아이들도 외우다시피 해야 한다고 느낀 것들이었다. 나는 그것을 교육의 일부로, 재미난 일부로 여

---

3   6개월에서 9개월 정도 숙성한 강한 풍미의 체더치즈.

졌고, 그러길 잘했다고 생각한다. 나는 지금도 이 플레이리스트를 업데이트하고 있고, 거기에 '캐너니서티'[4]라는 제목을 달아두었다. 그것은 내 장례식에서 흘러나오길 바라는 노래들의 초고草稿이기도 하다. 그러나 브루스 스프링스틴만은 아이들에게 거의 틀어주지 않았는데, 내가 그를 너무 좋아하기 때문이고, 클레이번처럼 되고 싶지도 않았기 때문이다(아이들에게 스프링스틴은 알아서 찾아 들으라고 말했다). 〈셰리 달링Sherry Darling〉을 틀었다면 나는 무아지경에 빠진 채 발을 헛디뎌서 클레이번처럼 계단을 굴러 지하실로 곤두박질쳤을지도 모른다.

＊＊

주방에서는 어떻게 있어야 할까? "세련된 퍼포머는 절대 서두르는 모습을 보이지 않는다"라고 줄리아 차일드는 썼다. 나는 세련된 기분을 느낄 때가 거의 없다. "허리는 당당하게 펴고, 동작은 작고 신중하게 하세요. 요리할 때는 몸에 힘을 빼세요." [미국의 작가이자 에디터] 빌 버퍼드는 리옹[5]에서 그런 조언을 들었다. 나는 몸에 힘을 뺄 때가 거의 없다. [영국의 요리 연구가] 나이절라 로슨은 이런 종류의 여유는 연습을 통해 길러

---

4   Canonicity, '정전正典의 자격'을 뜻한다.
5   '세계 미식의 수도'로 불리는 프랑스의 도시.

    내 영혼의 델리카트슨

진다고 말했다. 그녀는 이렇게 썼다. "너무 많은 사람들이 저녁 파티 때만 요리를 해요. 그런데 가만히 있다가 갑자기 시속 160마일로 달리기란 매우 힘든 일이죠. 주방에 들어갈 때마다 경연대회 수준으로 요리한다면 어떻게 음식 앞에서 여유를 느끼며 편안히 요리하는 법을 배울 수 있겠어요?" 맞는 말이다. 심지어 이 책을 쓰는 동안에도 나는 스토브 앞에서 더 차분해졌는데(몸무게도 10파운드 늘었지만), 그만큼 자극을 받아서 요리를 많이 했기 때문이다.

메인주 출신 작가 존 손은 내가 요리 세계에서 영웅으로 여기는 인물 중 한 명이다. 《무법자 요리사》와 《진지한 돼지 Serious Pig》를 비롯한 그의 책들에 실린 레시피는 부드럽고 색다른 개인적 에세이의 형식을 띠고 있다. 그는 소박한 음식들을 가져와서 그것들이 빛나기 시작할 때까지 세심히 살핀다. 《단순한 요리 Simple Cooking》에서 손은 우리가 늘 누군가 지켜보는 사람이 있는 것처럼 요리해야 한다고 말한다. "어쩌다 버스에 치일 수도 있으니 늘 깨끗한 속옷을 입고 다니도록 교육받았던" 것처럼 말이다. 언제든 누군가가 나타날지 모른다. 나는 혼자 주방에서 일할 때마다 누군가가 나타날지도 모른다고 상상하며 오랜 시간을 보내왔다. 혼자 농구장에서 노는 아이가 어설픈 아나운서 놀이를 하듯이(이제 2초 남았습니다…… 코너에 몰렸군요). 나는 불쑥 들른 친구들을 깜짝 놀라게 하는 장면을 상상하곤 한다. 마침 가스레인지 위에서 뭉근히 끓이고 있던 전통 프랑스식 부야베스나 오븐에서 꺼낸 기적과도 같은 무언가로 말이다. "이건 아까 만들어둔 거야" 하고 텔레비전에 나오는 셰프들처럼 말하면서. 나는 내가 프랜 로스의 《오레오》에 나오는 인물인 루이즈처럼 요리를 잘하고 있다고 상상하길 좋아한다. 그녀의 요리는 사람을 파괴한다. 로스는 이렇게 썼다. "동네 사람 다섯 명이 루이즈의 주방에서 흘러나온 향기를 맡고 미쳐버렸다. 남자 세 명과 여자 한 명은 가족들이 묶어두지 않으면 안 될 정도였다." 나중에 기차에서 또 다른 남자가 루이즈의 음식 — 그녀의 "아폴론적 돌마,[6] 혁명적인 피로시키[7] — 을 맛보고는 이렇게 말한다. "세상에나, 너무 맛있어서 바지에 싸버렸어."

소설가 밥 샤코치스는 1980~1990년대에 《에스콰이어》에 발표했던 솔직한 음식 칼럼 모음집 《가정생활: 사랑의 미식적 해석Domesticity: A Gastronomic Interpretation of Love》에서 말하길, 자신은 요리할 때 주방에 다른 사람이 있는 걸 좋아하지 않는다고 했다. 그는 이렇게 썼다. "내가 요리 환경에 대해 느끼는 감각은 파일럿이 조종석에 대해 가지는 생각과 비슷하다. 거기 있을 별 이유가 없거나 자기가 뭘 하는지도 모른다면 당장 꺼져주는 게 좋을 거다." 나는 알렉상드르 뒤마에 가까운 편이다. 뒤마는

---

6   포도잎이나 양배추 속을 고기나 쌀로 채워서 푹 익힌 요리.
7   고기나 야채 따위를 넣은 러시아식 파이.

    내 영혼의 델리카트슨

요리할 때 이리저리 뛰어다니고 농담을 던지며 모두를 예비 부주방장으로 삼았다고 한다. 많을수록 더 즐거웠다(스탠리 큐브릭도 그랬다고 한다). 때로 뒤마는 삼십 분 동안 사라지곤 했는데, 알고 보니 책상에서 소설의 한 장을 마무리하고 있었다고 한다. 크리스토퍼 히친스는 자신이 연 저녁 파티에서도 자리에서 일어나 칼럼 하나를 후딱 쓰고 돌아오곤 했단다. 사십오 분 정도면 충분했다. 나는 《뉴욕타임스 북 리뷰》에서 일할 때 그의 글을 대여섯 번 편집한 적이 있다. 아마 그가 그 리뷰들을 쓰는 데는 사십오 분보다 더 짧은 시간이 걸렸을 것이다. 그럼에도 그 글들은 신랄하고, 웃기고, 생기로 가득했으며, 다른 그 누구의 글보다 훌륭했다. 인생이란 원래 이렇게 불공평한 법이다.

**

줄리아 차일드의 남편 폴은 그녀가 요리하는 동안 책을 읽어주곤 했다. 1953년에 쓴 어느 편지에서 그녀는 그들이 《네덜란드의 보즈웰Boswell in Holland》을 곧 다 읽을 예정이라고 했다. 제임스 보즈웰이 1763년과 1764년에 네덜란드에 살면서 쓴 일기에서 발췌한 책이다. 줄리아 차일드의 언급을 본 후로 나도 《네덜란드의 보즈웰》을 읽고 있다. 음식에 대한 이야기는 많지 않지만, 이른바 남성적 덕목—과묵함, 침착함, 모종의 진지함—을 기르는 법에 대한 이야기는 아주 많이 담겨 있다. 그런 덕목을 재충전해야 하는 경우라면 읽어볼 만한 책이다. 야망 있는 젊은 남자를 위한 책이라는 점을 제외하면, 《네덜란드의 보즈웰》은 한때 유행했던 연애 지침서 《규칙들The Rules》과 비슷하다. 우리도 가끔 저녁때 주방에서 단편소설이나 그날 메뉴에 어울릴 만한 무언가를 소리 내어 읽곤 한다. 얼마 전 눈 오던 밤, 나는 해티를 꼬드겨서 타키토[8]를 만들게 했다. 돌돌 말아서 튀긴 그 바삭하고 작은 간식거리를 말이다(내가 깨어서 보내는 시간의 절반은 다른 사람을 구슬리거나 넌지시 알리거나 애원하거나 협상해서 나에게 무언가를 요리해달라고 하는 데 쓰인다). 타키토는 손이 많이 가는 음식이다. 해티가 요리하는 동안 나는 곁에 머물며 스툴에 앉아 이브 배비츠가 자신이 가장 좋아했던 로스앤젤레스 타키토 가게에 바친 찬가를 소리 내어 읽어주었다. 꽤 긴 글로 《이브의 할리우드Eve's Hollywood》에 수록되어 있다. 한 줄만 인용하자면, "눈이 멀고 귀가 먹어도 타키토는 먹을 수 있다".

저녁 무렵이면 우리 집에는 보통 사방에 요리책이 펼쳐져 있다. 실비아 플라스도 이런 식으로 요리책을 여기저기 펼쳐두었다고 한다. [웨일스 출신의 영국 작가] 잰 모리스는 《꼬여버린

---

8   옥수수 토르티야에 닭고기, 소고기, 치즈 등을 넣고 얇게 말아 바삭하게 튀긴 멕시코식 롤 타코.

    내 영혼의 델리카트슨

삶의 기쁨Pleasures from a Tangled Life》에서 이렇게 썼다. "정말로 훌륭한 요리책은 지성적 측면에서 《카마수트라》보다 더 모험적이다." 우리 집에는 요리책이 정말 많지만 실제로 참고하는 책은 늘 똑같은 여덟아홉 권이고, 거기에 가끔 인터넷에서 우연히 건진 레시피를 더하는 정도이다. 요즘 나는 인터넷상에 보이는 익명의 레시피와 거기 따라붙는 광고와 장황한 서문에 의지하는 대신 요리책을 써먹어야겠다고 마음을 다잡고 있다. '당신의 책을 드세요Eat Your Books'라는 유용한 사이트가 있긴 하다. 소장한 요리책을 그 사이트에 알려준 후 찾고 싶은 레시피나 재료 사용법이 있을 때 검색창에 입력하면, 짜잔, 그 책들에서 레시피를 찾아준다. 오직 찾는 일에만 헌신하는 부주방장을 둔 기분이다. 그렇지만 나는 크리처럼 점점 더 레시피에서 벗어나려고 애쓰는 중이다. 크리는 레시피를 자신의 본능에 대한 모욕으로 여긴다. 그래도 나는 줄리언 반스가 《또 이따위 레시피라니》에서 내린 요리의 정의, 즉 요리란 "호들갑을 통해 불확실성(레시피)을 확실성(요리)으로 바꾸는 일"이라는 생각을 고수한다. 나는 확실성을 좋아하고, 호들갑도 개의치 않는다.

**

문학에서는 훌륭한 요리사가 한 명 등장할 때마다 끔찍한 요리사도 한 명쯤 따라 등장한다. 페이지마다 스탠리 엘킨

이 소설 《딕 깁슨 쇼 The Dick Gibson Show》에서 말한 "잘못된 것이 떠
도는 냄새"로 가득 채워진다. "그녀는 음식을 일부러 역하게 만
든 게 아니었다. 그저 그렇지 않게 만드는 법을 몰랐을 뿐"이라
고 토니 모리슨은 《솔로몬의 노래》에서 썼다. 《바보들의 결탁》
의 주인공 이그네이셔스 J. 라일리는 "어머니는 음식을 만들지
않아. …… 음식을 태우지"라고 불평한다. 《티파니에서 아침
을》의 주인공 홀리 골라이틀리가 내는 음식 중에는 "담배 타피
오카"도 있다. 책에 등장하는 익명의 화자이자 그녀를 사랑하
는 작가는 "묘사하지 않는 편이 좋겠다"라고 말한다. 나쁜 음식
은 영혼을 그슬릴 수도 있다. 샬럿 브론테는 1841년의 한 편지
에 이렇게 썼다. "이루 말할 수 없을 만큼 끔찍한 기분이야. 무
슨 지독한 향신료를 잔뜩 넣은 불쾌한 저녁을 먹었는데, 온 세
상에 화가 치밀 지경이야." 랭던 해머는 [미국의 시인] 제임스
메릴의 전기에서 쓰길, 그 시인은 "부유한 양키 특유의 인색함
으로 남은 음식을 재활용했다—때로 장난처럼 보이기도 하는
즉흥적 혼합물을 만들어냈다. 그는 주방에서도 책상에서와 마
찬가지로 버리는 걸 싫어했다. 캐서롤용 냄비를 식탁으로 들고
가다가 깨뜨리기라도 하면 유리나 도자기 조각을 손으로 골라
내고는 미소를 지으며 손님에게 내놓은 적도 한두 번이 아니었
다". 토머스 맥과인의 한 단편소설에서 등장인물은 이렇게 말
한다. "그 음식은 너무도 끔찍한 나머지 똥이 되어 내 몸을 빠
져나가길 손꼽아 기다릴 정도였다."

　　　　　　내 영혼의 델리카트슨

[미국의 요리사이자 작가인] 루스 라이클의 회고록 《연한 뼈 부분Tender at the Bone》은 사람들이 뒤에서 "곰팡이 여왕"이라고 부른, 손님을 구역질 나게 한 것으로 유명한 어머니 아래서 자란 이야기를 담고 있다. 끔찍한 음식에는 묘한 승리감이 있다고 로리 콜윈은 썼다. 《흙먼지》에서 빌 버퍼드는 리옹에서 먹은 형편없는 저녁에 대해 "아주 오랜만에 경험한 가장 무례하고, 가장 추하고, 가장 불쾌한 식사를 만들어준 데 대해" 직원들과 셰프에게 자리에서 일어나 축하를 전했다고 썼다. "'축하합니다!'라고 나는 말했다." 그는 지배인의 머리를 양손으로 붙잡고 "양 뺨에 힘차게 입을 맞추었다".

내 인생 최악의 식사—적어도 가장 후회스러운 식사—는 2016년 11월 대선일 밤에 먹은 것이었다. 미셸 우엘벡의 소설 《복종》에 등장하는 화자는 "나는 늘 선거일 밤을 좋아했다. 월드컵 결승전 다음으로 좋아하는 TV 쇼라고 해도 과언이 아니다"라고 말한다. 완전히 동의한다. 나는 힐러리 클린턴이 '치즈 위즈 칼리굴라'⁹를 누르고 승리할 거라고 크게 확신한 나머지 승리를 축하하기 위한 요리를 만들려고 장까지 봤다(크리는 자신만의 선거일 밤 저녁을 만들고 싶어 했다). 나는 적지 않은 돈을 들여 차가운 해산물 플래터를 만들 재료를 장만했다. 굴, 새

---

9   인스턴트 치즈 스프레드 브랜드 '치즈 위즈'와 로마의 독재자 '칼리굴라'를 합친 표현으로, 도널드 트럼프를 가리킨다.

끼 대합 조개, 대하, 삶은 뒤 식혀서 반으로 가른 랍스터, 꽃게 집게 두어 개. 결과가 조금씩 나오기 시작하는 동안 이 모든 것을 얼음 위에 얹어서 평소에 마시던 것보다 좋은 화이트 와인을 곁들여 먹기 시작했다. 있을 수 없으리라 생각한 일이 있을 수도 있는 일로 드러나자 속이 뒤집혔다. 나는 다중우주 어딘가에 더 나은 뉴스가 있길 바라며 채널을 이러저리 돌려보았다. 그런 뉴스는 없었다. 웨스트버지니아주 사람으로서 나 자신의 주제넘음에, 나의 랍스터 포크 자유주의에 혐오감을 느꼈다. 그 후로 며칠을 참회하는 마음으로 렌틸콩만 먹었다.

*
**

코로나 시기와 그 이후로 사람들은 꽤 오랫동안 본격적인 저녁 파티를 열지 않았다. 그 저녁 파티가 그립다는 생각은 잘 들지 않았다. 우리는 주말을 통째로 허비하는 그런 저녁 파티를 너무 여러 해 동안 열어왔다. 준비하느라 토요일을 모두 보내고, 이튿날 아침에 마지막 손님을 아래층 소파에서 정중히 쫓아낸 후 육체적, 경제적, 정서적으로 회복하며 일요일을 모두 보내게 되는 그런 종류의 저녁 파티 말이다. 코로나는 나 자신과 내 지인들의 인간 혐오적 기질을 발현시켰다. 이제는 저녁 파티를 경멸하는 부류에 더 많이 공감한다. 《파리대왕》의 작가 윌리엄 골딩도 그런 부류 중 하나였다. 골딩은 사회적 관계에 불편함을 느꼈고—그는 자신이 다녔던 이튼 스쿨의 건방진 어린 왕자들을 "1~2마일에 이르는 전선, 몇백 톤의 티엔티 폭탄, 여호와가 된 듯한 기분을 맛보게 해주는 플런저식 기폭 장치로" 날려버리고 싶다고 썼다—공적인 자리를 꺼렸다. 그런 자리에 나설 때면 꼭 기억할 만한 행동을 보이곤 했는데, 1971년의 어느 저녁 파티 후 그는 호스트의 소유인 밥 딜런 인형을 박살 냈다. 골딩의 전기 작가는 이렇게 썼다. "한밤중에 깨어난 그는 그 인형이 사탄이라는 생각에 그것을 공격한 후 뒤뜰에 파묻어버렸다." 존 업다이크도 저녁 파티를 싫어했다. 적어도 그가 "맨해튼 부자들이 자신들의 굳센 정신을 입증하고자 연 그 늦은 저녁 파티들(우리는 10시에 자리에 앉았다)"은 말이다.˙ 업다이크와 달리, 나는 그렇게 늦게 먹는 저녁을 좋아한다. 여름이면 바깥을 어슬렁거리며 노을을 즐길 여유가 있고, 어쩌면 호스트가 헛간에 숨겨둔 권총을 발견할 수도 있을지 모르니 말이다. 앤절라 카터는 자신의 손님들이 "손에 잔을 들고 정원을 거니는" 모습을 보길 좋아했다고 썼는데, 그 모습이 "내 안에 깊이 숨겨진 어떤 부르주아 판타지를 채워주기" 때

˙ 식사 시간은 계급을 알리는 신호나 마찬가지다. 필립 로스의 소설 《포트노이의 불평》에서 선형직인 중산층인 포트노이 가족은 정확히 6시에 저녁을 먹는다. 식사 장소도 마찬가지다. 로알드 달은 《마틸다》에서 마틸다의 부모가 텔레비전 앞에서 냉동식품으로 저녁을 때우는 모습을 보여줌으로써 그들에게 계급적 낙인을 찍는다.

문이었다.

저녁 파티에 대한 최고의 반론은 [미국의 영화평론가이자 소설가] 필립 로페이트의 에세이 〈삶의 환희에 반대하다 ^{Against Joie de Vivre}〉에서 펼쳐진다. 로페이트의 부모는 그가 자라나는 동안 저녁 파티를 열지 않았다(나의 부모님도 마찬가지였다). 그는 어쩌면 그 때문에 자신이 저녁 파티를 여는 이들을 잘난 체하고, 지루하고, 퇴폐적이고, 꼴사납고, 위선적이라고 여기는지도 모르겠다고 말한다. 그는 이렇게 썼다. "잘난 체는 그들이 문을 들어서자마자 시작되는데, 그 사실 자체가 자신이 이미 선택받은 소수 중 한 명임을 말해주기 때문이다. 그다음부터는 저녁 파티의 모든 기계적 절차가 집단적 자부심의 분위기를 키우도록 만들어져 있다." '오 이런, 이제 곧 최신 《뉴요커》 심층 기사 이야기를 하게 되겠군' 하고 그는 생각한다. 그는 이런 종류의 저녁을 신랄하게 비판한다. "평소에는 정신병원에서의 조현병 환자 처우, 유럽 경제 공동체에서 영국이 처한 운명, 핵폐기물 처리 같은 문제에 조금도 관심이 없던 사람들이 자신들이 애독하는 잡지 덕분에 갑자기 이 문제들에 대해 오케스트라처럼 한 목소리를 내기 시작한다. 물론 한 달 후면 이 문제들은 까맣게 잊고 새로운 주제로 넘어가겠지만."

**

로페이트는 애초에 엉뚱한 사람들과 식사하고 있었다. M. F. K. 피셔는 《음식을 차리다 ^{Serve It Forth}》에서 주장하길, 저녁 식사 동료는 "먹을 능력을 갖춘 이들, 그리고 무엇보다 마실 능력을 갖춘 이들로 골라야 한다!"고 했다. 또한 그들은 "앉아 있을 줄 아는 드문 재능도 지녀야" 한다. 네 시간쯤은 아무렇지 않게 식탁에 앉아 있을 줄 알아야 하는 것이다. 로리 콜윈은 말하길, 만약 친구들의 입맛이 까다롭다면 "당장 그 친구들을 버리고, 거리낌도 별로 없고 건강에 관심도 없는 혈기 왕성한 대식가 친구를 찾아라"라고 했다. 우리는 가장 가까운 친구들을 가능한 한 자주 초대하길 바란다. 식탁에 낯선 사람이 없을 때 다들 더 잘 먹는 법이다. 이탈리아 영화감독 베르나르도 베르톨루치는 자기 친구들에 대해 말하며, "나의 대학교는 매일 저녁 엘사 모란테, 알베르토 모라비아, 피에르 파올로 파솔리니[10]와 함께하는 식사 자리다"라고 했다. 그렇지만 유진 월터가 《달의 젖을 짜다》에서 "만일 파티에서 모두가 서로를 알고 있다면 그건 파티가 아니다. 그냥 가족 모임일 뿐"이라고 한 말도 아주 일리가 없는 건 아니다.

우리가 바라는 건 잘 먹는 것만큼이나 말도 잘하는 사람들이다. 티나 브라운은 《베니티 페어 일기》에서 이렇게 썼다. "핼

---

10   엘사 모란테는 이탈리아의 소설가, 알베르토 모라비아는 이탈리아의 소설가이자 비평가, 피에르 파올로 파솔리니는 이탈리아의 영화감독이자 소설가이다.

왕자 한 명마다 폴스태프 한 명, 억만장자 한 명마다 극빈자 한 명, 전설적인 신성 불가침적 존재 한 명마다 젊은 말썽꾸러기 한 명이 있어야 한다.” 물론 모두가 브라운처럼 A급 부류의 손님을 끌어모을 수 있는 것은 아니다. 코로나 이전에는 적어도 일 년에 한 번씩 내가 존경하지만 친분은 없는 누군가에게 권유 전화, 더 정확히는 권유 이메일을 보내 함께 저녁 식사를 하자고 초대하곤 했다. 보통 대답은 ‘좋습니다’였다. 《뉴욕타임스 북 리뷰》는 사람들에게 살아 있거나 고인이 된 작가들 가운데 저녁 파티에 초대하고 싶은 사람이 누구냐는 질문을 던지길 좋아한다. 나의 초대 리스트는 재기가 넘치고 쾌활한 작가 쪽으로 기운다. 닥터 존슨, [미국의 칼럼니스트] 몰리 아이빈스, A. J. 리블링, 콜레트, 앨버트 머리, 짐 해리슨, 크리스토퍼 히친스. 이들은 몇 시간이고 식탁에 앉아 있을 작가들이다. 내가 꿈꾸는 식으로 말하면 우리는 모두 담배를 피우고 있을 것이다.

W. H. 오든은 시 〈오늘 저녁 7시 반에Tonight at Seven-Thirty〉에서 어떤 사람을 초대해야 하는지에 관한 조언을 전한다. 이를테면 신은 초대하기 좋은 손님이 아닌데, 왜냐하면

그는 대화를 나누기에는 너무
기이하고, 눈길을 끄는 존재감에도 불구하고 지루할 테니까.

오든은 계속 말하길, 식탁에서 필요한 사람은 “수다스러

우면서도 언제 멈춰야 할지를 아는" 적어도 한 명의 이야기꾼과 "이따금 냉소적인 말을 툭 던질 줄 아는" 전 세계 여행자 한 명이다. 그리고 가장 중요한 것은 다음과 같은 사람이다.

> …… 코르크의
> 펑 소리를 즐기고 호화로운
> 식사를 즐기되 삼키는 행위에서 경외하는 마음을
> 읽어낼 줄 아는 남녀들.

식탁에 초대하고 싶지 않은 사람들도 있다. 클라리시 리스펙토르는 잘난 체가 심한 저녁 손님으로 유명했다. 그녀는 늦게 나타나서 거의 곧장 자리를 뜨곤 했다. 리스펙토르의 전기 작가에 따르면, 한 호스트가 그녀의 "슬라브적 뿌리"에 경의를 표하고자 보르시를 준비했다. 그녀는 한 입 먹더니 맛있다고 말하고는 다시는 손을 대지 않았다. 그녀가 떠난 후 호스트는 이렇게 말했다. "이번에도 살아남았군." V. S. 나이폴 옆에 앉는 것도 위험했다. 그의 재치는 사람을 조각조각 찢어버릴 수도 있었으니까. 혹시 저녁 식탁에서 모욕을 당할 경우를 대비해 [잉글랜드의 극작가이자 배우였던] 노엘 카워드가 대답할 때 지었다는 표정을 연습해두는 것도 좋은 방법이다. 그것은 "죽은 알바트로스" 같은 표정이었다고 한다. [미국의 극작가] 존 궤어는 어느 저녁 자리에서 나이폴이 다른 손님을 난처하게 하려고 문학 퀴즈 세 가지를 던졌다고 회고했다. 1.《폭풍의 언덕》에서 언급되는 유일한 음식은? 2. 보바리 부인의 딸의 직업은? 3. 스완은 자신의 정부情夫를 어떻게 정리하는가?• 첫 두 질문에는 정적만이 흘렀다. 세 번째 질문이 나오자 영화감독 루이 말이《스완네 집 쪽으로》[11]의 한 구절을 인용하며 답했다. 나이폴은 고개를 끄덕이며 말했다. "적어도 누군가는 답을 아는군요." 몇 년 뒤 또 다른 저녁 자리에서 나이폴을 만난 궤어는 인사 대신 이렇게 물었다. "《폭풍의 언덕》에서 언급되는 유일한 음식이 뭐죠?"

식탁에서 가장 두려운 사건은 바로 침묵이다. [미국의 소설가] 노먼 러시는《메이팅Mating》에서 그것을 "데이트나 저녁 파티 때 대화가 끊기려는 순간 우리를 사로잡는 얼어붙을 듯한 공포"로 묘사했다. 하지만 더 끔찍한 것은 다들 떠들고 있는데 나만 혼자 고립되는 경우다. 톰 울프는《허영의 불꽃》에서 이런 상황을 묘사했다. 읽으면 마음이 아픈데, 나도 그랬던 적이 있기 때문이다.

그는 다시 한번 사회적 죽음을 마주하고 있었다. 그는 저녁 식탁에 완전히 혼자 앉아 있는 남자였다. 그의 주위로 벌떼

• 1. 귀리죽. 2. 공장노동자. 3. 그녀가 자기 타입이 아니라고 말한다.

[11] 마르셀 프루스트의 소설《잃어버린 시간을 찾아서》1권.

 내 영혼의 델리카트슨

가 윙윙거렸다. 다른 모두가 사회적 환희 상태에 빠져 있었다. 오직 그만이 고립되어 있었다. 오직 그만이 대화 상대 없이 소외된 존재, 전혀 불이 들어오지 않는 사회적 전구였다. …… 내 인생이 무너지고 있구나! …… 수치스러운 일이다!

워싱턴 사교계의 여왕 샐리 퀸은 자신의 책 《파티 The Party》에서 지루한 두 사람 사이의 자리를 "연골" 자리라고 부른다. 한번 듣고 나면 잊기 힘든 표현이다. 꼼짝없이 연골 자리에 앉게 된다면 어떻게 해야 할까? 작가이자 편집자인 버지니아 포크너는 이렇게 조언했다. "나는 오른쪽 신사분께 '야뇨증이 있으신가요?' 하고 묻는다. 그 주제로 이야기를 끝냈다 싶으면 왼쪽 신사분께 '있잖아요, 오늘 아침 저는 피를 토했답니다'라고 말한다." 외교관 제리 워즈워스는 최후의 화제로 "끈 좋아하세요?"라는 질문을 던진 적이 있다. 《내셔널 리뷰》는 저녁 식사를 함께하는 사람과 말문을 트기 가장 좋은 말이나 질문을 공모한 적이 있다. 1등은 "인생을 다시 살게 된다면 오늘 저녁 이 자리에 나오시겠습니까?"였다. 2등은 "곱게 간 유리는 요리하고 나서도 반짝일까요?"였다. 지루한 사람은 불편하다. 그보다 더 나쁜 건 자기중심주의자인데, 그들은 두 시간 동안 점심을 먹으며 질문 한마디 건네지 않은 채 우리를 그저 인터뷰하는 사람으로 만들어버린다.

**

거의 모든 파티 관련 책이 충분히 정확히 말하는 것은, 어울려 대화하기에 적당히 적은 인원인 여섯에서 여덟 명이 앉는 식탁이 최고라는 사실이다. 노라 에프런은 그 이유를 제대로 알고 있었다. 그녀는 이렇게 썼다. "훌륭한 음식을 준비하고서 사람들을 저녁 식사에 불러놓고 그들을 길쭉한 직사각형 식탁에 앉혀놓으면 한쪽 끝에 앉은 사람들은 다른 쪽 끝에 앉은 사람들이 무슨 이야기를 하는지 모르는 채 사실상 옆에 앉은 사람들하고만 대화해야 하는데, 글쎄, 그게 대체 무슨 의미가 있을까? 하지만 손님들을 둥근 테이블에 앉히면 저녁이 무르익을 무렵 다들 함께 하나의 대화를 나눌 수 있게 된다. 운이 좋으면 거기서 가장 웃긴 사람이 기막힌 이야기를 들려주고, 다들 바닥에 구를 만큼 웃다가 집으로 돌아가면서 평생 최고의 저녁 식사 중 하나였다고 믿게 되는 것이다."

우리 집에는 여덟 명이 앉을 수 있는 둥근 나무 식탁이 있는데, 확장판을 끼우면 열네 명까지 앉을 수 있다. 다들 팔꿈치를 안으로 모아야 하긴 하지만 말이다. 살짝 파손되어서 한쪽은 조금 눈에 띌 만큼 아래로 처져 있다. 그것을 제외하면 찰리 로즈가 PBS에서 매일 저녁 인터뷰를 진행하던 테이블과 비슷하다. 찰리가 위신을 잃은 후 그런 농담("나는 남부 출신이에요, 우리는 사람을 잘 만지죠")도 사라졌다. 크리는 식탁 위에 작

     내 영혼의 델리카트슨

은 꽃들과 식물에서 잘라낸 가지나 풀을 두길 좋아해서 그것들을 위한 화병을 여러 개 가지고 있다. 앤 비티는 저녁 식사 때 식탁에 미니어처 인형, 동물, 집 같은 종류의 작은 피겨를 이리저리 흩어놓길 좋아한다고 말했다. "나는 그 찍어낸 작은, 앉아 있는 모양의 피겨를 좋아한다. 길게 일렬로 늘어놓아서 기묘한 식탁 장식물을 만들어놓으면 저녁이 끝날 무렵 다들 그것들을 작은 무리로 나누어놓은 모습이 보이곤 한다. 식탁을 치울 때 보면 그 작은 인형들은 늘 모두 교미하는 중이다."

**

여행 중이거나 크리가 집을 비웠을 때, 나는 혼자 먹는 시간이 기다려진다. 많은 이들에게는 그것이 고통스러운 경험이겠지만 말이다. 새뮤얼 피프스의 일기는 그런 애통함으로 가득하다. "혼자 저녁을 먹었다. 함께 먹을 사람이 없고 몸 상태도 좋지 않은 데다가 혼자 먹는 법도 몰라서 슬펐다." 그리고 "혼자 있을 때면 제시간에 먹지도, 충분히 먹지도, 좋은 기분으로 먹지도 못해서 곧장 속이 더부룩해지고 만다". 바버라 핌의 소설 《멋진 여자들》에서는 한 등장인물이 연애와 관련해서 나쁜 소식을 듣고는 혼자 대구 요리를 먹는다. "대구는 실연당한 사람에게 적절한 음식 같았고, 그래서 나는 겸허한 마음으로 대구를 먹었다." 혼자 있을 때 나는 크리라면 기를 쓰고 피할 만한 음식을 만든다. 베티 퍼셀의 후추 햄버거, 시인 리카르도 산체스의 톡 쏘는 듯한 칠리 콘 베르데를 만들거나 해리슨식 카리브해 스튜 한 냄비를 끓이는데, 이 스튜는 기본적으로 버터가 든 매운 소스 속에서 갈비와 소시지와 닭고기가 헤엄치는 한 양동이 분량의 요리인지라 며칠 동안 두고두고 먹을 수 있다. 앨리스 워터스가 어깨 너머로 훔쳐보는 듯한 기분을 느끼지 않고 요리한다는 건 참 멋진 일이다.

[영국에서 활동한 뉴질랜드 출신의 소설가] 캐서린 맨스필드는 1919년 일기에 이런 종류의 자유를 묘사한 바 있다. 그녀는 이렇게 썼다. "혼자 있다는 것의 기쁨, 그것은 대체 무엇일까? 정말 즐겁고 평화로운 기분이다. 집 안 전체가 산책하는 것 같다. 점심이 준비되었다. 나는 구운 달걀, 살구와 크림, 치즈 막대 과자를 먹고 블랙커피를 마신다. 얼마나 맛있는지! 아기를 위한 식사!" 혼자 있을 때 나는 알레그라 굿맨의 단편집 《마코위츠 가족》에 등장하는, 혼자 식탁을 차리고 촛불을 켜는 상점 매니저 헨리 마코위츠 같지 않다. 그러면 우스꽝스러운 기분이 들 것 같다. 하지만 냅킨을 접긴 한다. 혼자라면 레스토랑의 바 테이블에 앉아 먹는 게 낫다. 특히 북적이고 활기찬 레스토랑이라면 더더욱. 나는 1인 모임이 좋다. 그것은 혼자 있는 동시에 인파에 둘러싸일 기회다. 그것은 저녁 서비스라는 발레, 즉 가즈오 이시구로가 《남아 있는 나날》에서 말한 "세심한 주의와 부재라는 환상 사이의 균형"을 관찰할 기회이기도 하다. 나

        내 영혼의 델리카트슨

는 바의 견과류, 마티니 한 잔, 조개 몇 개, 리코타 카바텔리[12]를 주문할 것이다. 예전에는 셰퍼드 파이[13]를 주문하곤 했지만 앤서니 보데인의 글을 읽고는 관두었다. 보데인은 "셰퍼드 파이? 꼭 남은 음식 이름처럼 들리는군"이라고 썼다.

나는 휴대폰 대신 읽을거리를 꼭 챙긴다. 요즘 누군가 책이나 잡지를 들고 다니는 모습을 보는 건 드문 일이다. 숲속에서 늑대를 힐끗 보는 것만큼이나. 야스미나 레자의 희곡《대학살의 신》에 등장하는 한 인물은 이렇게 불평한다. "남자들은 작은 기계들과 너무 붙어 있어요. …… 그래서 하찮아 보이고 …… 권위도 다 사라져요. …… 남자는 혼자라는 인상을 줘야만 해요." 식탁에 혼자 앉아서 자리를 넉넉히 쓸 수 있다면 신문도 괜찮다. 필립 라킨의 시 〈생활^{Livings}〉에서 가축 사료 판매원은 다음과 같은 음식을 주문한다.

맥주 한 병, 그러고는 '저녁 식사'를 하며
지역신문을 읽는다, 수프에서 시작해 배 스튜를 먹을 때까지.
탄생, 죽음. 팝니다. 즉결 재판. 자동차 예비 부품.

바에서 보통 사이즈의 신문을 읽기란 불가능에 가깝다. 예

---

12   ricotta cavatelli, 리코타 치즈를 밀가루 반죽에 섞어 손으로 굴린 후 홈을 낸 이탈리아 파스타.

13   shepherd's pie, 으깬 감자 안에 다진 고기를 넣어 만든 파이.

전 지하철 승객들처럼 신문을 사분의 일로 접는 종이접기 기술이라도 익히지 않았다면 말이다. 모든 레스토랑이 내가 1990년대 중반에 서배너에서 갔던 그 레스토랑 같았으면 좋겠다. 내가 혼자임을 본 수석 웨이터는 골라 읽을 수 있게 잡지가 담긴 쟁반을 가져왔다. 《크림Creem》은 없었지만 《뉴요커》, 《뉴스위크》, 《애틀랜틱》은 있었다. 음식 작가 제임스 빌라스는 1972년에 《타운 앤드 컨트리Town & Country》를 위해 웨이터로 위장 취재를 하면서 "혼자 온 손님은 누가 뭐라든 결코 사랑받지 못한다"는 사실을 알아냈다. 브루스 제이 프리드먼은 이렇게 썼다. 일단 자리에 앉으면 "혼자 식사하는 경험 중 가장 가슴 아픈 순간이 뒤따른다. 맞은편 식기가 휙 치워지고, 내 식기를 좀 더 넓게 펼쳐서 테이블을 덜 휑해 보이게 만든다". 프리드먼은 혼자 식사해야 할 때면 레스토랑 평론가인 척했다고 썼다. "가장 이상적인 자리는 벽을 등지고 앉아서 누가 나를 비웃고 있는지 볼 수 있는 자리다."

때로 나는 저녁을 먹으며 소설을 읽는다. 발터 벤야민은 이런 습관에 반대했다. 그는 이렇게 썼다. "필요하다면 식사하는 동안 신문은 읽을 수 있다. 하지만 절대 소설은 안 된다. 이 둘은 상충하는 의무다." 한번은 내슈빌의 한 레스토랑에 앉아 있을 때 옆에 앉은 젊은 여자가 바 테이블에서 배리 해나의 소설을 읽고 있었다. 크리에게 이 이야기를 들려주자, 그녀는 젊은 시절 레스토랑이나 바에서 소설을 읽으려 할 때마다 남자들

    내 영혼의 델리카트슨

이 지독하게 수작을 걸어댔다고 했다. M. F. K. 피셔도 비슷한 경험이 있다고 했다. 그녀는 레스토랑에서 "《북회귀선》에서부터 《보랏빛 세이지 들판을 달리는 기수들Riders of the Purple Sage》에 이르기까지 모든 걸" 읽기를 좋아했지만, 음흉한 남자들과 때로는 여자들까지 "내 고독의 높은 벽을 쿵쿵거리며 냄새를 맡는 바람에" 도망칠 수밖에 없었다. 피셔는 혼자 저녁을 먹는 기술에 자부심이 있었다. 그녀는 자신감이 넘쳤고, 어떤 이들은 "남성적"이라고 여기던 음식뿐만 아니라 "훌륭한 와인이나 마시기 좋은 독주, 맥주와 에일"도 거리낌 없이 주문했다. "이 모든 이유, 그리고 아마도 내가 머리를 묶은 방식이나 내 립스틱 색깔 같은 다른 수많은 이유로 사람들은 나를 이상하게, 기분이 상했거나 당혹스럽기라도 한 것처럼 분개하는 표정으로 쳐다본다. 내가 혼자 식사할 때면 말이다"라고 그녀는 썼다.

레스토랑에서 혼자 있을 때 내가 가장 즐겨 읽는 것은 레스토랑 리뷰다.

조너선 골드가 《로스앤젤레스 타임스Los Angeles Times》에 레스토랑 비평을 쓰던 시절에 로스앤젤레스에 살았더라면 얼마나 좋았을까. 그의 글은 《카운터 인텔리전스: 진짜 로스앤젤레스 맛집 가이드Counter Intelligence: Where to Eat in the Real Los Angeles》에서 지금도 읽어볼 수 있다. 그러면 왜 그가 음식평론가 최초로 퓰리처상 비평 부문을 수상했는지 알게 될 것이다. 세상에나, 그는 정말이지 웃겼다. 그는 형편없으면서 가격만 비싼 어느 레스토랑의 손님들을 "고등학교 때 당신과는 말도 섞지 않았을 사람들의 생생한 단면도"로 묘사하기도 했다. 또 한 가지 소망이 있다면, 킹슬리 에이미스가 레스토랑 비평을 쓰던 시절에 런던에 살았더라면 얼마나 좋았을까. 1980년대에 그가 쓴 칼럼 몇 편은 《에이미스 컬렉션The Amis Collection》에 묶여 있다. 지금도 충분히 읽을 가치가 있는 글이다. "좋은 소설이나 좋은 시처럼, 좋은 레스토랑은 문턱을 넘는 순간 곧장 알아차릴 수 있다고 말하고 싶다"라고 에이미스는 썼다. 또 다른 리뷰에서 그는 거만한 웨이터를 다음과 같이 묘사하기도 했다.

그 웨이터는 국제적인 분위기를 풍겼는데, 나의 주문을 듣고서 대놓고 놀라워하고 심지어 못마땅해하는 모습은 지극히 프랑스인 같았다. 엉뚱한 음식을 내놓고 그 사실을 지적하자 사과도 하지 않는 모습은 영국인 같았고, 그런 사소한 차이는 별로 중요하지 않다고 암시하는 모습은 다시 프랑스인 같았다.

한 음식 관련 작가가 "홍콩에서 하는 식사는 …… 손님은 부수적 존재일 뿐이라는 선언이나 마찬가지다"라고 한 말을 인용한 뒤, 에이미스는 이렇게 덧붙인다. "나도 그런 식사를 아는데, 그 선언은 '엿 먹어라'는 말이나 마찬가지다. 그런 식사를 하러 홍콩까지 갈 필요는 없다. 소호면 충분하다."

  내 영혼의 델리카트슨

한번은 케임브리지에 있는 비평가 클라이브 제임스의 집에서 점심을 먹으며(그는 작은 새우를 올린 토스트를 내왔다) 그에게 가장 좋아하는 레스토랑 평론가가 누구냐고 물어본 적이 있다. 그는 한 명도 떠올리지 못했다. 자신은 음식평론 자체를 높이 평가하지 않는다고 말했다. 그는 음식에는 지적으로나 감정적으로나 평생 글로 쓸 만한 내용이 충분하지 않다고 생각했다. 앤서니 보데인도 비슷한 말을 했다. "음식에 대해 끊임없이 쓰는 것은 포르노물을 쓰는 것이나 마찬가지다. 형용사를 몇 번만 써도 같은 말을 되풀이하게 되지 않던가?" 나는 클라이브 제임스의 말을 음악평론가 그릴 마커스에게 전했다. 내가 아는 한 마커스는 음식에 관한 글을 쓴 적이 한 번도 없지만 '셰 파니스'[14]의 이사회에서 일한 적은 있다. 그는 제임스의 의견에 동의하지 않았고, 답장으로 자신이 좋아하는 미니애폴리스의 음식평론가 다라 모스코위츠 그럼달의 글 한 꾸러미를 복사해서 보내왔다. 그 꾸러미는 잃어버렸지만, 모스코위츠가 어느 음식을 "포크 끝 1제곱 인치에 꼭 들어맞는 세계의 개인적 재창조"라고 묘사한 것은 지금도 기억난다. 그녀는 그 문장으로 나를 완전히 장악했다. 1970년대 《뉴욕타임스》 레스토랑 평론가였던 레이먼드 소콜로프는 음식평론에 대한 당시의 문화적 편견이

---

14   Chez Panisse, 미국 캘리포니아주 버클리에 있는 레스토랑으로, 1971년 앨리스 워터스가 열었다.

지금보다 훨씬 더 날카로웠다고 말했다. 회고록 《메뉴를 훔쳐라: 음식과 함께 보낸 지난 사십 년Steal the Menu: A Memoir of Forty Years in Food》에서 그는 음식평론가가 되기 전까지만 해도 사람들이 자신을 진지한 사람, 하버드나 옥스퍼드를 졸업한 지성인으로 여겼다고 불평했다. 그는 [영화평론가] 폴린 케일이 다가와 "언제부터 그렇게 음식 앞에서 유난 떠는 여왕님이 되셨어요?" 하고 물었던 순간을 지금도 기억한다.

새로운 음식평론을 읽을 수 없다면, 음식평론가의 회고록이라도 건네달라. 가장 장난기 심한 회고록은 게일 그린의 《만족할 수 없는Insatiable》으로, 그가 1970년대에서 1980년대 《뉴욕》의 음식평론가로 일하던 시절을 다룬 작품이다. 그린은 엘비스 프레슬리, 버트 레이놀즈, 클린트 이스트우드와 관계를 가졌다. 때로 그녀는 자신이 리뷰를 쓰던 레스토랑의 셰프들과 자기도 했다. 그녀는 이런 사실을 숨기지 않았다. 그녀가 쓴 리뷰 제목 중에는 '나는 르 시르크[15]를 사랑한다, 하지만 나는 믿을 만한 사람일까?' 같은 것도 있다. 어느 날 한 친구는 자신이 남자 화장실에서 "게일 그린은 유의어 사전을 써먹는다"라고 적힌 낙서를 봤다고 그린에게 말해주기도 했다. 또 다른 《뉴욕》 비평가 애덤 플랫도 훌륭한 회고록을 남겼다. 제목은 무려 《먹는 것에 관한 책: 전문 폭식가의 모험The Book of Eating: Adventures in

---

15   Le Cirque, 뉴욕의 전설적인 프렌치 레스토랑.

    내 영혼의 델리카트슨

Professional Gluttony》이다. 플랫은 레스토랑 비평의 불리한 면도 훌륭히 써낸다. 한번은 함께 식사하던 사람이 실수로 고기의 연골을 그의 눈에 뱉는 바람에 두 주 동안 시야가 흐릿했다고 한다.

나는 몇몇 레스토랑 바의 단골이다. 그래서 빌 버퍼드의 《앗 뜨거워》에서 다음과 같은 내용을 읽고 엄청난 충격을 받았다. 레스토랑 책임자가 "바 루저, 텐더"라고 외치면 그건 혼자 온 사람이 돼지고기 안심을 주문했다는 뜻이라는 것이다. 혼자 식사하는 일에 관한 문학은 종종 상심의 문학이기도 하다. 미셸 우엘벡은 소설 《세로토닌》에서 이렇게 썼다. "혼자서 해산물 플래터를 먹는 것은 막장까지 갔다는 뜻이다. 심지어 프랑수아즈 사강도 그 모습은 묘사하지 못했을 것인데, 말로는 표현할 수 없을 만큼 끔찍하기 때문이다." 빌리 콜린스의 시 〈생선The Fish〉에서는 나이 든 웨이터가 한 남자의 식사를 그의 테이블로 들고 간다. 생선은 "평평한 무지갯빛 눈 하나로" 남자를 올려다본다.

참 안됐네, 그것은 그렇게 말하는 듯했다,
이 끔찍한 식당에서 혼자 식사하다니
이토록 무정한 조명 아래
저 끔찍한 시칠리아 벽화에 둘러싸여.

**

　4장에서 나는 위대한 문학계 술꾼들이 사라져간다는 게 리 슈테인가르트의 느낌에 관해 쓴 바 있다. 그와 유사하게 나는 위대한 미식가들이 모두 사라져버렸다는 느낌을 받는다. 한때 공룡들이 활보하던 자리에 이제는 도마뱀붙이만 기어다닐까. 혼자서 식사할 때면 나는 가끔 [미국의 소설가] 프랜신 프로즈가 "폭식의 슈퍼히어로들"이라고 부른 부류의 사람들과 교감하고 있다고 생각하길 좋아한다. [영국의 시인] 존 밀턴도 그중 하나였다. 그는 게걸스러움을 지혜에 비유했다. [중국계 미국인 소설가] 맥신 홍 킹스턴은 《여전사》에서 "많이 먹는 자가 승리한다"라고 썼다. 그녀는 "유령을 튀긴 장저우의 저우이한"이라는 인물도 언급한다. 한번은 크리와 장인어른과 함께 지금은 사라져서 몹시 그리운 맨해튼의 레스토랑 플뢰르 드 셀 Fleur de Sel에서 식사한 적이 있는데, 너무 완벽하게 맛있어서 잠시 숨을 고른 뒤 디저트까지 포함한 전 메뉴를 한 번 더 주문했다. 그날만큼은 리블링과 한통속이 된 듯한 기분이었다.

　작가들 가운데 새커리는 아마도 가장 열성적인 대식가, 즉 일종의 쾌락주의 황제였을 것이다. 그는 소설을 달콤한 간식에 비유하며 "건강한 문학적 식욕의 소유자라면 누구나 소설을 좋아한다"라고 했다. 그가 최초로 발표한 단편소설 〈교수The Professor〉는 조개를 아무리 먹어도 부족한 남자에 관한 이야기였다. 새커리는 케임브리지 대학이 식사 연구 전공 교수직을 신설해야 한다고 〈펀치Punch〉에서 반쯤 농담처럼 제안하기도 했다. 그는 "저녁 식탁에서도 자신의 분야에서처럼 위대한" 사람들—정치인, 시인, 역사가, 판사—을 사랑했다. 든든히 먹는 사람에게는 어떤 한결같은 느낌이 있다. 뮤리얼 스파크는 한 여자를 "남이 괴로워하는 동안에도 한결같이 먹음으로써 자기 조언의 흔들림 없는 온전함을 증명한" 사람으로 묘사한 적이 있다. 마리오 푸조는 전설적인 대식가였다. 친구들이 차이니스 레스토랑에서의 저녁 식사 약속에 늦기라도 하면, 그는 모퉁이를 휙 돌아 간단히 피자를 먹고 오곤 했다. 부자가 된 후에는 자신만의 모차렐라 장인을 고용했는데, 신선한(냉장되지 않은) 모차렐라는 찾기 어렵기 때문이다. 푸조는 친구 브루스 제이 프리드먼에게 정확히 이렇게 말했다. "십오 분이 지나면 신선도가 떨어지기 시작하거든." 프리드먼이 쓴 바에 따르면, 호스트로서 푸조는 "레스토랑 메뉴에 있는 모든 파스타를 주문해서 손님들이 하나씩 다 맛볼 수 있게 하곤 했다". 《대부》에 등장하는 음식 장면은 넋을 빼놓을 만큼 훌륭해서 [범죄 드라마] 〈소프라노스^{The Sopranos}〉의 음식 장면에 큰 영향을 끼쳤다. 퍼트리샤 록우드의 소설 《아무도 이런 이야기를 하지 않는다》에서 화자는 HBO에서 〈소프라노스〉를 다섯 편 연달아 보고서 이렇게 말한다. "곧장 조직범죄에 가담하고 싶어졌다. 총 쏘는 쪽 말고, 레스토랑에 둘러앉은 쪽으로."

"나는 내가 만든 음식을 아주 좋아해요." 오든은 《파리 리뷰》 인터뷰에서 이렇게 말했다. "시인들은 식탁에서 정말 거침

없이 먹어댄다"라고 케빈 영은 썼는데, 아마도 언제 다음 식사를 할 수 있을지 모르기 때문이다. 존 베리먼의 시집《꿈의 노래들The Dream Songs》에 등장하는 반半자전적 인물 헨리는 그런 거침없는 인물이다. "나는 내 배로 글을 쓴다"라고 그는 선언한다. 그는 올리브오일과 얇게 썬 양파를 곁들인 맛있는 빵을 좋아한다. 그는 "점심을 허겁지겁 먹고 저녁을 돼지같이 먹었"으며 "레몬을 뿌린 아보카도와 아티초크 속살, / 뭐든 안쪽에 있는 것"을 곁들여서 "자정에 고기를" 먹었다. 사회는 유쾌하게 먹는 남성을 높이 평가하며 그에게 자리를 내준다. 하지만 유쾌하게 먹는 여성에게는, 아아, 보통 어느 정도 경계의 시선이 뒤따른다. 진 스태퍼드의 한 단편소설에는 날씬한 친구의 절제를 부러워하는 덩치 큰 여자가 등장한다. 그녀는 생각한다. "차를 마시며 몰래 버터 바른 토스트를 가장 많이 먹은 후 뒤따르는 공포와 양심의 가책을 그 애는 알았을까? 열두 명 몫인 푸딩을 혼자 다 먹고 싶어 하는 욕망을 품거나 저녁 식탁에 앉은 다른 이들을 진심으로 증오한 적이 있었을까?" 그녀는 자신이 "가련한 뚱뚱보"라는 사실에 거의 자살 충동을 느낀다. 그녀는 "나는 미식가이고, 식도락가이며, 대식가다Je suis gourmette, gourmande, gloutonne"라고 당당히 선언했던 콜레트를 본받았어야 했다.

***

　　　　내 영혼의 델리카트슨

록 음악 평론가 로버트 크리스트가우는 회고록 《도시로 가다Going into the City》에서 "나는 만두가 몇 개 더 든 산문을 선호했다"라고 말하며 아주 문학적인 문체를 좋아한다고 밝혔다. 시인 톰 건은 더 단순한 산문에 대해 이야기하면서 "엘리자베스 여왕 시대의 만두 스타일로 압축되고 담백하게" 쓰인 자신의 시 한 편을 언급했다. 그러니까 내 말의 요지는, 뉴욕에 있을 때면 늘 주머니에 시집 한 권을 넣은 채 차이나타운을 거닐고 싶어진다는 거다.

1999년 전미 도서상 수상작인 하 진의 소설 《기다림》에서 감동적인 장면 중 하나는 식당에서 벌어진다. 《기다림》은 문화혁명 시기의 공산주의 중국을 배경으로 한 사랑 이야기다. 군의관 린은 강행군 도중에 간호사 만나와 사랑에 빠진다. 둘은 결혼하길 바라지만 린에게는 고향에 아내가 있다. 문맹이며 전족을 한 농촌 여성으로, 그가 어렸을 때 중매로 강제 결혼하게 된 상대다. 린은 십팔 년 동안 매년 고향으로 돌아가 이혼을 청하지만 매번 거절당한다. 간통은 범죄다. 린과 만나는 서로를 애타게 그리는 것 말고는 할 수 있는 게 없다. 어느 날 그들은 만나서 식사하기로 하고서("그들은 몇 가지 차가운 음식을 시킬 것이었다. 돼지 머릿고기, 절인 버섯, 어린 가지, 소금에 절인 오리알. 주요리로는 돼지고기, 건새우, 양배추, 파를 넣은 만두를 주문했다") 놀란 눈으로 서로를 쳐다본다. 린은 만나를 바라보며 "그녀도 똑같은 생각을 하고 있다는, 둘이 식당에서 함께 식사하는 것

은 이번이 처음이라는 사실을 깨닫는다". 때로 차이나타운을
거닐며 나는 또 다른 린과 만나를 보는 듯한 상상에 빠지곤 한
다. 《기다림》이 출간된 직후 나는 운 좋게도 하 진이 살던 애틀
랜타로 가서 그를 인터뷰한 적이 있다. 그가 말하길, 처음 중국
에서 미국으로 건너왔을 때 다람쥐가 사방에 뛰노는데도 아무
도 잡아먹지 않는 모습을 보고서 미국이 얼마나 부유한 나라인
지 알았다고 했다.

셰프 에디 황은 회고록 《갓 이주해 와서 Fresh Off the Boat》에서
몇몇 중국요리의 요점을 정확히 짚는다. 맑은 돼지 뼈 육수에
참깨 페이스트, 으깬 땅콩, 절인 무, 파가 들어간 대만식 단단
탕면을 맛본 후, 그는 그 요리가 탁월한 이유는 셰프가 "최고급
식재료나 단백질을 썼거나 현지 재료를 썼기 때문이 아니라 그
가 자기 요리를 갈고닦았기 때문"이라고 말했다. 때로 요리란
손에 쥔 패를 얼마나 잘 쓰느냐의 문제이기도 하다. 우리는 구
부러진 목재 같은 우리의 인간성 전체를 요리에 쏟아부어야 하
는 것이다. 황은 앨리스 워터스처럼 화려한 장보기를 신봉하는
사람들에게 이렇게 일갈한다. "챔피언십은 돈으로 살 수 없다."
집에서 정통 중국요리를 만들어보려는 사람에게 [중국계 미국
인 작가] 기시 젠은 "인생에 더 많은 좌절이 필요한 게 아니라
면" 만두피를 직접 반죽할 생각은 하지 말라고 경고했다.

20세기 중반 뉴욕에서 흑인 남자와 여자는 종종 차이니스
레스토랑이나 재패니스 레스토랑에서 식사했는데, 그곳에서

는 환영받는다고 느꼈기 때문이다. 시몬 드 보부아르는 1947년 맨해튼에서 친구인 소설가 리처드 라이트와 보낸 저녁을 떠올리며 이렇게 썼다. "그가 호텔로 나를 데리러 왔을 때, 로비의 사람들이 그에게 곱지 않은 시선을 보내는 것을 보았다. 만일 그가 거기서 방을 달라고 했다면 분명 거절당했을 것이다." 그들은 차이니스 레스토랑에서 식사하는데, 다른 곳에서는 거절당할까봐 두려웠기 때문이다. 오데타 홈스[16]가 24번가에 있는 RCA 스튜디오에서 앨범 《대단한 세상이야 It's a Mighty World》를 녹음했을 때, 그녀와 밴드는 매일 꼭두새벽이면 타임스퀘어 근처의 24시간 재패니스 레스토랑으로 향하곤 했다. 프로듀서 잭 소머는 그들이 늘 똑같은 메뉴를 주문했다고 회고했다. "그건 찐 농어였고, 다들 젓가락으로 생선 살을 발라 먹곤 했죠." 베이시스트 라파엘 '레스' 그리니지는 늘 의식적으로 생선 눈알을 집어먹었다고 한다. 소머는 이렇게 회상했다. "그는 남부 출신이었는데, 그곳에서는 그게 일상적이고 평범한 일이었어요. 가끔은 그 광경이 내 입맛을 떨어뜨렸지만, 그래도 밤새 녹음하고 나면 배가 고프긴 하니까요."

**

---

16   Odetta Holmes, 미국의 포크 가수이자 기타리스트로 '인권운동의 목소리'로도 불렸다.

　　랠프 엘리슨과 그의 친구 비평가 앨버트 머리가 주고받은 편지는 위대한 서간문학 중 하나다. 그들의 열정적인 편지는 《열두 마디씩 주고받기Trading Twelves》라는 책에 묶여 있다. 재즈나 산문이나 블루스와 마찬가지로, 음식은 그들의 머릿속을 멀리 벗어난 적이 한 번도 없었다. 로마에서 엘리슨은 머리에게 이렇게 쓴다. "옥수수빵에 버터밀크에 겨잣잎까지 곁들인, 그 끝내주는 음식으로 배를 가득 채우고 싶어." 그들에게 음식은 공통언어였고, 즉각적으로 향수를 불러일으키는 원천이었다. 머리는 자신의 책 《아주 오래된 남부로South to a Very Old Place》에서 어린 시절을 회상하며 이렇게 썼다. "바비큐 화덕과 맥주 냄새가 밴 치킨 가게 테이블. 프라이팬에 지글지글 구워지는 숭어, 도미, 노릇하고 바삭바삭한 굴에 곁들인 굵게 간 옥수수와 버터. 전형적인 시골 사람들이 소풍을 가거나 교회 연합 캠프 미팅에 참가할 때 먹었던 그런 하얀 감자샐러드와 고구마파이." 에드나 루이스는 《시골 요리의 맛》에서 머리가 말한 요점을 강조한다. 그녀는 이렇게 썼다. "고향을 떠난 이후로 여러 해 동안 …… 나는 함께 자란 사람들과 우리의 삶의 방식에 대해 생각해왔다. 나는 우리를 묶어준 끈이 바로 음식이었음을 깨달았다."

　　리타 도브는 〈가족 상봉Family Reunion〉이라는 시에서 그런 향수에 한껏 젖어들어 다음과 같이 회상한다.

　　　　　　내 영혼의 델리카트슨

‘포트럭’[17]이라는 말은

더 날씬한 허벅지를 위해

그동안 포기했던

음식의 부활을 뜻한다.

　미국에서 모두가 요리하고 먹는 음식의 아주 많은 부분이 아프리카계 미국인 음식에 기반하고 있다는 사실이 마침내 수면 위로 떠오르기 시작했다. 제시카 해리스는 《사치스럽게》에서 쌀과 참마, 곡물 같은 우리의 많은 주식이 어떻게 노예와 함께 이 땅에 들어왔는지 추적한다. 우리는 이제 그녀가 “요리의 인종차별 정책”이라고 부른 시기를 서서히 지나가고 있다. [미국의 음식 저널리스트] 토니 팁턴-마틴은 《제미마 코드The Jemima Code》에서 흑인 작가들이 쓴 수백 권의 초기 요리책을 모아서 정독한다. 그녀는 감으로만 요리했던 문맹 “제미마 아줌마”[18]라는 고정관념을 깨뜨린다. 흑인 요리사들은 뚜렷한 의도와 전문 지식을 지니고 있었다. 그들의 가장 훌륭한 레시피는 도둑맞았다. 출처도 없이 그저 백인을 대상으로 한 요리책 속으로 사라져버린 것이다. 또 다른 중요한 책은 [아프리카계 미국인 요리 역사가] 마이클 W. 트위티의 《요리 유전자The Cooking Gene》

17　potluck, 각자 음식을 조금씩 마련해 와서 나눠 먹는 파티.
18　Aunt Jemima, 백인에게 아첨하는 흑인 여자를 뜻하는 속어.

다. 트위티는 초기 아프리카계 미국인 음식에 대해 로버트 카로가 린든 B. 존슨에 집착하듯이 집착한다.[19] 그는 초기 영향들을 오랫동안 열심히 찾고 있다. 흑인 요리사에게 그 영향을 마주하기란 더 어려운 일인데, 왜냐하면 "자신의 근원을 찾아가는 것은 트라우마를 유발할 만큼 충격적"이기 때문이라고 그는 썼다.

트위티는 음식과 음악에 관해 정말 탁월하다. 어린 시절의 주방을 떠올리며 그는 이렇게 썼다. "휴 마세켈라와 미리엄 마케바가 레나 혼, 크라프트베르크, 아프리카 밤바타, 데보와 함께 아프리카 그림 아래 턴테이블에서 돌아갔다. 주방에서 누가 요리하느냐에 따라 음악의 분위기도 변했다. 나는 거칠고 원초적인 블루스와 클래식 음악을 들었고, 앨범 커버만 보고도 아이작 헤이스(〈뜨거운 버터 영혼Hot Buttered Soul〉)와 캐롤 킹(〈태피스트리Tapestry〉, 알 그린(〈나는 아직도 널 사랑해I'm Still in Love with You〉))을 구분할 수 있었다. 운이 좋으면 빌리 조엘이나 시크도 들을 수 있었다." 버터메이 스마트-그로브너는 《바이브레이션 쿠킹》 서문에서 이렇게 썼다. "주방 구석에 앉아 정신을 차려보려 애쓰는 동안 매일같이 노래하고 연주해준 리치 헤이븐스, 윌슨 피켓, 조니 에이스, 라 루페, 존 콜트레인과 미스 빌리 홀리데

---

[19]　로버트 카로는 미국의 전기 작가이자 저널리스트로, 미국 전 대통령 린든 B. 존슨의 생애를 강박적으로 조사해서 전기로 출간하는 것으로 유명하다. 총 5권으로 계획된 전기는 현재 4권까지 출간되었다.

　내 영혼의 델리카트슨

이에게 특별한 감사를 전한다.” 나 또한 우리 가족이 매일 밤 주방을 우리가 아는 최고의 음악으로 채우려 애썼다고 쓴 바 있다. 아이들은 듣기 싫어도 들어야만 하는 우리의 마지막 청중이다. 이제는 아이들도 어느 정도 자기 취향이 생겼지만, 우리의 취향 중 상당 부분이 전해진 덕분에 음악에 대해 공통언어를 갖게 되었다. 아이들은 종종 친구 집에 다녀와서 거기서는 음악이 흘러나오지 않았다고 말한다. 마치 그 집이 죽어 있는 것처럼 이상하게 느껴졌다고.

레스토랑에서 흐르는 음악은 늘 성가신 주제다. 선곡과 음향이 좋고 대화를 방해하지 않는다면 음악은 괜찮은 거다. 대화만 가능하다면 심지어 데스메탈도 괜찮다. 조너선 골드는 레스토랑 음악에 누구보다도 세심하게 관심을 기울였다. 그는 로스앤젤레스 피코 대로의 버질 톰슨[20]이었다. 그가 사랑했던 동네 레스토랑에서 흘러나오는 진부한 음악—이를테면 에어 서플라이—은 보통 음식이 훌륭할 거라는 사실을 의미했다. 그는 “형편없는 레게는 아마도 세계 공용어일 것이다”라고 말했다. 그는 가짜 바위 속에 숨겨진 스피커도 늘 주의 깊게 살펴봤다. 골드가 좋아한 어느 레스토랑에서는 “라바 램프[21]를 스테레오에 연결하면 들려올 듯한 종류의 음악”이 흘러나왔다. 또 다

---

20   Virgil Thomson, 미국의 작곡가이자 음악평론가.
21   반고체 상태의 물질이 계속 위아래로 움직이는 전기스탠드의 일종.

른 레스토랑에서는 "레드 제플린을 물속에서 거꾸로 튼 것" 같은 둔탁한 소리가 들려왔다. 그의 글을 읽고 있노라면 그런 음반을 갖고 싶어진다.

얼마 전 맨해튼 시내의 어느 세련된 레스토랑에 갔다가 친구들과 주문도 하기 전에 밖으로 나와버렸는데, 음악 소리가 너무 커서 손짓으로만 대화해야 하는 수준이었기 때문이다. 내가 기억하는 손짓 네 가지(내가 아는 수화의 전부)는 '엄지 아래로 내리기', '목에 칼 긋기', '이건 말도 안 돼', '여기서 나가자'였다. 점점 더 불협화음이 그런 장소의 핵심이라는 생각이 든다. 그건 노인들을 쫓아내는 방법이고, 이제 우리는 노인이 되어버린 것 같다. 형편없는 노래를 손님이 뛰쳐나갈 만큼 크게 트는 레스토랑에 갇혀 있다 보면, 퍼거스 헨더슨이 런던에서 열었던 레스토랑 '세인트 존St. John'의 내규가 그리워진다. '예술 금지. 음악 금지.' 시인 윌리엄 매슈스의 구절을 빌리자면, 그곳의 주크박스에서는 마르셀 마르소[22]가 흘러나왔다.

✳✳

[미국의 소설가이자 플로리다 대학교 문학 교수] 앤드루 라이

---

[22]   Marcel Marceau, '침묵의 예술'로 유명한 프랑스의 무성 배우이자 마임 아티스트.

　　　　　내 영혼의 델리카트슨

틀은 해리 크루스에게 말했다. 책의 결말은 "잘 익은 서양배처럼 나무에서 툭 떨어져야 한다"고. 이제 냄비 뚜껑 아래 남은 마지막 김을 조금 빼내기 위해 음식과 섹스 이야기를 하면서, 그리고 음식과 죽음 이야기를 하면서 출구 쪽으로 이동해보자. 연인의 몸에 책이 문신으로 새겨져 있지 않은 한 섹스하면서 독서하기란 매우 어려운 일이다. 죽음의 문제는, 앞서도 말했듯이, 책을 들고 갈 수 없다는 점이다.

작가들은 페로몬을 내뿜어 입맛을 다시게 하는 감각적 섹스를 묘사할 때 종종 음식 이미지 쪽으로 손을 뻗는다. 베티 퍼셀은 회고록 《나의 주방 전쟁My Kitchen Wars》에서 이렇게 썼다. "양파의 껍질을 벗기고, 소뼈의 골수를 떠내고, 연어의 살을 바르는 일은 육체와 정신을 황홀하게 하나로 녹이는 섹스와 매우 유사한 행위였다." 나는 작가들이 성적 혐오감을 불러일으키는 이미지를 내놓을 때도 좋아한다. 실비아 플라스의 《벨 자》에 등장하는 여주인공은 인생 최초로 남성의 성기를 똑바로 바라보지만 그것은 기대에 못 미친다. "내 머릿속에 떠오른 것은 칠면조 목과 모래주머니였다. 나는 몹시 우울했다." 톰 울프도 그와 유사한 파장을 지닌 작가였다. 그는 섹스를 묘사할 때 "닭의 내장"이라는 단어를 즐겨 썼다. 마치 추수감사절이 영원히 이어지기라도 하는 것처럼. 울프는 《후킹 업Hooking Up》에서 포르노 잡지가 "뻣뻣해진 닭의 내장"과 "번들거리는 덩어리"로 가득하다고 썼다. 로버트 크리스트가우도 비슷한 이미지를 사용해서 훗날 아내가 될 여성과 애무하는 장면을 멋지게 묘사한 바 있다. 그는 그것을 "마지막에 설탕에 절인 과일이 나오는 여러 단계의 단추 찾기 놀이"라고 불렀다. 제인 스마일리의 소설 《언덕에서 보낸 열흘Ten Days in the Hills》에서는 남성의 성기가 더 매력적으로 묘사된다. 그녀는 이렇게 썼다. "그것은 옆으로 누워 있었는데, 곧고 균등한 크기의 소시지라기보다는 편안하게 불룩한 중간 부분이 이어지다가 끝부분 바로 아래에서 좁아지는 바게트에 가까웠다."•

리타 도브는 시 〈잠자리에 들기 전《깊은 방 부엌에서》를 세 번째로 읽어준 후 After Reading Mickey in the Night Kitchen for the Third Time Before Bed〉에서 질膣에 관해 이야기하며 그것을 "나의 엄청난 가리비"라고 부른다. 클레어-루이스 베넷은 소설 《연못Pond》에서 섹스를 실컷 한 후에는 오렌지가 먹고 싶어진다고 썼는데, 왜냐하면 "오렌지는 실내의 후끈한 공기를 뚫고 들어와 매우 정돈된 냄새를 풍기기 때문이다". 열한두 살 무렵에 마리오 푸조의 소설 《대부》에 등장하는 생생한 섹스 장면에 깜짝 놀랐던 기억이 난다. 물론 푸조의 소설도 음식과 관련되어 있다. 작중 인물 소니 코를레오네는 코끼리처럼 아주 거대한 성기를 지

• 시인 톰 건은 편지에 이런 농담을 남겼다. "제프리 다머가 로레나 보빗에게: '그걸 남겨두고 가려는 건 아니겠지?'" [제프리 다머는 미국의 연쇄살인범으로 시신의 일부를 먹은 것으로 유명하며, 로레나 보빗은 에콰도르 태생의 미국 이민자로 남편의 성기를 절단한 것으로 유명하다.]

 내 영혼의 델리카트슨

녔기에, 그의 아내는 그가 정부를 두자 기뻐 어쩔 줄을 모른다. 왜냐하면 "결혼하고 일 년이 지나자 나의 거기는 한 시간 동안 삶은 마카로니처럼 흐물흐물해진 것 같았"기 때문이다. 남성 작가들은 여성의 성기를 묘사하기 위해 너무 과하게 애써왔다. 종종 요리 용어까지 동원해가면서 말이다. 런던의 [문학 주간지] 《타임스 리터터리 서플먼트The Times Literary Supplement》에서 존 업다이크는 유두를 말린 살구에 비유하려 애쓴 것으로 비난받은 적이 있다. D. H. 로런스 또한 무화과의 "놀랍도록 축축한 전도성傳導性"을 여성의 생식기에 비유한 바 있다.

때로는 식탁에서 혼자일 때도 있고, 침실에서 혼자일 때도 있다. 미국 문학에서 가장 악명 높은 장면은 아마도 필립 로스의 《포트노이의 불평》에서 알렉산더 포트노이가…… 음, 그냥 그에게 직접 듣는 편이 낫겠다. "제가 정육점에서 간 한 조각을 사서 바르 미츠바[23] 수업을 들으러 가는 길에 광고판 뒤에서 범했다는 고백은 이미 한 것 같습니다. 음, 성하, 저는 속 시원히 다 털어놓고 싶습니다. 그 간―그녀―그것이 제 첫 상대는 아니었어요. 제 첫 상대는 오후 3시 반에 우리 집 화장실에서 몰래 제 자지에 말려 있다가―그러고는 5시 반에 불쌍하고 무고한 우리 가족이 있는 자리에서 다시 포크에 꽂혀 먹혔죠. 자. 이제 제가 저지른 최악의 짓이 뭔지 아셨을 겁니다. 저는 제 가

---

23   유대인 남자아이가 만 13세에 거행하는 성인식.

족의 저녁 식사를 범해버렸어요." 사람들은 잘 잊곤 하는데, 알렉스는 속을 파낸 사과나 빈 우유병과도 성관계를 맺었다. 그것에 필적할 만한 장면이 비엣 타인 응우옌의 《동조자》에 등장한다. 주인공은 어머니의 주방에서 훔쳐 온, 내장을 제거한 오징어와 비정상적인 행위를 벌인다.

**

외식하다 보면 어느 순간에는 계산서가 도착한다. 어떤 밤에는 그것이 고통스러운 순간이 되기도 한다. 크리와 나는 종종 사고를 칠 때가 있다. 우리가 얼마나 위험한 장난을 쳤는지 깨닫고 벌벌 떨게 만드는 그런 사고 말이다. 몇 년 전, 우리는 맨해튼 남부에 새로 문을 연, 평이 좋은 레스토랑에서 오랜 친구의 생일 저녁을 함께했다. 전통대로 우리와 또 다른 부부가 그 친구의 생일 저녁을 사기로 했다. 유쾌하고 대화가 끊이질 않았으며, 촛불이 밝혀진 가운데 예상보다 길어진, 상당히 호화로운 밤이었다. 칵테일 잔과 와인 병과 디저트 접시와 포트와인 잔이 쌓여감에 따라 나는 우리가 내야 할 몫이 500달러에 이를 것 같다는 사실을 깨닫기 시작했다. 그것은 우리에게 남은 마지막 직불 카드 잔고와 맞먹는 금액이었다.

이쯤에서 레스토랑 계산서를 요청하는 그 "사악한 순간"을 이야기할 때 내가 가장 좋아하는 작가는 아마도 위대한 영국의 풍자 작가일 맥스 비어봄이라는 사실을 밝혀야겠다. 한 에세이에서 그는 비스트로에서의 저녁을 주최하면서 과연 계산할 돈이 충분할지 걱정했던 일에 관해 이야기한다. 그는 이렇게 썼다. "나는 그 두려움에 절대 지배당하지 않았다. 나는 누구에게도 절대 '혹시 리큐르 드시겠어요?'라고 묻지 않고 늘 '어떤 리큐르를 드시겠어요?'라고 물었다. 하지만 계산서를 요청해야 하는 그 사악한 순간만큼은 최대한 미뤘다. 마침내 적당히 태연한 어조로(그랬길 바라고 믿는다) 계산서를 요청했을 때, 나는 늘 그게 접시 위에 접힌 채 나오지 않기를 바랐다. 그러면 금액이 소름 끼칠 만큼 너무 커서 나 혼자만 알고 있어야 한다는 것처럼 느껴졌으니 말이다."

저녁 식사에 500달러를 펑펑 쓰는 일은 우리에게 드문 일이긴 하지만 완전히 전례가 없는 일도 아니라는 사실을 덧붙여야겠다. 짐 해리슨은 "훌륭한 식사에 500달러를 쓰는 것은 그럴듯해 보이지만, 그만큼의 돈을 옷이나 신발에 쓰는 것은 상상하기 어렵다"고 썼는데, 나는 그의 말에 전적으로 공감한다. 누구나 자신만의 우선순위가 있는 법이다. 그날 저녁, 우리는 아직 계산서를 요청하지 않은 상황이었다. 그게 접힌 계산서든, 접히지 않은 계산서든. 나는 맞은편에 있는 크리를 쳐다보며 이미를 찌푸렸다. 전 세계 어디서든 통하는 "이제 우리 어쩌지?" 하는 표정을 지으면서. 크리는 손목시계를 톡톡 치더니 뒤쪽 벽시계 쪽으로 눈을 굴렸다. 나는 그게 무슨 뜻인지 즉시 알아차렸다. 그때는 수요일의 늦은 밤이었다. 내 급여는 목요일마다 들어오는데, 때로는 딱 자정에 맞춰 들어오기도 한다. 그런데 불과 한 시간 후면 자정이 아닌가! 이제 우리가 해야 할 일은 포트와인을 더 시키고 느긋이 버티는 것뿐이었다. 하지만, 아아, 다른 이들은 이미 취해서 가만히 있지를 못했다. 그들을 테이블에 더 붙잡아둘 수는 없었다. 우리는 비자 카드를 내밀고 괄약근을 꽉 쪼였다. 결제는 승인되었다.

이제 오십 대 후반에 접어들고 보니, '나는 곧 인생의 3루를 지날 것이며 홈은 땅속 구멍일 것이다'라는 짐 해리슨의 말이 부쩍 자주 떠오른다. 노라 에프런은 우리 중 누구도 "최후의 만찬"을 기다려서는 안 된다고 썼다. 지금 당장 먹고, 또 언제든 먹으라. 그렇지 않으면 중환자실 침대에서 먹는 병원 오트밀이 최후의 만찬이 될 수도 있으니 말이다. 최후의 만찬은 저녁 식탁에서 논하기 훌륭한 주제다. ("앞으로 평생 점심과 저녁을 한곳에서만 먹어야 한다면 어디서 먹겠는가?" 같은 질문도 괜찮다. 나는 다양한 메뉴, 장밋빛 조명, 그리고 프리트[24] 때문에 브레서리[25]를 좋아하고, 그래서 그런 질문에 맨해튼의 '발타자르'라고 대답하는 경향이 있다. 검증된 정답이기 때문이다.) 나는 내 최후의 만찬이 진탕 마시고 노는 향연이 되었으면 좋겠다고 생각하곤 했다. 프

---

[24] frites, '감자튀김'을 뜻하는 프랑스어.

[25] brasserie, 크게 비싸지 않은 프랑스풍 레스토랑.

   내 영혼의 델리카트슨

랑스 대통령이었던 프랑수아 미테랑이 노년에 앞으로 아무것도 먹지 않겠다고 결심하기 전날 밤에 즐겼다는 만찬처럼 말이다. 미테랑은 굴과 거세한 수탉과 푸아그라를 잔뜩 먹고, 마지막으로 진귀한 별미인 오르톨랑을 먹었다. 오르톨랑은 그것을 먹는 부끄러움을 신에게 숨기기 위해 하얀 천으로 얼굴을 가리고 통째로 먹는 명금鳴禽으로, 현재 멸종 위기에 처해 있으며, 1979년 이후로 유럽연합 전역에서 오르톨랑을 먹는 것은 불법이다.

시간이 흐르면서 나는 마음속에서 소망을 조금씩 줄여갔다. 나는 위대하고도 친숙한 음식을 바랄 것이다. 마티니 두 잔, 그러고서 첫 번째 요리로는 크리가 고른 모차렐라와 토마토. 크리는 바질과 올리브오일과 소금을 어떻게 다뤄야 할지 정확히 안다. 그러고는 아마도 양파와 당근과 소시지와 할루미 치즈를 로스팅 팬에 밀어 넣고 구운 닭에 프리트와 아스파라거스를 곁들여서 먹을 것이다. 그리고 우리가 매일 밤 마시는 훌륭하지만 야단스럽지는 않은 와인보다는 좀 더 괜찮은 와인 한 병. 단것을 좋아하지 않으니 디저트는 필요 없다. 그러면 짜잔! 이제 인생의 3루를 지나 홈으로 걸어갈 만큼 기운을 북돋운 것이다. [미국의 배우] 클라크 게이블은 임종 시에 웨스트 할리우드의 레스토랑 체이슨스^{Chasen's}의 칠리 콘 카르네를 원했다. 체이슨스는 1995년에 문을 닫았다. 조지 오웰은 병실에 자신이 가장 아끼던 낚싯대를 둔 채 세상을 떠났다. 《뉴요커》의 작가 조지프 미첼은 죽음이 마음속을 너무 짓누를 때면 아침 일찍 일어나서 이스트 사이드 강변의 풀턴 어시장까지 걸어가곤 했다고 말했다. 나 또한 맨해튼에 살던 젊은 시절에 그곳까지 걸어가서 생선 장수들이 참치를 통째로 저며서 무게를 재는 모습을 지켜보곤 했다. 그곳은 에밀 졸라의 소설에 등장하는 시장인 레알에 비길 만했다. 아름답게 악취를 풍기는 곳이었다. 풀턴 어시장은 2005년에 문을 닫았고, 나중에 브롱크스로 옮겨 다시 문을 열었다.

사방에 죽음이 넘쳐날 때면 자신이 현대인이라는 느낌을 갖기 어려워진다고 크나우스고르는 썼다. 음식은 우리가 그것에 대처하는 한 방법이다. 조앤 디디온은 《상실》에서 이렇게 썼다. "나는 캘리포니아에서 자라면서, 누군가가 죽으면 햄을 굽는 거라고 배웠다." 남편인 작가 존 그레고리 던이 세상을 뜬 후 그녀는 이렇게 썼다. "처음 몇 주 동안 매일같이 차이나타운에서 파와 생강을 넣고 끓인 죽 한 그릇을 사다 준 친구의 본능적 지혜를 나는 잊지 못할 것이다. 죽이라면 먹을 수 있었다. 죽밖에는 먹을 수 없었다." 죽음을 마주하더라도 우리는 결국 살아갈 수밖에 없지 않은가? 아이작 바셰비스 싱어의 아름다운 단편 〈카페테리아The Cafeteria〉에서 작가인 화자는 맨해튼 어퍼 웨스트 사이드에 있는 한 카페테리아에서 자주 식사를 한다. 그는 그곳에서 다른 러시아 이민자와 폴란드 이민자를 만난다. 〈카페테리아〉는 러시아의 죽음의 수용소에서 살아남은

          내 영혼의 델리카트슨

한 여자에 대한 복잡한 이야기로, 그녀는 그 카페테리아가 불타버리는 날 밤에 그곳에서 히틀러를 봤다고 생각하게 된다. 소설에서 가장 오래 기억에 남는 순간은, 화자가 나이 든 친구들이 하나둘씩 죽음에 끌려가듯 사라지는 게 어떤 기분인지에 대해 말하는 대목이다. 그는 이렇게 말한다. "매번 깜짝 놀라긴 하지만, 내 나이쯤 되면 그런 소식을 들을 준비가 되어 있어야 한다. 먹던 음식이 목에 걸리고, 우리는 혼란스러운 표정으로 서로를 바라보며 조용한 눈빛으로 묻는다. 다음은 누구 차례지? 우리는 곧 다시 음식을 씹기 시작한다. 나는 종종 아프리카에 대한 영화의 한 장면을 떠올린다. 사자가 얼룩말 떼를 습격해 한 마리를 죽인다. 겁에 질린 얼룩말들은 잠시 달아나다가 이내 멈춰 서서 다시 풀을 뜯기 시작한다. 그들에게 다른 선택지가 있기나 할까?"

내가 운 좋게도 아주 오래 살게 된다면, 그때 본받고 싶은 사람 중 한 명은 바로 제시카 미트퍼드일 것이다. 그녀는 칠십대 후반에 자신이 매우 진행이 빠른 암에 걸렸으며 이제 살날이 얼마 남지 않았다는 사실을 알게 되었다. 어차피 죽어가고 있었으므로, 미트퍼드는 그때부터 초콜릿 무스만 먹겠다고 결심한다. 마야 안젤루를 비롯한 그녀의 절친들이 찾아와 병상을 지켰다. 필립 로스는 《죽어가는 짐승》에서 섹스, 음식, 책, 경험 등의 모든 것을 이야기하며 이렇게 썼다. "맛보는 것 말고 뭘 더 얻을 수 있겠어요? 그게 인생에서 우리에게 주어지는 전부고, 인생이 우리에게 주는 전부예요. 맛보기. 그 이상은 없어요."

읽으면서 먹으려는 욕망, 문학 속에 등장하는 음식을 예의 주시하려는 욕망은 세월이 흘러도 거의 사그라지지 않았다. 오히려 증세가 더 심해진 듯하다. 사실 나는 여전히 그때 그 뚱뚱한 아이인 것이다. 자전거를 타고 집으로 돌아와 바닥에 온갖 신문을 던져두고 괴물 같은 샌드위치를 만들어 와서 그 모든 것 위로 몸을 던지던 아이. 요즘은 허리가 아파서 바닥에 오래 누워 있지 못한다. 그래도 소파와 주방을 몇 번이고 오가며 그 조화로운 쾌락의 흐름을 이어가고 있을 때면, 지금도 내가 아주 대단한 무언가를 읽고 있음을 안다. 그런 시간은 내 삶에서 가장 빛나는 순간들이었고, 지금 떠올려보는 것만으로도 그 맛이 혀끝에 맴도는 듯하다.

 내 영혼의 델리카트슨

감사의 말

현명한 조언을 해준 대니얼 오크렌트, 맥스 와트먼, 크리 르페이버, 해리엇 르페이버, 발렌티나 라이스, 존 스틴슨에게 감사의 말을 전합니다. 한결같은 길잡이 역할을 해준 퍼러, 스트라우스 앤드 지루 출판사의 조너선 갈라시와 캐서린 립택, 또한 제작 편집자 브리 판지카, 표지 디자이너 준 박, 내지 디자이너 그레첸 아킬레스에게도 감사의 말을 전합니다. 이 책의 일부 내용이 초고 형태로 실렸던 《뉴욕타임스》의 존 윌리엄스, 에밀리 이킨, 데이브 킴, 패멀라 폴, 길버트 크루즈에게도, 역시 이 책의 일부 내용이 초고 형태로 실렸던 《에스콰이어》의 제이 필든과 마이클 헤이니에게도 감사를 전합니다. 나의 에이전트 데이비드 맥코믹에게도 고맙다는 말을 전합니다. 또한 이 책의 한 부분을 썼던 뉴올리언스의 프티 클루에 카페에도 감사를 전합니다. 마지막으로 1982년 무렵의 네이플스 고등학교 국어 선생님들, 특히 잭 모리스, 리처드 브랜든, 재닛 클레어 배그프라이즌브룩, 도널드 클랜시, 캐시 피어런 선생님께 깊이 감사드립니다.

내 영혼의 델리카트슨

초판 1쇄 펴낸날　2026년 1월 1일

지은이　드와이트 가너

옮긴이　황유원

펴낸이　박재영

편집　임세현·이다연

디자인　조하늘

제작　제이오

펴낸곳　도서출판 오월의봄

주소　경기도 파주시 회동길 513 203호

등록　제406-2010-000111호

전화　070-7704-5240

팩스　0505-300-0518

이메일　maybook05@naver.com

X(트위터)　@oohbom

블로그　blog.naver.com/maybook05

페이스북　facebook.com/maybook05

인스타그램　instagram.com/maybooks_05

ISBN　979-11-6873-168-4 03800

만든 사람들

책임편집　이다연

디자인　조하늘